十六一生

Love a Lifetime

藍冬雷 著
心河 繪

J'ai aimé jusqu'à atteindre la folie, ce que certains appellent la folie mais pour moi c'est la seule façon d'aimer.

目次

Contents

16.5 楔子

「事情就是這樣，現在你都知道了。」尹立人近乎是九十度地彎下身來，「拜託你，跟他分開吧，他是我們家唯一的寄託了。」

男孩怔怔無語。

他接收不了這麼多訊息，一個又一個把他推入深淵的訊息。

「求你了。」尹立人像是就要跪下。

男孩感覺一根針刺上心，又一根，然後便是千千萬萬。

針成錐，錐成刀，一瞬就已千刀萬剮。

他顫抖著點了頭。只能這麼做。他打從一開始就知道結局如此。

尹立人語氣萬分愧歉，「我拜託他們給我三天的時間，三天後他們就會公開。真的非常對不起，我只能做到這裡了。」

眼淚就要掉下來，但是不行。

男孩全力忍住，說出僅能說的那兩個字：「謝謝……」

他從小就最常說的三個詞：謝謝。對不起。再見。

1 轉學生

一年前，三月——

帝北高中的高三大樓一陣喧鬧。

「尹伊學弟！」有人在呼喊他的名字。再往前，高二大樓穿堂上，學生三三兩兩低聲私語：「尹伊晟來了。」一聲聲，在喧囂的下課時間聚成以他為名的交響。

尹伊晟離開學生會辦公室，步下教學大樓外露的階梯時，呼喚他的人聲已經沸沸揚揚。春日空中爭鳴的鳥兒，和著這陣喧騰人聲，在開學時節更顯得青春正盛。

片刻，他走上高一大樓穿堂，向一位女學生打招呼說：「早啊。」

袁懿芯坐在穿堂階梯上，看到他走來才拿下無線耳機說：「你去學生會嗎？」

「嗯，要開始準備校慶了。」尹伊晟帶著些許疲倦的神色說。

「好好做啊，高一代表。」袁懿芯投給他一個期待的微笑，站起身。

尹伊晟順勢拉她一把，她拍拍運動服短褲，左右張望了一下。

「你看什麼？」他疑惑地問。

「別在穿堂拉我。人這麼多，我會被忌妒的眼神殺死。」

袁懿芯瞥了瞥他們身後。不知何時，後方已經聚起成群的女學生，交頭接耳地推擠著，不敢向他們搭話。

尹伊晟轉身，笑笑向她們點頭問好：「早安。」

原本已經喧鬧的高一穿堂，瞬間掀起一陣沒留白的尖叫。

「好了好了，快走吧。」袁懿芯推著他，往樓梯的方向去。

帝北高中一年級共十六班，都是男女混班。袁懿芯是七班班長，尹伊晟則在十三班。這兩人走在校園裡，絕對是非常搶眼的組合。袁懿芯是個有些男孩子氣的女生，短髮貼耳，身型細瘦，天生一副湛黑大眼配上瓜子臉，氣質獨特，稱得上高一前幾名的美女。尹伊晟則是教人無法忽視的男孩。一雙濃眉底下的眼神有十分傲氣，嘴角掛著亦邪亦正的淺笑。一八〇公分的身高讓他擁有堪稱黃金比例的一雙長腿，雖然說不上壯碩，但看上去體格結實。更甚的是他頂著與外表相襯的優等生頭銜，是市內全國中的第一名畢業生，因此一入學就被欽點進入學生會，這是從沒有過的待遇。

歷史悠久的帝北高中，今年適逢創校六十周年，為擴大慶祝校慶，園遊會與運動會合併舉辦。校慶在油桐花開的四月下旬，由校方行政單位與學生會共同主辦。比較特別的是，由於帝北高中是升學名校，規定高三學生必須全數退出校內事務，學生會交由高二學生依據高三的需求全權處理，讓高一新生加入還是第一次。

袁懿芯啜著罐裝咖啡，邊爬樓梯邊說：「學生會、田徑校隊，還是一年級第一名，你也真是夠忙的了。」

七班教室和導師辦公室同在三樓，十三班則在四樓，正好是七班頂上。

「充實一點也好。」尹伊晟慢她一個跨步，緊跟在後頭。

袁懿芯回頭睨了他一眼，說：「靠……你還真是模範生啊。」

尹伊晟笑著回應：「我說真心的。倒是你，一個女孩子說話注意一點吧。」

袁懿芯又瞪他一眼，「不用你管。」

下課時間就要結束，高一大樓上滿是來來往往，快步錯肩而過的學生，多的是向他們隱隱投去的視線。轉入二樓平台時，袁懿芯問：「學生會決定今年校慶的主題了嗎？」

「下禮拜才要決選。」尹伊晟說。

「今年有哪些選項？」

「嗯……玩具總動員、莎士比亞、駭客任務、馬雅預言……太多了，我沒都記下。」今年因為擴大慶祝，學生會的學長姊很投入參與，提案特別多。

袁懿芯噘起嘴說：「玩具總動員？我以為我們是高中生，不是大班生。」

「你還說，我看你手機上就掛著毛怪。」尹伊晟笑說。

「毛怪是怪獸電力公司，不是玩具總動員。你沒唸大班喔。」

尹伊晟笑笑不語，不想跟她鬥嘴下去。

梯間人潮漸散，上課的鐘聲響起，袁懿芯加快了腳步，再問：「馬雅預言又是什麼？」

尹伊晟速答：「世界末日。」

「真沒勁。」說完，袁懿芯忽地轉身，將一只紙袋戳向他的肚子，說：「喏，給你。」

尹伊晟順勢低頭看，紙袋裡裝著又一瓶罐裝咖啡。「……謝謝。」

「你黑眼圈超級重，沒見過你的人會以為你吸毒。」袁懿芯往三樓教室的方向快步走去，「我走啦。對了，聽說這禮拜有轉學生。」丟下這句話，消失在廊道轉角。

帝北高中很少有轉學生，畢竟想要進入市排名第二的名校並不容易。不過尹伊晟沒把這件事放在心上，覺得轉學生姑且就是學生間又一陣八卦閒語。他拎著紙袋，三步併做兩步急速走上四樓。

上午兩堂是徐天白老師的國文課。這些年考試型態轉變，大學指考的國文可說是實力測試，即使認真上課或者擅長背書都難應付，考的就是日常國文能力的培養。尹伊晟一開始就選擇了理組，但自小對語文感興趣，覺得文字這種邏輯無法全然解釋的表達，比懂得原理就能處理的數理學科更有意思。

「欸。」後排的陳陸宇輕踢他椅子。

尹伊晟微微轉頭瞥了他一眼，以嘴型問：「幹嘛？」

課堂中，陳陸宇識相地往前靠，小聲說：「聽說這禮拜有轉學生。」

這台詞跟袁懿芯的一模一樣，尹伊晟隨口應道：「怎麼了，美女嗎？」

「是個男的。但據說是個超級帥哥。」陳陸宇伸手推推他，「威脅你了。」

尹伊晟揮開他的手說：「少來。人都還沒來，你們就已經給人家起底了。」

「不是。我關心轉學生幹嘛？是王一林昨天在導師室看到他入學資料的大頭照，說沒人的大頭照能帥成那樣。怎麼，你不好奇啊？」

「沒想到你們對帥哥也有興趣。」尹伊晟打趣地說。

「人家可是從A市男一中轉學過來的學霸欸！」陳陸宇賊笑著說：「真的威脅你了。」

「無聊。」

「今天一早高一群組就已經暴動了，就你沒在看。」陳陸宇加碼道。

「我早上很忙。」

尹伊晟今天真的很忙，一大早就進田徑校隊，練跑完再趕去教學大樓找學生會會長方筱青。方筱青是高二的學姊，情商高，人面廣，做事可靠，在師生間備受好評。六十周年的校慶上，學長姊想做點不一樣的。他聽聞方筱青參考了不少國內外高中校慶，提出在校慶當晚舉辦畢業舞會的主意。高一二的同學可開心了，高三考生也十分期待，現在只剩下師長們似乎有來自家長的壓力，還沒說服成。不過，就連平時對這種標準高中生活動不感興趣的尹伊晟也難得覺得有趣，想著如果最後成了「玩具總動員畢業舞會」，應該會終生不忘吧。

還有五分鐘下課，徐天白老師已經進入課後的閒聊時間。尹伊晟想打開手機看看群組裡到底什麼盛況，就正巧有人出聲說：「老師，聽說這禮拜有轉學生。」

轉學生三個字一出現，原本已經吵雜的教室裡，話聲更是此起彼落。

陳陸宇又踢一腳尹伊晟的座椅。尹伊晟回瞪一眼，不懂轉學生為何如此引人注意。

「老師，轉學生會去哪一班啊，是我們班嗎？」王一林主動發問。

「早上五班也在問轉學生的事。你們怎麼這麼好奇？」徐天白老師表情一點沒變，幽幽地說：「那麼，誰來給我解這一題，我就告訴你們轉學生會進哪一班。『問世間情為何物，直教人生死相許』，這大家都知道的名句，其實原本的句子裡並沒有『人』這個字，而是『直教生死相許』。因為它指的不是人，那是什麼？」

徐天白老師是一年一班的班導，也是高一的導師代表。尹伊晟暗自覺得，應該就是他在決定轉學生要進入哪一班就讀。

陳陸宇再次踢了踢尹伊晟的椅子，大聲說：「老師，尹伊會！」

這時下課鐘聲響起，想知道答案的同學與急著下課的同學，視線全部集中到他身上。其實徐天白老師出的這題並不難，他想也沒想就開口：「天南地北雙飛客，老翅幾回寒暑。天也妒，未信與，鶯兒燕子俱黃土。千秋萬古，為留待騷人，狂歌痛飲，來訪雁丘處。」

「尹伊晟，帝北之神！」陳陸宇拍手大讚。

尹伊晟漠視他，繼續說：「這是金朝元好問寫的詞。某天他去考試的路上，看到一隻雁子被人射死，另一隻雁也跟著撞地而死。他受到很大的衝擊，就寫了這首〈雁丘詞〉。所以這邊講的不是人，是雁子。」

話聲未落，四周已經傳來一陣口哨與尖叫聲。尹伊晟這才轉開面對老師的注意力，發現教室窗台邊搭滿了其他班級的同學。

「尹伊男神！」

「宇宙第一！」

他乾咳兩聲，示意大家靜一靜，抬眼看向徐天白老師，直截了當地問：「所以轉學生要來我們班嗎？」

「抱歉啦，尹伊，邵雪會進七班。」徐天白老師也答得乾脆。

這是尹伊晟第一次聽到他的名字，特別得令人無法忘記的名字。往後幾年，他將不斷回憶起這一刻，像是一切都注定好了一般，這個名字終究要闖進他的世界。

下午最後一堂課結束，尹伊晟揹起書包就直往教學大樓走去。這天他異常疲憊，上午國文課一席詩解不知被哪一班的同學線上直播，一整天在學校各群各版蔚為話題，隨便搜尋都是他的名字。

「元好問是誰？」「尹伊晟，帝北第一學霸！」「尹伊偶像！」

他實在不愛參與這種熱鬧。什麼都往網路上貼，赤裸裸的顯得愚蠢。

打開學生會辦公室的大門，他一放下書包就趴桌上，朦朧之間很快就闔上了眼，但沒有入夢。一會兒，恍惚中有人輕搖他的肩膀，「尹伊，尹伊。」他認出是會長方筱青的聲音。「你還好吧？這麼一個高個兒趴在這裡睡，嚇我一跳。」

尹伊晟揉揉眼，看一眼手錶，只過了半小時。「我沒事，只是有點累。」

方筱青偏過頭，俯看他的臉，「你臉色很差，是太忙了吧，要不要吃點什麼？」邊說邊將書包擱上桌，倒出好幾條長棍麵包。

這場景太過詭異，尹伊晟忍不住笑了出來。

方筱青也不禁跟著笑了，自嘲說：「這才是高中生的書包好嗎？」她在尹伊晟身旁的位子坐下，隨手搔弄他的頭髮，「田徑校隊、學生會、高一第一名，你不用這麼拚命吧？」

尹伊晟想起早上袁懿芯也說過類似的話。他翻翻書包，拿出袁懿芯給的罐裝咖啡，打開說：「也沒拚命，自然而然就這樣了。」

「不要什麼事都攬身上，你才高一，身體搞壞就不好了。」方筱青將學生資料一張張排上桌，開始整理分類。「你別把我當外人，有什麼事都可以跟我說。」

「我真的沒事。只是上課解個題就傳遍高一，我沒有祕密。」尹伊晟自嘲道。

「你這小孩……長得這樣帥，功課這樣好，就是性格差了點。」方筱青伸手捏他的臉。

「方姐，你也不是第一天認識我。」

尹伊晟看看方筱青，方筱青也看看他，兩人又忍不住笑了起來。

方筱青是學校裡唯一知道他身分的學生，有些老師也曉得，但被要求對學生保密。尹伊晟父親跟校方簽定了保密協定，不能公開他與尹伊晟的關係。這並沒有對尹伊晟造成困擾，反而給了他許多便利以及更安全的環境。若是公開身分，可能會引來不必要的關注，甚至惡意。方筱青之所以知道，是因為她父親在尹伊晟家族企業的資安部工作。兩人國中就唸同一所，交情匪淺，身為獨生子的尹伊晟當方筱青就像親姊姊。

「對了，畢業舞會辦得成嗎？」不知不覺間，尹伊晟已經啃起第二條長棍麵包。

「這禮拜會決定。我覺得很有機會。」方筱青的語氣散發著一股愉悅的肯定。

「家長會那邊沒問題了啊？」

她長吁一口氣說：「哎，前幾天好不容易說服成功。現在家長都疼小孩，我抓住這一點，告訴他們舞會只是一個晚上的活動，對課業不會有多大影響，最重要的是學生開心。」

「……你這是情緒勒索吧？」

「我學生會會長啊，不勒緊一點怎麼行。」方筱青樂得眼睛都在笑。

「那我就先幫大家謝謝你了。如果是玩具總動員畢業舞會，我會特別期待。」尹伊晟開玩笑說。

「好啊，如果真的選上玩具總動員，你就來給我當胡迪。」方筱青逗他。

「那有什麼問題。」尹伊晟心裡完全不覺得玩具總動員會有勝出的可能。

「三年級的學長姊其實沒有心思玩樂了，就是輕輕鬆鬆過一個晚上吧，所以舞會可說是為了高一二舉辦的。」方筱青戳戳尹伊晟的側腰，「帝北男女混校不是混假的啊，趕快去找你的翠絲吧，年輕人。」

尹伊晟把方筱青的手頂了回去，說：「才不要。翠絲就是個為了胡迪而生，沒性格的女主角。我比較喜歡巴斯光年。」

「巴斯光年也要找對象啊，你別阻礙他。」方筱青神情鬼祟地繼續說：「我看你跟小懿芯關係很好啊，她很漂亮，又性格，跟你挺相配的。高年級都在傳你們是一對。」

尹伊晟並不驚訝，只是淡淡地說：「我跟袁懿芯不可能。」

「你不喜歡人家啊？」方筱青的語氣從笑鬧一下變得認真。

「喜歡，但不是你想的那種喜歡。」

「你才幾歲，還能有哪種喜歡？喜歡上就是喜歡上了，要不得你選擇。」

「我和袁懿芯只是好朋友，沒別的。」他說。

「好好好，知道了，你啊，不要對人家太絕情。」方筱青又搓揉一陣他的短髮，像是在逗弄親弟弟般。

「我今天先回去了，等下你離開的時候記得鎖門。」

「嗯。」尹伊晟點頭應了一聲。

方筱青揹起包包走出門，又像是忽然想起什麼似的，猛地從門後彎身進來說：「我就提一句，你們高一的那個轉學生啊，明天就會來了。掰。」

木門嘎然關上的瞬間，一陣風闖進門縫，吹來一絲萬物初生的氣息。

尹伊晟想起玩具總動員裡那一窩子新的、舊的、可愛的，也有壞心的玩具。認真思考的話，那似乎跟他們的生活沒有什麼不同：新的人、舊的人、可愛的人，也有壞心的人；而他一直是聚光燈下不完美的男主角胡迪。只不過，這個胡迪不可能喜歡翠絲。

2 遇見

又是同一個夢。

他汗涔涔地醒來。

腦中一片空白。

從住處出發，走路十五分鐘就能抵達學校。尹伊晟考上帝北高中時，便決心搬出家裡，一個人住到學校附近。不過因為帝北高中位於市中心，走路上學的學生，立刻就會被歸類出身富裕家庭。他不想讓人知道，入學後一直隱藏得很好，沒有人發現他的上學路線跟一般搭大眾交通工具或騎單車的學生不一樣。

今天他也特別繞一小段路，去後門的早餐店買早餐。走後門上學的學生比較少，距離田徑校隊的集合室更近，早上要練習的日子，他都習慣走後門。今天不必練習，但他心緒不太平靜，想要遠離人群，安安靜靜地走早晨這段路。

這天後門的學生異常地少。從操場往高一大樓走，遠遠就看到穿堂上擠滿學生，大多是女生。方筱青昨天那句「轉學生明天就會來了」瞬間閃入他腦海。確實，越往高一大樓走，一路上越多徘徊不去的身影。一陣喧嘩聲中，袁懿芯後頭跟著一個男生，兩人有說有笑地從人群中走了出來，直往教學大樓的方向去；正是他走來的方向。

他刻意與他們拉開距離，但袁懿芯出聲喚了他：「尹伊！」

他掛上笑容，微笑回應：「早啊。」

「今天田徑隊沒練習吧？」袁懿芯顯然發現他從操場的方向過來並不尋常。

他搖搖頭說：「沒練習。」

「喔……」她瞥了瞥身後的男生，說：「我帶新同學去學務處，晚點聊。」

袁懿芯是七班班長。如果依據昨天徐天白老師說的，轉學生會進入七班，那麼由她帶轉學生去學務處是理所當然。錯身而過的瞬間，尹伊晟感覺轉學生跟他差不多身高，應該有一八〇上下。大概是第一天報到，他沒穿制服，而是一身與制服很相像的白襯衫。雖然尹伊晟沒特別看，但還是注意到轉學生生了一副濃密的長睫毛，鵝蛋臉，淺棕色的短髮有股混血感。絕對是十足的帥哥。

早上兩堂數學課結束，接著是兩堂英文，整棟高一大樓一上午都鬧哄哄的，尤其是轉學生進入的七班就在尹伊晟所在的十三班底下，喧嘩聲間歇傳來，引得四樓的學生在下課時間紛紛從走廊上向下張望，卻其實什麼也看不到。

教室裡，陳陸宇不斷滑著手機，嘴裡唸唸叨叨。

「你在做什麼？」尹伊晟回頭問。

「滑貼文，說不定有人會發照片。」陳陸宇心不在焉地回答。

「什麼照片？」

陳陸宇指指地下，「七班那個新同學。」

「我早上有看到他。」尹伊晟隨口說。

「操，真假？」陳陸宇一把將手機扔桌上。

「早上袁懿芯帶他去學務處。我剛好撞見而已。」

陳陸宇從後面推推他，問：「怎樣，構不構成威脅？」

「就……有種混血兒的感覺吧。我沒仔細看。」雖說沒仔細看，但尹伊晟卻又有種看清楚了的錯覺。他覺得早上轉學生有回頭看了他一眼。

陳陸宇悻悻然地說：「也是啦，站在袁懿芯旁邊，誰還看什麼帥哥。」

尹伊晟朝他椅子一踢，陳陸宇揚著的椅腳險些翻倒。幸虧他反應快，一把抓住尹伊晟的後領罵道：「幹，當同學這麼久，沒想到你來陰的！」

「我出手輕了。」尹伊晟笑說。

嬉鬧之間，門外忽地傳來幾聲口哨聲，尹伊晟和陳陸宇同時轉頭看。

「說人人到呢。」陳陸宇瞬間換上正經的神情。

袁懿芯站在十三班門口，對上尹伊晟的視線，招手喚他出去。

尹伊晟走到班門前，半倚著門框問：「有事情傳訊息就好了，幹嘛跑一趟？」

「來樓上走走啊。」袁懿芯默默以手肘往後攞了攞。她身後跟了三、四位七班的女同學，顯然是跟著來看他的。尹伊晟以眼神領會到了。

袁懿芯若無其事地問：「你今天放學要去學生會嗎？」

尹伊晟搖搖頭說：「今天學生會休息。怎樣，你要去哪裡嗎？」

「沒，我得去打女籃。」

「籃球場還在整修，你們要去哪裡打？」

籃球場從上學期末就一路整修，至今已經三月了都還沒個影。

「體育館放學不開放，只能去旁邊的復林高中打了。」

「喔……」尹伊晟偏過頭，看看她身後幾位女同學，「所以，你真的是帶人來走走的？」

「沒啦。既然你不去學生會，那我有個任務要交給你。」袁懿芯笑笑地說，「你放學帶邵雪去校園轉轉吧。」

「誰？」尹伊晟沒聽清楚名字。

「轉學生啦。你是高一代表啊，又是男的，帶他去走走比較合適。」

尹伊晟一時想不出理由拒絕。既然不去學生會，他也不想太早回去住處。

「好吧，讓他放學在樓下穿堂等我。」

「謝啦。就這樣，我走了。」袁懿芯蹦跳著推著女同學們離開了。

尹伊晟跟方筱青說自己喜歡袁懿芯，是真心喜歡。雖然不是一般人期待的那種喜歡，但他確實想過，如果胡迪喜歡翠絲，那角色非袁懿芯莫屬吧。只不過，喜歡是一回事，感覺是另一回事，他很小的時候就知道自己對女生沒有那種感覺——生而為人的原始衝動，他沒有。而他也不會假裝有，因為至今他也還沒遇過真正讓他的心起過漣漪的人。他感覺自己與身邊的人總是有股距離，真要讓誰走進心裡，不是那麼容易。

傍晚時分，夕陽從雲縫間灑下少見的粉橘色光芒，帶著一點紫，一點紅，為整個校園映上一道虹，彷彿所謂的魔幻時刻。空氣中還透著晚冬留下的霜氣，但是初探頭的杜鵑已經洩漏了春天的來臨。

尹伊晟步下樓梯，放學時間的穿堂上萬頭攢動，人來人往。他直覺想要尋找袁懿芯的身影，沒找著，卻在餘暉灑落的穿堂牆下看見了轉學生。轉學生已經換上一身灰藍格紋的制服，戴著耳機靠坐在穿堂一側，粉橘色的落日餘光將他一頭栗色短髮照得發亮。

尹伊晟向他走了過去。

耳機隔絕了轉學生與周圍的世界，尹伊晟感覺坐在牆下的他散發出一股不合時宜的寧靜，在此刻魚貫洶湧的人潮中特別顯眼。生怕會喚醒他似的，尹伊晟輕拍他的肩膀，向他伸出了手。轉學生仰起臉，舉起右手摘下耳機，確確實實與他視線交會——

「我是尹伊晟。」

「邵雪。」

邵雪拉住他的手，站了起來。

「走吧，我帶你四處轉轉。」

眼前是一片橘紅燦光，向陽的方向，尹伊晟注意到邵雪的瞳孔也是髮色般的栗黑。

他們往背光的方向邁出步伐。

帝北高中腹地廣大，主要大樓集中在靠校門的一側，少數幾棟藝術大樓、工研大樓、實驗大樓分散於外圍，距離較遠。從校門一路往裡頭走，依序是高二大樓、高一大樓、高三大樓、教學大樓，左側有圖書館，右側一樓是福利社、保健室等功能性的處室，二樓是整排學生社團辦公室，視野的盡頭則是操場及各類球場。學生餐廳分別在高二、高三大樓地下室。如果站上高三大樓頂樓，可以一眼望盡整片校園。

尹伊晟並不覺得需要特別為邵雪介紹校園，邵雪是從A市男一中轉學過來的優等生，適應能力不容置疑，只要上幾天課肯定就能把校區掌握個八、九成，因此只帶他詳細說明了學生社團那一區，並在校園裡繞了一圈。

一會兒，太陽完全西落，短暫的魔幻時刻畫下句點。原本稍帶涼意的傍晚被夜色染黑，風吹帶來一陣冷，廣大的校區只剩下四散的零星學生，三三兩兩相偎著。沒有話聲的時候，能聽見晚風將落葉颯颯吹去的低語。

邵雪以落後一步的距離，走在尹伊晟後方。

「聽說你是從A市的男一中轉學過來的。」尹伊晟回頭說。

導覽時間結束，他們走在青草初萌的紅土操場上。剛才都是他在講，邵雪很少話，靜謐得像一幅少年的肖像畫。而且與邵雪單獨待著，不消王一林說，尹伊晟覺得任誰看到邵雪都會為他的容貌而停下。

「對。」邵雪的聲音輕得一出口就被風吹散。

「A市離這裡很遠，你是搬家所以才轉學的嗎？」尹伊晟翻出腦中交際資料庫裡的千百題問答之一。

然而邵雪卻停頓了片刻才說：「不是，我是為了轉學而搬家的。」

「這樣啊……」不能再問下去了，尹伊晟提醒自己。今天跟邵雪是初次見面，追問私人原因會顯得輕浮。他於是轉個話鋒說：「剛搬來嗎？搬家很忙吧，我有沒有耽誤到你的時間？」

邵雪笑笑說：「沒有。我再慢慢收拾就好了，反正回家也是我一個人。」

尹伊晟的獨生子神經忽地被牽動，問：「你是獨生子？」

「對啊。」邵雪答得很自然。

「沒有姊妹嗎？」

邵雪搖搖頭，「沒有，就我一個小孩。」

「那我們一樣啊。」一樣，這個念頭讓尹伊晟霎時放下了客套，也放下了那股見到邵雪之後就沒來由的緊張。「這樣的話，我想帝北應該會適合你。雖然我沒待過男校，但男女混校應該比較自在吧，帝北很像一個大家庭。」

「這裡像一個大家庭嗎？」邵雪看著他問。

尹伊晟沒料到一句隨口的話會被邵雪反問，忽地覺得自己像在寫作文似的說詞有些天真。「欸，我也不知道，我沒有跟真正的兄弟姊妹相處過。我父母分開很久了，家裡只有我跟父親兩個人。他總是很忙，我都是一個人，所以……」

「所以什麼？」一陣風吹來，吹亂了邵雪的頭髮，卻沒有吹散他的聲音。

尹伊晟停住腳步。邵雪已經超越他走到前頭，也跟著停下腳步，回眸看向他。他發現了自己的唐突，竟然提及平時絕不會談的話題。

「抱歉，我說太多了。」他有些不自在地說。

邵雪沒有回應，只是靜靜看著他，像是在咀嚼他的神情。一會兒，邵雪換上帶著些許歉意的笑容說：「不，是我不該問的。不過，話可以不說，飯總是要吃的吧。」

尹伊晟看看錶，已經是晚餐時間。

邵雪走回他身邊，和他並肩站著，還是那副笑容，「一起嗎？」說完又逕自往前走去。

邵雪的步伐很快，不知為何，尹伊晟感覺被他緩和了情緒，又或是不想被他落下，邁步跟了上去。

身為一個外宿的高中生，學校周圍的店家尹伊晟大致都吃過了。這家店尖峰時段人多，但是性價比高，老闆對學生很優待，是大家的心頭好。現在剛過晚上七點，客人漸少，他們倆就這樣搭上一桌。

邵雪吃得很開心，一雙栗色的眼彎彎笑笑，露出一整晚沒見過的輕鬆表情。沒一會兒，兩個大男生就把一桌碗盤掃空。

三月的夜晚降臨得遲，但此時店外已是一片黑。夜空上掛著一枚彎月，是上弦。尹伊晟拿著水杯，不時偷瞄正對坐的邵雪。

邵雪像是想起什麼似的，突然出聲說：「我從沒見過我爸爸，跟你相反，我家裡只有我跟我媽兩個人，其他親戚，我一個都沒見過。」他輕輕搖晃手中的玻璃杯，裡頭僅是水。

小店沒有空調，風扇發出機械聲隆隆運轉著。尹伊晟聽到邵雪這麼說，覺得邵雪是因為方才聽了他的話，為表示對等而不得不跟他交換家庭狀況。

邵雪一手支著桌面，握拳抵在唇上，看似在暗笑他誠實的神情，說：「我沒有要強迫你什麼，我家的事沒什麼好隱藏的，告訴你無妨……雖然我們好像才剛認識。」

最後這句話讓他們兩人都笑了。

尹伊晟看了看錶，說：「是啊，才認識三小時。」

「不過時間是相對的。」邵雪突然話鋒一轉。

「嗯……把相對論說得誇張一點，就是，別人一光年才到得了的地方，你可能只要一秒鐘就能到了。」

尹伊晟這話一出，兩人又猛地笑起來。

「這倒是。」邵雪應和道。

尹伊晟完全是一時興起，然而他卻覺得，邵雪應該就是這個意思。時間的相對論，沒有永恆的絕對。好比他這三個小時的收穫，就是把邵雪看仔細了，尤其是與邵雪相對而坐的此刻。

邵雪的側臉太好看。他想起陳陸宇說的：「沒人的大頭照能帥成那樣。」不過，只是單單說帥，太容易了。邵雪眼睛不算大，皮膚也不是小麥色或者特別白皙，一張不是瓜子臉也沒有稜角的鵝蛋臉，但是他的五官搭配起來十分勻稱，讓人看著很舒服，是一種相襯得剛剛好的美。

「啊，」忽然一個念頭，讓尹伊晟暗嘆一聲。「時間不早了，你要回去陪你媽吧？還是有門禁之類的？」

尹伊晟班上大部分的同學家裡都有門禁，即使男生也是，不像他一個人住沒限制。

「不用，我媽上夜班，我回家時她通常已經出門了。」

「工作到早上嗎？」尹伊晟問。

「嗯，我上學時她就睡覺。」邵雪的眼神倏地有些閃爍，又說：「她挺忙的。」

尹伊晟看不懂他剛才一瞬的眼神，卻覺得自己不經意又問多了，拉回話題說：「所以你都自己一個人？」

邵雪點點頭，「是啊。」

我也是。雖然這麼想，但他沒說出口。

「去參加社團如何？剛才你也看到了，我們學校什麼社團都有。聽說很多人正是因為這一點而選擇帝北。」

「你有參加嗎？」邵雪問。

「沒有，我要去學生會，課後就沒剩多少時間了。你呢，在男一中的時候有去社團嗎？」

「有啊，」邵雪看看他，沒等他問就接著說：「吉他社。」

邵雪的模樣與吉他社有種不搭。帝北的吉他社社員大多活潑吵鬧，平時常讓尹伊晟有種不想靠近的氛圍，總覺得那裡人事繁雜。

「你彈什麼，吉他、貝斯？」

「吉他，隨意玩玩而已。」邵雪說。

「吉他社人很多，是帝北最大的社團。」尹伊晟忍不住偷瞄邵雪的手指，很修長，但沒看到長期壓弦的老繭。他收回視線繼續說：「他們下學期都會舉辦成果發表會，九月開學時也有迎新招生的吉他之夜，而且每天都團練，在藝術大樓的禮堂，就是圖書館後面那棟，你可以去看看。」

邵雪一時間沒接話，一臉像是不太合意的神情。

「怎麼了？」尹伊晟問。

「沒……」邵雪微微噘起嘴，露出一點孩子氣的模樣說：「怎麼每間學校吉他社都是人。」

「不是人，難道是鬼嗎？」尹伊晟笑著應道。

兩人又是一陣荒唐的笑。

尹伊晟直直看著邵雪。邵雪笑起來的時候，從眼角到下巴拉出一條月型的弧線，嘴唇勾出另一條細細但不對稱的半圓。他習慣微微揚起右嘴角，彷彿笑得很輕巧，眼神爍爍閃動，裡頭似有夜空繁星。

尹伊晟忽地警覺到自己這番陌生的思緒，快速切斷，回到話題：「吉他社社長是高三學生會的學長，需要的話，我可以介紹給你認識。」

邵雪仍岔腰笑著，一臉笑意地看著他說：「不用介紹，我會去他們團練看看的。」那雙眼，竟讓他有種被看盡心思的錯覺。

這晚，尹伊晟夢見一枚初月，在傍晚粉橘色天光的映襯下，像是印著血懸掛天邊。

■

七班與十三班正好是上下樓，就像兩個平行世界，如果不特別去找，平時不容易碰到面。

那天過後，尹伊晟沒聽說邵雪去了吉他社，也沒有其他消息，只有學生群組跟版上每天滿滿的邵雪寫真，帶著十足少年的純真，特別是那雙栗色瞳孔，透著孤單的憂鬱，更增添了一股熟悉的氣息。尹伊晟知道自己的心第一次因為一個男孩而起了漣漪，同時他也注意到，袁懿芯開始經常跟邵雪一同進出。

「你果然在這裡。」袁懿芯走上高一大樓的頂樓平台，發現了他。

高一大樓位於帝北主建物群正中央，頂樓一方是生物老師的植栽天台，種了不少四季植物，旁邊也擺設一些老舊課椅、木桌，方便師生偶爾來這裡參觀休憩。植栽天台的另一側則是完全相反的光景，不知是誰先開始收集的一些舊物，慢慢堆起頂樓一角，單腳掛燈、矮茶几、幾只長椅，還有一些木酒桶、方鐵櫃。時間久了，上面堆滿物什，大多是書報。

尹伊晟躺在其中一只長椅上，戴著耳罩式大耳機，身旁疊著幾本從圖書館借來的書。

袁懿芯走近，從頂上俯視他，說：「我找你找了好久，你在這邊睡什麼啊。」邊說邊取下他頭上的耳機。

尹伊晟睜開眼，直直看進她眼裡——一、二、三、四、五、六、七、八——沒有，他的心沒有任何反應。

「你這是在幹嘛？」袁懿芯的臉頰浮上一抹潮紅，轉開了視線。

尹伊晟沒有回應，坐起身問：「找我什麼事？」

「沒事不能找你喔。」袁懿芯拍拍椅子上的灰，在他身旁坐下，手指爬上那一疊圖書館的書，一一唸出來：「函數、電子、外匯……靠，你都在讀什麼啊？」

「我有我的興趣。」尹伊晟想戴回耳機，卻被袁懿芯一把抓住手腕。

「你最近很奇怪，這麼安靜。」

「你最近才奇怪，這麼高調。」尹伊晟看向她說。

袁懿芯露出疑惑的神情，「我哪裡高調了？」

尹伊晟拿著耳機晃啊晃，看向遠方說：「不是常跟新同學在一起嗎？版上都是你們的照片。」

袁懿芯笑嘆一口氣，順著尹伊晟的視線看去，今天的天空也沒有一絲雲。

「我是班長，他是轉學生，我關照他一下應該的吧。邵雪很好相處，功課也很好，大家都很喜歡他。」見尹伊晟沒反應，袁懿芯繼續說：「不像某人，這麼難相處……」

尹伊晟還是沒有反應。

袁懿芯伸手到他面前揮了揮，問：「你怎麼了？我就覺得你最近很怪異。」

他最近確實很怪異，他自己也知道，但是不能跟袁懿芯談論這件事。

他放遠了視線，淡淡回應：「我沒事。」他知道這種時候袁懿芯不會追問下去。

袁懿芯瞥了瞥他，推推他的手臂說：「明天不是要公佈校慶主題嗎？你知道了吧，快點告訴我。」

想起這件事，尹伊晟忽然心情好了起來，笑說：「對喔，我正想告訴你，結果是你最想要的那一個。」

袁懿芯一時沒反應過來，一愣一愣的，一會兒聽懂他的話後差點跳起來。

「什麼，不會真的是玩具總動員吧？」

尹伊晟忍著笑意，肩膀卻不禁顫抖，「你可以扮成毛怪。欸，不對，那是怪獸電力公司，不是玩具總動員……」說完，實在忍耐不了，不顧情面地放聲大笑起來。

「一定是你收買學生會！你作弊！」袁懿芯忿忿地指著他說。

尹伊晟反駁道：「我才沒有，我投的是世界末日。」

「你那麼想死喔！」袁懿芯強力反擊。

「我就想體驗看看。」尹伊晟偏過頭，刻意地說。

「你這樣也能當年級第一！」

只有他們兩人的高一大樓頂樓上，袁懿芯追起尹伊晟滿場跑，狂鬧了好一番。

不知過了多久，累了的兩人一齊倒下，頭靠頭臥在相連的兩只長椅上，一同望著這一刻的天空。天色由藍轉橘，空中吹起了風，聚起雲，定睛就能看見晴空上灰白色的弦月已經高掛，像一隻擬態的枯葉蝶，隱身在傍晚的最後一絲藍裡。尹伊晟不禁往弦月的方向伸出手，以為能摸到月亮。

袁懿芯打破寂靜，坐起身說：「邵雪好像要去吉他社。今天。」

尹伊晟轉頭看她，面露遲疑的神色，也跟著坐起身。

「你不知道嗎？我以為是你讓他去的。」袁懿芯問。

尹伊晟有些訝異地說：「怎麼會是我。那天吃完飯，我跟他就沒聯繫了。」已經一個多禮拜過去，尹伊晟以為邵雪不去吉他社了。

「你們那天還一起吃飯？」袁懿芯露出驚訝的神情。

「對啊，剛好吃飯時間。」尹伊晟不禁想起那天在操場上與邵雪對話的情景，不知為何浮上一股心虛。

袁懿芯思索著說：「真有趣，我還沒看他跟班上同學一起吃過午餐呢。」

尹伊晟不會告訴袁懿芯的是，他現在只要聽到邵雪的名字，就有種非常不自在的感覺。很像內心有什麼藏得很深的東西，終於被挖了出來。明明是屬於自己的，卻陌生至極，連自己都不敢看。他再度切斷思緒。

叮咚，叮咚。袁懿芯的手機提示聲響起。接著是一連串的叮咚，叮咚，叮咚，叮咚。

「什麼事啊……」袁懿芯拿起亮著螢幕的手機，尹伊晟也好奇地靠上去。

滑開社群軟體，一則則通知不斷跳出來。袁懿芯點進一個視訊，映入眼簾的是邵雪拿著吉他的身影，背景是藝術大樓禮堂空曠的舞台。袁懿芯放大手機的音量，空靈的木吉他聲從手機喇叭斷續傳來。

邵雪在彈唱一首經典。跟原曲不太一樣，他拉長了A、B段之間的間奏，加入一小段即興旋律。他的聲音很輕盈，流露著一股彷彿看透一切的沉靜；撥彈吉他的指法也相當熟練，乍看像隨興演出，但尹伊晟聽得出來，這是長年演練的人才有的從容。

直播畫質不好，加上禮堂燈光昏暗，陰影遮去了邵雪的臉，透過手機更看不清楚他的表情，只有斷續的聲音傳來。袁懿芯的手機不斷有訊息提示跳出來，但他們倆就這麼一動不動，像是掉入了一個軟綿而深邃的甜美黑洞，無法分心地聽著邵雪彈唱這首歌。

愛情好像流沙　我不說話　等待黑暗　淚能落下
愛情好像流沙　明知該躲它　無法自拔　oh baby是我太傻

邵雪在收尾也秀了一段即興。當他的手離弦，嘴角揚起一個很淺也很甜的微笑，手機那端瞬間爆出哄堂掌聲，和著尖叫不斷。

幾百公尺外的高一大樓樓頂，袁懿芯與尹伊晟兩人怔怔無語，直到直播結束仍直直盯著手機螢幕，感覺遠方禮堂轟隆的喧騰仍在耳畔迴響。

片刻，袁懿芯打破沉默說：「天哪，我都要愛上他了。」

3 雨天

應該常有人有這樣的經驗。

學生時代的好朋友，往往是一開學不熟悉時，就處在一起了。分明沒怎麼相處過，單憑著一股感覺，或者一種姑且稱之為緣分的東西，就開啟了未來幾年的關係，有時甚至能延續一輩子。能說這是一種奇蹟嗎，還是命定？

邵雪一直覺得，人與人的相遇都是命定。因為這樣想，他的生活會輕鬆很多，不用去糾結那些發生在自己身上的事，也可以減少對未來未知的恐懼。一切都早已注定。身為命運的衝擊者，他可以回應，可以抵抗，可以反擊，但最終也只能接受注定到來的結局。

所以，他極力對所有事情都表現得沒有情緒。然而，他原本以為在男一中至少可以待上一學年，結果卻一學期都沒結束就不得不休學。這樣想的話，他是很失落的。

去年十二月，他的狀況極差，覺得自己快要撐不下去。除了去醫院，每天都關在房裡，幾乎不吃不喝，一個月掉了快七、八公斤，最後正式休學。他知道必須離開那裡。可是，經過這麼多年的折騰，他越來越明白，想要離開一個地方去別處開始新生活，只是益發不容易。要考量的因素漸多，他的學業、媽媽的工作、房租、人事狀況等等。大家都說長大會越來越自由，他卻只看見更多人生中無法輕易改變的累積。自由是什麼感覺？他哪裡都去不了，也像是再沒地方可去。

後來，帶著歉意也帶著心疼，媽媽每天夜班工作結束後，頂著疲累持續打探，一間間詢問可以接收轉學生入學的學校。鍥而不捨的，終於在高一寒假結束前找到市排名第二的帝北高中，校長是媽媽的舊識。

那時邵雪的狀況一度稍微好轉，與媽媽一同和校長會面後，就立刻決定入學了。最大的原因除了帝北高中排名名列前茅，男女混校也很重要，且大部分評價都說帝北校風自由，對學生的心理狀況有好的影響。會面時校長十分親切，很快了解他的狀況，也知道他的家庭難處。他莫名覺得，或許這次命運會待他好。

有了明確的目標，決定了落腳處，即使很痛苦，他仍積極接受治療。就算結局已經注定，他仍不想又一次被宿命打敗，他想知道自己僅十幾歲的人生還有其他可能。在精神科醫師的協助下，他的復原狀況不負付出，十分良好。醫師說他是她少見如此堅強的病人，而且年紀這麼輕，令人不捨。他沒感覺被同情，也不難受，好的壞的，他都視之輕盈。

入學前一晚，他將一箱箱物什一一放到它們該開展的角落。

他與媽媽的新住處只有一房一廳，進門左邊是廚房空間，右邊有個尚能容納兩、三人的小陽台，房廳之中有隔間，僅房間有一扇很大的落地窗。媽媽想給他一個好好學習的空間，也認為兒子大了要留給他一些隱私，堅持房間讓他睡。他心裡有些感激，但不會就把這歸類是愛。

這間距離帝北高中兩站公車車程的小公寓，房間不大，他決定直接打地鋪，把空間留給書櫃、吉他和其他雜物。醫師建議他在房裡布置一個能讓他感到舒適的空間，對他的病有緩和作用，於是他在窗前鋪一小塊地毯，是他最愛的灰，旁邊再放一只貓腳矮桌。可以在這裡彈吉他、寫譜、看書，還看得到滿滿一整片天空，對他來說就足夠好了。

入學那天早上，邵雪搭公車提前一站下車，步行去學校。想到要踏進許久沒進入的校園，在未知的新環境裡接觸未知的人群，他心裡還是有些恐懼，需要一些時間平定心緒。

不一會兒，帝北高中的紅白磚牆遠遠映入眼簾，學生灰藍格紋相間的制服錯身而過，充滿笑語聲、無法無天的青春時光，似乎又開始在身邊翻飛。

在校門口等待他的，是一個短頭髮看起來酷酷的女生。她一眼就認出了他，揮手喊他的名字：「邵雪！」

邵雪趨步上前，向酷酷的女生伸出手說：「我是邵雪。」

「我是袁懿芯，你的班長。」袁懿芯回握他的手，眼神一點沒不好意思地上下打量他。

邵雪對這種情況了然於心，只是笑笑說：「班長，別看了，以後要看多的是時間。」

袁懿芯笑了出來，一雙大眼彎成月。

「應該常有人說吧，你本人比照片好看多了。我就是先來幫大家認證認證。」

現在是上學時間，各年級學生在穿堂上來來往往，望著他們竊竊私語。才一會兒時間，他們身旁已經圍上好些人，好奇著邵雪是誰。

「抱歉，你應該很困擾吧。」袁懿芯揮手驅趕周圍的同學，「走了走了，早自習要開始了。」

人群確實讓他有些不安，但這對他來說只是小狀況，「沒關係，我習慣了。」

袁懿芯忽然正色看向他，「別習慣，越習慣他們只會越得寸進尺。好了，我們也走吧，」說完指向遠方一棟灰石大樓，「先去教學大樓拿學生用品。我們邊走邊聊。」

邵雪跟在袁懿芯身後，穿過早晨喧囂的人潮往校園裡頭走去。很多人跟袁懿芯打招呼，她大多只是簡單問候，沒有聊上。唯有在通往高三大樓的路上，她主動叫住了一個男生。非常搶眼的一個男生。很高，估計有一八〇以上，合身的上衣看得出身型相當結實。邵雪沒有特別要觀察那男生，但他的氣質跟其他人很不一樣，讓人無法不注意。

袁懿芯跟那男生簡短對話幾句，結束後回頭對邵雪說：「那是我好朋友，他是高一的年級代表。」

「年級代表？」

「他比較特別，高一就加入學生會，算是我們一年級的代表。」

「聽起來很厲害的樣子。」邵雪順口回應。

袁懿芯像是靈光一閃，「啊，如果他今天放學有空，我讓他帶你在校園轉轉如何？你們都是男生，比較有話聊吧。」

「別這麼打擾，年級代表應該很忙吧。」邵雪直覺推辭。

「忙是他的日常啦。你轉來我們學校，又同樣是高一生，一定要認識他的啊。」袁懿芯看似對自己這個主意非常滿意，拍拍邵雪肩膀說：「相信我，你以後會非常慶幸自己認識尹伊晟。」

尹伊晟，是那個男生的名字嗎？邵雪不禁回頭，想再看一眼那男生的身影，但那背影已經歿入熙熙攘攘的人群中，丟失了追蹤的線索。

■

望著貓腳矮桌上的月曆，距離尹伊晟建議他去吉他社看看，已經過了十天。邵雪坐在落地窗前的地毯上，以彈片輕撥吉他弦，視線落在映著窗外微光的木板地上，心事重重。以前心神低落時，只要拿起吉他，隨意撥弦、彈幾個和弦，都能讓他平靜下來。吉他就是他寂寞星球裡的唯一出口。但是這幾天有些不同。

他可以去找精神科醫師談談。入學後他沒再掛過診，估計醫師已經開始擔憂他了。可是他不想，他一絲心事都不想洩漏給人知道。他不想讓人知道，轉學第一天，就有人輕易闖進了他的防護網。

那天尹伊晟說自己說多了，邵雪卻覺得一切都很自然，反而是他不知道該如何打開心防與人相處，又或者說，尹伊晟讓他不知道該如何相處。

當尹伊晟說帝北像是一個大家庭時，他有些愣住；因為他沒有過愉快的校園回憶，他只有千瘡百孔的過去。可能尹伊晟只是無心，但當他抬手看錶，計算他們相識的確切時間時，他再次停住；若要說時間的相對與絕對，不會有人比他更明白，他曾經那麼努力想要抹掉那些漫長而痛苦的時間。而當尹伊晟說自己總是一個人的時候，他心裡同步想著，他也總是一個人，總是很寂寞；但是他不可能說出口。

像尹伊晟那樣的人，不可能跟他一樣。

尹伊晟跟誰都不一樣。

第一次見到尹伊晟時，他只感覺尹伊晟氣質獨特。也許是他天生多感，對於人與人之間的關係特別敏銳，再加上，他不禁對尹伊晟有股沒來由的好奇。單單如此，他馬上明白，這樣的人對他來說非常危險，必須離尹伊晟遠一點。

然而……

叮咚，一聲手機訊息提示打斷了他的思緒。

邵雪放下彈片，拿起手機看，是一則署名「汪澤」的來訊。

——我是吉他社社長汪澤。尹伊說你有興趣加入吉他社，明天要來嗎？

打開禮堂二樓的小門，座席區已經聚集一大群學生，有人拿著吉他譜，有人在調音，邵雪匆匆快數，至少有二、三十人。太多了。他今天不過揹了一把吉他，從高一大樓走來的路上已經集滿一整背好奇的目光，盯得他很不自在。

「你是邵雪嗎？」二樓圍欄上，一身社服加短褲的女生出聲問。「我是吉他社副社長，二年級的林韋安。」

邵雪聞聲望去，向她點點頭，又看了看四周。他是應汪澤之邀而來，但現場沒看到像是社長的人。

林韋安跳下欄杆，往他的方向走去，「汪澤跟我說了，你是尹伊介紹來的吧，一年級的轉學生。」

「是我沒錯。」這間學校的人莫非都認識尹伊晟？邵雪不禁心想。

林韋安對他又是一番打量，自顧自地說：「我以為汪澤跟尹伊不聯絡了呢……」說完抬眼看他，「你彈什麼，吉他還是貝斯？」

邵雪側身把吉他往前擺，說：「吉他。」

林韋安四下張望了一下，看似是刻意放聲說：「既然是汪澤特別囑咐的人，何不現在就彈一首來聽聽？」

邵雪感受到林韋安不懷好意的眼神。入學以來，大部分同學都待他和氣，只差沒有太過熱情。他直覺這學姊跟汪澤與尹伊晟之間可能有什麼牽扯。但這不關他的事。

邵雪笑笑說：「好，等我一下。」

他往前走到一區稍微空曠的位子，把吉他袋橫放在座椅上，拿出吉他，靠著椅背開始調音。周圍人聲逐漸安靜下來，他垂眼撥弦，耳邊聽見幾聲討論他名字的聲音，還有手機拍照的喀嚓聲。他不以為意。片刻，進入新環境的不適緩緩褪去後，他將手指壓在細弦上，竟感覺有股期待，想要在這裡好好彈奏心愛的吉他。

他沒有多想就劃下彈片。他能感覺身旁不時射來的閃光燈餘光，以及越來越擁擠的人潮。他閉上眼，一個身影浮現眼前，就當是對著那身影訴說般的彈著，直到最後一聲和弦的回聲盡落，整個禮堂爆出哄堂聲響。

他緩緩睜開眼，很輕很輕地笑了。彷彿置身舞台。即使只是錯覺，他也感到相當滿足。

這時，啪啪啪啪啪，一陣嘹亮的掌聲傳來。

順著掌聲的方向看去，一個綁著短馬尾的高瘦男子正一階階踏著樓梯向他走來。旁邊許多聲音小聲說著「社長來了」、「是汪澤社長」。

汪澤向他伸出手，「你好啊，邵雪，我是汪澤。」

邵雪放下吉他，伸手回握，「獻醜了，我是邵雪。」

汪澤長著一雙單眼皮，臉型削瘦，一撮馬尾微捲，看上去很性格。一出聲就有種學長的氣勢，眼神炯炯直望進邵雪眼裡，不知是誇是貶地說：「尹伊認識的人，都像他一樣厲害嗎？」

邵雪沒有忽略他別有居心的神情，即答：「我跟尹伊晟不算認識。」

汪澤的眼神瞬間變了，嘴角浮現笑意，「哦……原來是這樣啊。」

「我只是個轉學生，讓尹伊晟介紹一下學校而已。」

汪澤雙眼緊盯著他，回以微笑，「也是，他是年級代表嘛。我差點忘了，尹伊那個人就是這樣，對誰都好，連新同學加入社團也關心。」

汪澤顯然話中有話。邵雪沒有回應。

「不過，既然是尹伊介紹的人，吉他社就歡迎。」汪澤以禮貌之姿表示歡迎，環視身旁的社員，有人拍手，有人歡呼。汪澤接著問：「你已經可以自己當Vocal，有想要組團嗎？」

「還沒想過。」邵雪說。

「沒關係。」汪澤的態度軟化多了，「你剛轉學過來，人都還不熟悉，自由一點，想來就來吧。其他等熟了之後再說。」

沒等邵雪回應，汪澤逕自走向他，拍拍他的肩膀說：「我很期待喔。」靠近時，汪澤向他快速交換了一個眼神，一個我知道你知道我在想什麼的眼神。

「謝謝學長，那今天我就先回去了。」邵雪禮貌回應，錯開汪澤的視線，揹起吉他快步離去。

■

如果不是袁懿芯，邵雪不會發現高一大樓頂樓的視野竟如此好得出奇。他坐在一只破損的單人沙發上，細看身旁雜物堆上的書報，盡是些艱深的大學專書。隨意翻閱，內頁有幾處標記的摺痕，寫著一些筆記，螢光色貼還相當新，應該是最近才有人在讀。他心生好奇。

之前在吉他社與汪澤見面已經過了好一陣子，後來幾次去都沒再碰上。他聽社員說汪澤很少出現，不太管事，社務都交由林韋安打理。但汪澤厲害在會彈吉他、能打鼓，還自己譜曲，邵雪依社員的介紹聽了一些，確實很有才華，社長當之無愧。同時社員們也說，汪澤看起來雅痞，其實很照顧人，大家對他十分愛戴。這讓邵雪不禁覺得自己是剛入學防衛心重，也或者就是直覺，他感到汪澤對他有一股莫名敵意。

邵雪整理著雜物堆散亂的書報，起了點玩心，順手將之堆成一座穩穩危危的小山，他覺得讀書的那人看到應該會會心一笑。正玩得開心，忽地，一滴水在紙頁上暈開，接著周圍暈出好幾個小圓。邵雪仰頭看——下雨了。他趕忙揹起吉他，匆匆離開頂樓。雨一轉眼就傾盆，灰雲間乍現隆隆閃電，光是從高一大樓走到最外頭的高二大樓，已經全身濕。

放學時間的人潮散去後，這時還在校的學生大多待在社團裡，穿堂上沒幾個人。不知道這場雨會下多久，邵雪拉拉濕了貼在身上的襯衫，站在穿堂階梯邊頻頻探頭看。

一會兒，大雨沒有漸小的趨勢，他放下吉他，蹲坐下來，伸手向外接著雨滴，想著上一次遇到這樣大雨是多久以前了。有些往事浮上心頭，卻又很快地被雨聲刷去。又一會兒，他接雨的雙手掌心聚起清透小湖時，頭上斷續的雨倏地停下。他直覺抬頭看，是一把透明傘撐在頂上。

尹伊晟彎身看他，沒撐傘的那隻手輕輕拍去他頭上的水珠，問：「你在這裡多久了？整個人都濕了……你怎麼回去？」

邵雪沒反應過來，愣愣地說：「搭公車。」

尹伊晟看向天空說：「我看這雨還要下很久。」接著拿起邵雪的吉他，拉他站起來。「先去我那裡吧，我今天騎車。」

尹伊晟的出現太過突然，邵雪一時間沒回神，只是定定看著尹伊晟，跟著他邁出了步伐。

大雨嘩然，雨聲砰地打在傘面上、打在泥地上，吞噬此刻世界其他所有聲響。邵雪與尹伊晟並肩走到腳踏車停車棚，途中沒說一句話。尹伊晟右手打傘，走在邵雪左側，邵雪將吉他揹在左肩，或多或少拉開了兩人之間的距離。

他們在一台黑色腳踏車前駐足，尹伊晟將傘遞給他，低頭掏出鑰匙解鎖，自然地跨坐上車，回頭對他說：「上來吧，傘給你撐。」

邵雪見尹伊晟左肩的書包已經完全被雨打濕，便說：「我替你撐吧，不要兩個人都濕透了。」

其實，這麼大的雨，撐不撐傘都會被淋透。尹伊晟顯然也很清楚，卻只是低頭笑了笑，沒有拒絕。邵雪坐上後座，一手倚著吉他一手拿傘。尹伊晟踩下踏板，低聲說：「走了。」

穿越校園，穿越住宅區，商店街轉身就過，一路上寂靜的沉默被雨聲劃開，誰也沒有開口，只是不斷往前。市區越來越近，周圍從綠蔭變成街燈，公寓之後是大樓林立。路邊騎樓下一個個等待雨停的身影，與馬路上大雨中一對對共傘的行人，和著沒有消停的雨聲，與這一刻的他們擦身而過。

大約十分鐘後，腳踏車在天澄飯店的高聳建築前停下，尹伊晟一腳撐地，說：「到了。」

邵雪下車，旁邊的服務生霎時已經撐傘過來，站在尹伊晟一旁說：「少爺，撐個傘吧。」

尹伊晟沒搭話，也沒拿傘，逕自往飯店大門走去。滿心疑問的邵雪也跟上。

通過旋轉門，門房一見尹伊晟，也快步靠上來，「少爺，抱歉，雨這麼大，應該派車去接您。」

尹伊晟依然沒有回應，一個勁地往電梯的方向走。邵雪對上前的服務生禮貌點點頭，追上尹伊晟的腳步。

走到電梯處，服務生見他們兩人走來，上前攔住了邵雪。

「沒事。讓他上來。」尹伊晟這才出聲。服務生放開手，送他們進電梯。

專用電梯往上，來到標示著Penthouse，非一般房客入住的頂樓層。走廊燈光昏暗，四下無聲，只有他們銜著水滴的腳步聲。邵雪跟在尹伊晟身後，步入房號PH11的客房。門打開，邵雪原以為會看到高級客房內裝，然而裡頭就是間簡單的單人雅房。地上堆滿書，擺設不似飯店原本的，房間盡頭的一爐火吸引了他的視線，火光將整室照得通亮。或許是剛才外頭大雨太冷，此刻邵雪感到一股撲人的暖意。

尹伊晟隨手把濕透的書包扔一旁，接過他的吉他說：「進來吧。」

「……打擾了。」邵雪踏進房間，尹伊晟在他後頭關上了門。

從尹伊晟突然出現到此刻這短短不到二十分鐘的時間，邵雪心裡的疑惑已經超出他能思考的範圍：尹伊晟那麼晚還留在學校做什麼？他為什麼住在這裡？樓下那些人叫他少爺是怎麼回事？這間房看起來不是短住，莫非他真的住在這裡？其他同學知道嗎？袁懿芯知道嗎？尹伊晟到底是什麼人？

就在他感到太多疑問而無法思考時，尹伊晟已經拿著兩條浴巾出來，將一條丟給他，指向左邊的門說：「盥洗室在那，你去換洗吧。我拿了幾件我的衣服放在裡面。」他上下看看邵雪，「你應該可以穿。」見邵雪沒反應，又說：「快去吧。空調吹著冷。」

邵雪忽地心生一股自己被尹伊晟推著走的感覺。跟著他上車，跟著他進飯店，跟著他到了房裡，現在要順著他的意思去換洗。一切太過倉促，他完全沒有時間去想該如何反應，除了按照尹伊晟的話去做——

他走進了盥洗室。好奇心殺死貓，肯定不只一隻。

盥洗室燈光明亮，塑質百葉窗閉著，淋浴間很乾淨。妝台底下的大置物櫃敞開，放著幾件衣褲，毛巾整齊推疊著。邵雪挑了一件米色長袖素T和白色休閒褲放到妝台上。不知是隔音好，還是外頭房內真的寂靜無聲，彷彿連尹伊晟的存在都消失，一點聲音也沒有。邵雪褪下衣物，放下了心思，實實在在沖了一個久違的舒適的澡。

換洗完畢，將衣物放進置物籃上掛著的袋子，他擦著未乾的短髮走出盥洗室，房內依然靜悄悄，沒有一點聲音。正當他尋思著尹伊晟去哪裡了，走到寢室前，就見尹伊晟半裹著浴巾躺在床上，像是睡著一般，一動也不動。

這間房裡的擺設與飯店一點都連不上邊，只有床是一樣切切實實的白，從枕頭到墊被，一襲白淨。尹伊晟還沒換洗，被雨水打濕的短髮用浴巾擦得亂亂的，襯衫濕了一塊，從腰間拉出的衣襬在白色床單上暈出一小攤水漬。

如夢般的場景。

彷彿本能驅動，邵雪往床的方向緩步走近，感覺周圍動靜隨著他的靠近一一消散而去，只剩下左心上的怦動在耳窩迴響。那聲音大得駭人，他生怕再靠近一步。

但他已經在床緣坐下。

尹伊晟仍沒有動靜。

邵雪以手肘支著床，俯身看著距離兩個掌心，雙眼闔上的男子。尹伊晟稀散的睫毛上凝著不知是雨是霧的水珠，一道透明從他髮間流下，在他的側臉上劃出斷續的淺淺弧線。

邵雪沒有這樣看過尹伊晟。他總是避開所有的可能性。然而此刻，他不禁想起這段日子學校裡那些對尹伊晟描述的話語；那些他以為似風，其實已經深入他內心的絮語。邵雪微微笑了，沒錯，尹伊晟生著一張跟自己完全不一樣、卻絕對稱得上俊美的臉，不虧他帝北男神的稱號。

邵雪不禁伸出手，在尹伊晟眼窩上方一段指節處，隔空撫過他的臉，最後在唇上停駐，彷彿一不小心就會把尹伊晟喚醒，但是沒有。邵雪就這樣靜靜看著，只能用眼神碰觸的人。

「你好了？」突然一聲劃破寂靜，邵雪嚇得整個人往後彈開。

尹伊晟以手揉眼，長吁一口氣，撐著床單坐起身，平靜地看向他說：「挺好看的。」

什麼？邵雪在心裡問，說不出話。

見邵雪整個人如石化般定住，尹伊晟失笑，轉開了盯著他的視線說：「你穿這樣很好看。」

「喔……謝謝。」邵雪不自然地拉了拉素T下襬，尹伊晟出乎他想像的平靜，剛才應該是真的睡著了，正好醒過來而已。一定是這樣，如此剛好。

「抱歉，你累了吧，我該走了。」邵雪匆匆離開床邊，起身就要往門的方向去。不管尹伊晟有沒有發現他冒犯的行徑，都不能再繼續待在這裡。

然而尹伊晟卻也一個箭步起身，毫無遲疑地拉住了他的手——沉著地說：「外面還在下雨，你要走……就把吉他放我這吧。」也許是感覺到邵雪的不自在，尹伊晟很快地鬆開了手，快步越過他的人，錯開他的眼神，走去門邊拿來時的傘，遞向他說：「你拿去用吧，不必還我了。」

被尹伊晟突然一拉，邵雪覺得心臟都要凍結。他幾乎是反射般的以雙手接過傘，無法做出更多回應。尹伊晟又從襯衫口袋掏出一張卡，「給你，我的門卡。」

做什麼？邵雪在心裡問。

「出去電梯要刷的。」尹伊晟看邵雪眼神疑惑卻不語，又不禁笑了，伸手輕撫他的頭，「別弄丟。明天我帶吉他去給你。不送了。」

邵雪收下門卡，速速往外走，沒有再看尹伊晟一眼。房門關上，他卻停住了腳步，不禁回頭看。門上沒有貓眼，即使有，也看不進裡頭。不知道為什麼，他此刻就想待在這裡，一會兒就好。這片刻，隔著這扇門，他感覺與房內的尹伊晟，真真切切地緊緊相依。

4 煙花

砰！砰！砰！砰！砰！

凌晨十二點的射擊場，五發子彈以極速飆向人型靶。尹伊晟拿下隔音耳罩，將人型靶往前拉向自己。今天他的命中率十分失常。他當然知道是因為邵雪的緣故。比起上次見面，這次可說是一切都亂了套。他睡不著，只要一閉眼，就會馬上回到那一刻——邵雪的手距離他如此近的那一刻。如果當時他醒著，甚至不必伸手就能觸碰到邵雪。可是邵雪卻沒有再靠近分毫，只是任手撫過的空氣，如漣漪般在他臉上留下短暫的殘影，彷彿什麼都沒有發生過。

連欲望都如此輕盈。

那時尹伊晟真的睡著了。一邊準備校慶，放學後再上家裡安排的晚課，他連續忙了好幾天，今天異常疲憊。離開學生會辦公室後，突來的一場傾盆大雨把他困在高一導師辦公室，他正是在導師辦公室的窗邊看到了底下穿堂上揹著吉他的邵雪。他等了很久，像是與邵雪一起在等待一般：邵雪在等待雨停，而他在等待邵雪起身離去。好一陣子後，看來他們倆的期望都落空，也許是上天要他去做他真正想做的事。於是他拿起傘，三步併作兩步奔下樓，走上穿堂時才放慢腳步。他緩步走向邵雪，靜靜地打開了傘。

邵雪抬頭看他的表情，夾雜著意外與一絲驚喜，他不可能漏看這一眼。所以他確實是故意的。故意為邵雪撐傘，故意載他回家，讓他進了房，穿上自己的衣服，留下他的吉他，再交出一張門卡……原本還想留邵雪一起晚餐，然而自己卻睡著了。可能是房裡太過暖和，也可能是載邵雪過來的那一路簡直一場暈眩，他一倒床上就睡著了。

睡著也無妨，他沒想到的是邵雪的舉動，完全不在他的預料之內。此刻一回想，他甚至能感覺邵雪幾乎已經碰到他了，從額間，到唇上，就像是真真實實被撫摸過；現實卻並沒有。

他早就醒了，其實可以不驚動邵雪，順勢裝睡下去，可是邵雪看他的眼神太專注、放下的手就落在他的肩旁。他不可能壓得下內心的激動，忍不住開了口，還拉住了邵雪的手。他後悔自己嚇到了邵雪，只能放他離開，還要不動聲色地微笑以對，不能讓邵雪看出他腦袋一片混亂。想到這裡，他不禁笑出聲。說不定這一切都是一場夢，只是自己的妄想。

隔天尹伊晟起得特別早，沒睡上幾小時。他想先把吉他拿去邵雪班上放著，因為若是在上學時段揹一把吉他進校門，肯定會引發一連串長長的後遺症。再加上，他們平常都是靠袁懿芯聯繫起來，他甚至沒有邵雪的通訊方式。

走在早晨無人的校園裡，能聽見平時被人聲蓋去的鳥鳴蟬叫。尹伊晟將吉他靠在邵雪的座椅上，從邵雪的位子向外望。這裡不是他的教室，即使七班跟十三班是上下樓，眼能所及的空間與景致都是相同的，他還是獨自在邵雪的位子上待了一會兒，才趕在人群出現前離開。

一個上午他都倦得很，中午過後準備去學生會開會，估計會一路開到晚上。他帶著午餐，也認命地買了一些零食，便往教學大樓的學生會辦公室走去。

站在學生會辦公室門外，裡頭傳來鬧哄哄的人聲，尹伊晟打開門，走了進去。

「尹伊，你來啦。」二年級資訊組的范譽學長正在門邊專注地寫著黑板。

「學長好。」他拉開椅子坐下，把手中東西放上桌邊一角。

「尹伊就是這麼有禮貌。」說完，范譽回頭看他一眼，猛地問：「你生病了啊？」

一旁總務組的學姊王采晴也看看他，「真的耶，你還好嗎？看起來很累。」

「我沒事，也沒病。謝謝關心。」尹伊晟打開保溫瓶，啜了幾口水。

原本在裡頭跟學生會成員談話的方筱青聞聲走來，出聲說：「我看是昨天淋雨了吧。」

他瞬間差點嗆到，抬眼對上方筱青的視線。

「昨天會議結束後雨下超大，我只是走到公車站就半身濕了。」方筱青看起來沒事般的說。

「就是啊，昨天雨超級大，我待到快八點才離開學校。」王采晴應道。

「所以說，人要未雨綢繆，我每天傘不離身的。」范譽默默地說。

王采晴感覺委屈，「雨下得太突然了啊！而且公車誤點，我回到家都九點了。」

大家你一言我一語地和著。尹伊晟拿起保溫瓶，往裡頭去飲水機裝水。

方筱青跟上，在他身後小聲問：「昨天你跟那個……那個誰，就是一年級的轉學生吧？」

「怎了？」尹伊晟投以疑問的眼神。

「沒，高二傳得凶呢，說高一來了一個神級長相的轉學生。是說……小懿芯是不是跟他很好啊？」

原來是這事，尹伊晟心想，淡淡地說：「好像是吧。」

方筱青語氣昂揚起來，「哎呀，很好啊，你不要的話就讓給人家。」

尹伊晟一愣，忽然很想笑。

方筱青瞪他一眼，說：「舞會快到了，要不要趕快決定，我準備得很辛苦耶！」

「好好好，知道了，我是不是該貼個公告，徵求尹伊晟畢業舞會的舞伴啊。」尹伊晟推著方筱青的肩膀回到外面大桌。

「快去貼，貼什麼都好，我等著。」方筱青拍拍他搭在她肩上的手，緩下腳步說：「倒是你，好好照顧身體，知道嗎？」

「遵命，方姐，就你最關心我了。」尹伊晟笑答。

方筱青嘆口氣說：「大家都很關心你呢，就你不知道。」

或許其他人會感到訝異，但關心這兩個字對尹伊晟來說很是陌生。不久前有人跟他說，如果每個人的心都是一個小紙箱，那麼他的紙箱一定破了洞。無論別人如何放入東西，將愛灌注，只要破洞不修補起來，紙箱就永遠是空的。

「那才是你寂寞的根源，你沒發現嗎？」那人如此忿忿地說。

那時他才第一次察覺到寂寞，自己的。

方筱青在大桌主位落坐，朗聲招呼大家：「開會了，趕快吧，我可不想在這裡吃晚餐。我們加緊點時間。」

學生會成員們聽了都快速入座。大桌圍坐各組組長，也有人坐在四周靠牆的邊桌上，尹伊晟抵著前門旁的柱子，席地盤腿而坐。邊吃飯邊開會，是他們忙碌中的共同儀式。

方筱青先確認校慶各組的工作進度。學生會人數不多，因為三年級不參加，一年級又只有尹伊晟一人，主要任務落在高二的學長姊身上。而他們也不是各班都派出代表，是由會長總召聚集的，比起各班參與這種乍看公平的方式，讓熟悉且能力相符的人來執行是帝北學生會的作風。

這次校慶共分成校務組、園遊會組、運動會組、舞會組，還有宣傳組、資訊組、總務組等庶務組別。尹伊晟被分配到相對輕鬆的運動會組，校慶前只要跟各班做好確認、準備器材及備品，並事先協調好醫護工作即可。真正忙碌的是校慶當天，因為運動會突發狀況多，需要順暢且快速的應變處理，多是體力活，所以組上大多是男生。不過因為尹伊晟既是典禮的授獎人，又是開幕式的高一代表，方筱青只要他隨時待命，沒有給他現場工作。即使如此，依照學長姊需要他的程度，他知道校慶前肯定會非常忙碌。

這天的議程很多，過了放學時間，接近晚餐時段，話題終於來到最後一件事：下週會先舉行畢業舞會的煙火試放。既然舉辦舞會，一定要放煙火，這是方筱青的堅持。一般校園嚴禁煙火，必須特別向教育局申請許可，他們很幸運地通過了，唯一要求是要進行嚴格的檢查及事前測試。

說到放煙火，學生們簡直瘋狂，加上測試，等於可以放兩次。不過不是全校師生都享受得到這好處，因為試放那天只有學生會成員能夠參與，下週四晚上，在大操場草坪試放。學生會舞會組的同學必須確實到場協助，尹伊晟不是，所以可以藉機先來個舞會預演，這是袁懿芯的說法，他們已經約好那天要去視野最好且學生最少的高三大樓頂樓觀賞。

■

週四晚上，剛過七點，尹伊晟就收到袁懿芯的訊息。

——我們先過去囉！

尹伊晟感覺哪裡奇怪，但是沒有多想。此刻他剛從天澄飯店出發，在附近便利商店挑選待會兒賞煙花的必備品，飲料與零食。高中生不能買酒，他從飯店先帶了一手啤酒，再挑幾瓶氣泡飲料、數包洋芋片零嘴，最後在結帳櫃台拿了幾袋袁懿芯喜歡的果乾。將大包小包掛上單車手把，他直接騎車進校園，繞了點路，停在了高三大樓穿堂外面。晚上了，巡邏警衛不會管束這種小事。

月兒高掛天上，平時熟悉的校園似乎變了一個樣，四處暗黑無光，好似稍不注意就會迷失方向。尹伊晟提著東西步上高三大樓樓梯，遠遠有細小的樂聲傳來，越接近頂樓越清晰。他推開頂樓的生鏽鐵門，聽出那是邵雪的吉他聲。

高三大樓頂樓跟高一頂樓很不一樣。校方不想讓高三學生在頂樓徘徊，一來避免大家躲在這裡閒混，二來也減少意外發生的可能性，因此高三大樓頂樓實實在在什麼也沒有，就是空蕩蕩的一片水泥地。他記憶裡是這樣沒錯，然而此刻眼前卻是完全不一樣的光景——

不知從哪裡找來的五支高桿，立在鐵製的油漆罐中，之間以數條鐵絲燈交錯接起，小燈泡群閃著金黃的光，照亮了這個無光的夜晚。閃爍的金黃光芒圍出一塊五芒星狀的空間，地上鋪著好幾張大報紙。邵雪坐在一側彈著吉他，輕唱著歌，他的短髮被燈光照亮，垂下的瀏海遮住了臉，與燈網融成一張絕美的畫。

「尹伊，這裡！」遠遠的也坐在地上的袁懿芯站起身，招手喚他。

尹伊晟向燈光的方向走去時，邵雪已經停下彈吉他的手，跟袁懿芯笑著聊天。尹伊晟來到鐵絲燈前，彎腰掀起燈網，走了進去。

「嗨。」邵雪主動跟他打招呼。

「嗨。」尹伊晟向邵雪點點頭，看著他們兩人說：「這是你們弄的嗎？這麼厲害。」

袁懿芯看向邵雪，說：「這是邵雪的主意。但是我很努力在布置喔！」接著指向旁邊一個大冰桶，「我們還帶了可樂來，還有威士忌！你是不是要稱讚一下我們啊？」

「很棒，很聰明，簡直天才。」雖然看著他們兩人，尹伊晟的視線卻不禁要在邵雪身上停留。邵雪看起來很開心，眼角彎彎笑笑的。

「人家已經想開喝了啦。」袁懿芯不耐地說。

「看完煙火再喝吧。」邵雪搓搓袁懿芯的頭髮，忽然像是想到什麼似的，警覺地問：「欸，你能喝烈酒嗎？」又看向尹伊晟問：「她能喝嗎？」

「不太能喝。喝了肯定要出事。」尹伊晟說。

「聽你在蓋！」袁懿芯隨手扔一個啤酒罐過去。

尹伊晟一把接住，「上次是誰喝了幾口調酒就開始胡言亂語到處親人？」

「欸，長島冰茶很烈的，你不知道喔！」袁懿芯抗議道。

這時操場方向傳來嗡嗡的廣播聲，高三大樓與操場仍有段距離，聽不清楚廣播在說什麼。

尹伊晟看看手錶，說：「差不多要開始試放煙火了。」

「快快快！」袁懿芯立刻從地上跳起來，往操場一側的圍牆快步跑去，轉身向他們兩人揮手，「快過來，這邊看得很清楚！」

「好，來了。」尹伊晟大聲回應，看向邵雪。邵雪放下吉他，對他笑了笑站起身。兩人前後往揮手的袁懿芯那邊走去。

站在頂樓，不知為何就會不禁抬頭看，他們三人並肩仰頭，眺望極遠的星空。今天的夜空異常清明，看不見一絲雲，月光白亮白亮的。仔細看的話，可以捕捉到一部分的春季大三角，天上閃著幾顆耀眼的星。

「雖然是要看煙火，但總有種在等待流星的感覺。」袁懿芯降下興奮的情緒，怕會吵醒什麼似的輕聲說。

「嗯。」邵雪也低聲應道。

尹伊晟望著夜空，說：「煙火跟流星，不是很像嗎？都是注定要墜落的東西。」他感覺隔著袁懿芯，邵雪轉頭看了他一眼，「不過，如果都是注定要墜落的話，應該也是帶著某人的心願，墜落到那人眼前吧。」

忽地，煙火打向天空，綻放第一幅光焰四射的絢爛，大樓底下傳來欣喜的驚呼聲。從他們的位置可以居高臨下地看見校園零星角落亮著燈，應該都是來看煙火試放的學生。

尹伊晟對煙火沒有太大興致，看了一半後，餘光就一直停在邵雪身上。他看見邵雪像是許願般，低垂的雙手隱隱合十，閉上眼一會兒又睜開。他很喜歡邵雪的側臉，尤其是閉上眼時垂下的長睫毛，在黑暗中也能看得很清晰。

大概過了十分鐘，嗡嗡的廣播聲再次響起，通知煙火試放結束。

定著仰頭太久，袁懿芯擺擺脖子，伸展雙手，隨後大聲一拍說：「好了，狂歡開始！」她開心地跑回布置好的金黃空間裡，急速把酒、飲料、零食全部攤放在地，「開喝了，開喝！」

尹伊晟在袁懿芯右手邊坐下，邵雪在她左手邊左下，三人圍成一個三角形，各居一方。尹伊晟先打開啤酒外盒，再拿出袁懿芯他們帶來的威士忌跟可樂，以一比五的比例兌成威士忌可樂。不過只能裝在克難的塑膠透明杯裡，惹得三人一陣笑。邵雪又拿起吉他輕輕彈著，像是從復古收音機裡傳出的柔和背景音。袁懿芯看邵雪彈吉他不好吃東西，主動拿食物餵他，她發現袋裡有果乾時非常驚喜，一雙大眼笑成了月。

這晚的話題不著邊際，偶爾大笑，偶爾嬉鬧，也有偶爾的沉默，偶爾的視線交錯，指尖相觸。尹伊晟酒量很好，不過這陣子太累，只喝了兩杯純威士忌就覺得有些迷濛起來；袁懿芯則是一杯威士忌可樂都沒喝完，就明顯醉了；只有邵雪看起來相當清醒，因為他沒碰烈酒，啤酒倒是開了第三罐。

或許是酒精的作用，尹伊晟不再抑制與邵雪對視，他能感覺自己幾乎是直直地勾著邵雪的眼神。邵雪時而撥弦，時而靠著吉他歇著，沒有刻意閃避他的視線，但也沒有迎上。

「欸，你們兩個，」靠著邵雪肩膀，閉著眼的袁懿芯突然出聲說：「跟我玩遊戲。」

邵雪像是怕會弄倒她，微微轉頭說：「很晚了，美少女該回家了。」

袁懿芯搖搖晃晃地挺直身子坐好，「不，要！我，要，玩！」嘟著嘴說。

尹伊晟覺得袁懿芯醉得不輕，雙手撐地坐起來，安撫她說：「好，陪你玩，玩什麼？」

「這種時候一定要玩的啊，真心話，大冒險。」袁懿芯咪咪笑著說。

這個提議從一個半醉不醒的人口中講出來特別有種傻勁，尹伊晟笑問：「你能玩嗎？等一下不知道會說出什麼……」

「怕什麼？我說的話我自己負責。」袁懿芯十分堅定，「來，不猜拳了，輪流吧。我問尹伊，尹伊你問邵雪，邵雪問我。懲罰是——」

只見袁懿芯從塑膠袋裡拿出五個透明杯，不管三七二十一就把剩下的威士忌、啤酒、可樂、氣泡飲料全部混著倒滿。尹伊晟更覺得她已經不是一般醉了。

「好，開始！」袁懿芯一雙閃爍的大眼看向右手邊的尹伊晟，問：「你到底住在哪裡？」

即使已經有些迷濛，尹伊晟仍確實愣住了。不過想想，告訴袁懿芯也無妨，邵雪都知道了，他幽幽地說：「我住在天澄飯店。」

「為什麼？」袁懿芯馬上追問。

「小姐，一次一題，換我了。」

尹伊晟看向邵雪，這一看他才發現，自己幾乎完全不知道邵雪的事，一時之間竟然不知該從何問起，只能發動學霸的頭腦說：「你生日是什麼時候？」

「七月四號。」邵雪即答，對他笑了笑，接著問：「班長呢？」

「五月二十七。」袁懿芯也即答，轉頭賊賊地再次看向他，「你為什麼住在天澄飯店？」

「離學校比較近。」

「這算答案嗎？」袁懿芯抗議道。

「我是說真的。好了，換我了。」尹伊晟望向邵雪，剛好看他拿著吉他，便問：「你吉他彈多久了？」

「三年，國中開始玩的。」邵雪像是談天般答得自然。

「國中開始玩就可以這麼厲害呀。」袁懿芯佩服地說。

邵雪很快又接著問：「班長呢，班長也彈樂器嗎？」

「我彈鋼琴。不過現在女孩子好像都會彈，沒什麼稀奇。」袁懿芯有些不好意思地說。

「她彈得很好。」尹伊晟插話道。

「還好啦。」袁懿芯的神情掩不住開心，隨口說：「尹伊好像不會樂器齁？」

尹伊晟抬眼看她，刻意加重語氣說：「我，會。」

袁懿芯醉得不輕，反應十分誠實，驚訝不已地說：「什麼樂器？我竟然不知道。」

「你的問題用完了。」尹伊晟逗她逗得很開心，再看向邵雪問：「你為什麼轉學？」

邵雪正拿起不知第幾罐啤酒湊到嘴邊，聽到他的問題忽地停住，接著放下了啤酒，主動伸手拿了一杯袁懿芯調的懲罰酒說：「抱歉，這題我pass。」

尹伊晟原以為這是很簡單的一題，面對轉學生大家都會如此詢問，但似乎問到了不該問的事，因為邵雪的表情一瞬間變了。

邵雪很快又恢復笑容，一口將酒飲盡，沒等他們追問就立刻接下去說：「班長你跟尹伊是怎麼認識的？」

袁懿芯仰頭看天，像是在回憶裡尋找什麼，片刻往後躺倒在地說：「去年入學的時候，因為我是班長，班上同學要我幫忙拿東西去送給尹伊。後來也不知道為什麼……反正就這樣熟了起來。」

尹伊晟覺得邵雪出乎他意料的自然，不怕回答，也不怕懲罰。雖然他的意識越來越朦朧，但還是被牽動了一絲神經：邵雪為什麼好奇他跟袁懿芯的事？

這個疑問剛在心裡發酵，袁懿芯已經轉頭向他，提出下一個問題：「我就不追問你會什麼樂器了，但是你說，你還有什麼事情沒告訴我？」

尹伊晟笑笑說：「多著呢。我不是不告訴你，是我不愛什麼事都昭告天下。」

「我不管，你給我說一個！」袁懿芯直直瞪著他。

他看了邵雪一眼，想起剛才的那個疑問，便說：「像是，邵雪已經知道我住在天澄飯店了。」

「什麼？」袁懿芯原本已經很大的雙眼瞪得更大了。

邵雪馬上接話說：「那是一個意外。」

袁懿芯看向邵雪，邵雪露出抱歉的表情，輕拍她的手背說：「是我自己發現的，不是尹伊告訴我的。」

尹伊晟瞥了邵雪一眼，邵雪只是微微牽動嘴角，也對他露出有些抱歉的神情。尹伊晟沒時間理清自己為何對邵雪這個回應不太開心，又接著問：「你有想過去找你爸爸嗎？」

邵雪坦然地搖搖頭，頓了頓又說：「沒有意義吧。硬是去把躲起來的人找出來……不會有好結果的。」

袁懿芯左右看看他們兩人，睨起眼睛說：「你們……是在聊天呢，還是在玩遊戲啊？」

尹伊晟不禁笑了，「是邵雪太客氣。」也很誠實，他心想，心裡對邵雪的好感又多增了幾分。

「那我要來認真問了。」邵雪忽地露出有些淘氣的神情，看在尹伊晟眼裡有種說不出的可愛。

袁懿芯一副天地不怕的醉樣，說：「你問吧，我剛才說了，我說的話我自己負責。」

邵雪接著幾乎是即刻開口說：「那班長你證明一下，你跟尹伊關係到底有多好？」

袁懿芯一瞬間被這個問題愣住，想了想，猛地大笑出聲。

「你別這樣，很嚇人。」尹伊晟瞥了她一眼說。

「我就證明給你看！」袁懿芯像是發戰帖般的語氣，轉向尹伊晟問：「你今天褲子什麼顏色？」

「黑的啊，你沒眼睛喔。」尹伊晟沒聽懂，偏過頭看她。

袁懿芯猛揮手，笑個不停，「不是啦，我是說裡面的。」

「喔，」尹伊晟這下也跟著笑了出來，「灰的啦。」

「這沒什麼吧。」邵雪反駁道。

「那你也說啊，什麼顏色？」尹伊晟看向邵雪，開玩笑般隨口一問。

邵雪也笑了，「黑的啊，沒什麼好隱瞞的。要看嗎？」

他們的視線對上，尹伊晟竟感覺一絲在身體深處湧動的暗示。

袁懿芯當然沒注意到他們的神色，對著邵雪說：「等一下，這是你的下一個問題嗎？」笑到前俯後仰差點頭撞地。

「你不要欺負他。」尹伊晟出聲說。

「好啦，讓邵雪再問一題，就當是班長送給新同學的禮物。」袁懿芯堆起笑臉，看向邵雪。

這時理應要給已經非常醉的袁懿芯一題當頭棒喝，但邵雪卻收起笑容，神情若有所思，一會兒才像是自言自語般的說：「要怎麼知道你對一個人的感覺只是朋友，還是喜歡？」

可能是邵雪沉默了這片刻，大家的笑意都已褪去。袁懿芯順勢仰躺在地，望向天空。這是她今晚第二次注意天空了，此刻已經夜黑星稀，感受不到一絲城市燈光的反影。

「嗯……真的喜歡上了的話，不可能不知道吧。喜歡一個人會有很多心情，會好奇，會試探，會嫉妒，會寂寞……如果他不喜歡你，還會心很痛。如果只做朋友的話，就輕鬆多了。」袁懿芯以眼角餘光看向尹伊晟，但他的視線不在她身上，「你說呢，尹伊？」

尹伊晟轉向她，她幾乎要覺得他是疼惜的眼神，說：「是啊，喜歡上了就假裝不了，無法欺騙自己，無法對自己隱藏，這種心思無處可躲，不可能跟友情搞錯的。但若是我的話，喜歡就當不成朋友吧。」

尹伊晟這話是認真的，同時也是他給邵雪的訊息。他喜歡他，他們就不可能只做朋友。

袁懿芯不知是笑是嘆地勾勾嘴角，坐起身，下巴抵在一邊手臂上，看向邵雪說：「怎麼啦，有什麼心事都可以跟我們說。」她的眼神瞥向尹伊晟，尹伊晟感覺到她的別有用意。

邵雪搖搖頭說：「也沒什麼……我只是覺得，人與人的相遇好像都是注定好了的。」他的瞳孔在金黃燈光下閃著橘棕色的光芒，有種迷茫，「家人注定好了，朋友注定好了，感情也注定好了。既然這樣，心意真的重要嗎？」

袁懿芯笑嘆一聲，伸手搔亂邵雪的短髮，說：「當然重要。喜歡一個人的心意是很珍貴的，不是對他，而是對你自己。能夠喜歡上一個人，是非常幸福的。」

尹伊晟覺得這是今晚邵雪的眼神第一次矇矓起來，而他竟也有些感觸，「我們自己撰寫了未來，就不能把它當成是宿命。」他看向邵雪，他想撰寫屬於他們的未來。

邵雪眼神怔怔，有些詫異，卻沒有回應。

「欸，不對，我們是不是又聊起天來了？」袁懿芯忽然想到似的說。氣氛一下子又鬆了，三人都因為各自不同的心事而笑了起來。

話題無邊際地持續下去，直到彷彿連星星都要退去，袁懿芯枕在邵雪的吉他袋上睡著了。尹伊晟靜靜地喝完最後一瓶啤酒，看邵雪彈著吉他輕唱熟悉的旋律，像是怕吵醒袁懿芯一般，也像是在為她唱搖籃曲一般。只剩他們兩人醒著的時間裡，多半是寂靜，更多的是眼神的交會。邵雪總是笑笑的，輕輕牽動右邊的嘴角，沒有迴避，也沒有回應。

尹伊晟一直注視著邵雪，直到他刷下最後一聲和弦，將吉他側躺在地，才開口說：「走吧。」

邵雪點點頭，比了一個安靜的手勢，小聲說：「這裡沒人來，我們收拾好，明天再把東西拿走就好。」他起身走到燈網下，關了電源，一一拆卸鐵絲與燈泡；尹伊晟則拾起地上的瓶罐、鋁箔包，裝進準備好的大塑膠袋裡。沒有言語，他們在看似無意其實有意地關注彼此的動作下，很快就整理完畢。

最後，尹伊晟掛上肩包，蹲下揹起睡得很熟的袁懿芯，讓邵雪把吉他收好。鎖了頂樓，兩人默默走下黑壓壓的高一大樓樓梯，校園裡其他所有燈光都已熄滅。

來到一樓，尹伊晟看向邵雪說：「我叫車送袁懿芯回去。你呢？現在沒公車了，要一起嗎？」

邵雪搖搖頭，「沒關係，這麼晚了，你趕快送她回去吧。我自己慢慢走回去就好。」

邵雪看起來不是客套，但尹伊晟不想這麼晚放他一個人走路回去，於是說：「你騎我的腳踏車回去吧，到家給我傳個訊息。」他放鬆一手，掏出鑰匙丟給邵雪。

邵雪很自然地接住了鑰匙，沒有遲疑。「嗯，謝了。」

看著邵雪揹起吉他騎上他的腳踏車，揮手告別後，尹伊晟又望著邵雪離去的背影許久，才揹著袁懿芯繼續往校門口的方向走去。又多了一樣留在邵雪那裡的東西，他默默想著。他這幾天熬了太多夜，今晚又喝了太多酒，光是揹著袁懿芯就覺得累，還沒心神消化這一晚的心情。

「尹伊……」袁懿芯忽地動了動，很小聲地喚他名字。

「你醒啦？」尹伊晟沒回頭，繼續往前走。

「嗯……」袁懿芯像是在半睡半醒之間。

尹伊晟想起晚上邵雪最後的那個問題，低聲說：「你啊，下次有問題直接問我就好，別再玩什麼遊戲了。」

「真的。」

袁懿芯將下巴靠上他一邊肩膀，窩進他的髮根，語氣迷濛地說：「真的嗎？」

「那……」袁懿芯靠近他耳朵，以幾乎聽不見的聲音說：「你喜歡邵雪吧。」

這不是問句。

尹伊晟沒有回答，只是把袁懿芯往上提，重新揹好。過了很久，才輕聲應了一聲：「嗯。」

5 訊息

邵雪睡過頭了。

他加速騎進校門，與擦身的同學匆匆問好，把腳踏車在學校停車棚停妥。走到七班教室的途中，「#邵雪今天騎尹伊的腳踏車上學」這條hashtag已經在社交平台上瘋傳，加贈些或背景或模糊的跟拍照。

昨晚，或者該說是今天凌晨，他回到家時已經過了半夜。盥洗完後陷入一股久違的溫暖愜意，卻遲遲無法入睡。他知道自己在想什麼，他努力抹去念頭，可是心思這種事情確實如此，無法欺騙自己，無法對自己隱藏，無處可躲。幾天前就洗淨的素T白褲，整齊折好放在房門旁的五斗衣櫃上，最上面躺著尹伊晟的飯店房卡，邵雪不知道自己為何遲遲沒有拿去還他。

半睡半醒之間，手機螢幕嘩地亮起。

——你睡了嗎？

是尹伊晟傳來的訊息。不是「到家了沒？」，而是「你睡了嗎？」。他並不是忘了傳回家的訊息給尹伊晟，而是刻意不傳的。邵雪拿起手機，時鐘顯示02:04。他猶豫著要不要點開訊息，如果點開，怕是會洩露了自己的無眠。在清醒與睡意之中，再回神時，已經03:12了。他忍不住滑開訊息，像是試探般的緩緩打下：

——又醒了。

畫面上的一行字旁即刻顯示已讀，接著是叮咚兩聲：

——天要亮了，快睡吧，別回了。

——晚安。

看到晚安，邵雪心頭浮上一絲安心。他一直覺得這兩個字有種魔力。從小到大沒有人跟他道過晚安，一天將盡的時刻，總是他自己一個人度過，所以特別覺得這兩個字充滿溫暖的魔力。如果可以，他也想有一個可以互道晚安的對象，他一直很想知道那是怎樣的一種感覺，不再寂寞的感覺。邵雪半睜著惺忪的眼，看著發亮的手機螢幕，直到意識越來越朦朧，彷彿是被這兩個字催眠而睡下。

這天下午，結束實驗大樓的課，回去高一大樓的路上，邵雪與袁懿芯繞路去了十三班。十三班上一堂是體育課，教室裡學生稀稀落落。女同學大多去廁所換下運動服，只有男同學在。尹伊晟正披上制服襯衫，看到他們便一邊扣著釦子走出來。

「練跑啊？」袁懿芯問。

「對啊，校慶要比四千公尺接力賽。」尹伊晟說。走近時，可以看到他額頭浮著淺淺的汗珠。

袁懿芯從口袋掏出面紙，伸手幫尹伊晟擦了擦，「你跑最後一棒嗎？」

尹伊晟又抽一張面紙，往後擦拭脖子說：「沒有，校慶我太多事情要忙，跑最後一棒壓力很大，所以拜託老師給我排第一棒。」

「……不是我說，田徑校隊應該要禁止參加班級競賽。」袁懿芯略有微詞。

「一班派十個人，又不都是校隊。」尹伊晟看看他們問：「你們呢，跑不跑？」

「我不跑，我要準備園遊會。」袁懿芯指向邵雪說：「他跑，我們班最後一棒。」

「哦，是不是每個高個兒都被抓去跑了啊？」尹伊晟就想逗弄一下邵雪。

「你就等著被狂電！我跟你打賭，校慶結束後，校隊就會要你來求他加入。」袁懿芯替邵雪抗議道。

邵雪在一旁笑笑說：「我可不要進校隊喔。」

「欸，」袁懿芯打向邵雪，「你們兩個這樣算是聯手欺負我了。」

以狂歡翌日的節奏來看，今天他們三人的反應異常平和。然而，雖然是跟平常一樣的對話，一樣的相處模式，邵雪卻覺得今天尹伊晟跟袁懿芯之間有些不一樣了。少了幾分刻意，不再有讓人霧裡看花的曖昧氣氛，就像是一對真正的、不帶感情成分的異性好友。

走廊上往來的同學相繼跟他打招呼，尹伊晟的視線偶爾與他交會時，只是自然地回以微笑，讓他感到意外的自在。他非常確定，有什麼事情在前一晚化翼成蝶，不再相同。

邵雪掏出腳踏車鑰匙，遞給尹伊晟。「不知道你什麼時候需要，所以早上就騎來了。」

「謝謝。」尹伊晟伸出手，鑰匙落入掌心。沒有接觸的碰觸。「我其實不急，下次再一起還就好了。」

袁懿芯看看他們兩人，沒有開口，應該是聽出尹伊晟話裡的弦外之音：邵雪還欠了尹伊晟什麼別的東西。

尹伊晟轉開落在邵雪身上的視線，看向袁懿芯說：「對了，我早上去學生會遇到方姐。她說畢業舞會高一要有兩個同學上台，她希望我跟——」

話聲未落，袁懿芯已經搶先發難，尖聲說：「你跟我嗎？」

尹伊晟點點頭，「我說高一還是新生，不好上高三的場子，但是方姐很堅持。」

「她是堅持要你去吧，別拖我下水啊。」袁懿芯邊抱怨邊思索，「三班的簡郁芳不是很漂亮嗎？你們班的林心岑也很多追求者啊！去找她們吧。」

「我跟她們又不熟，不好搭檔。」尹伊晟一臉不樂意地說。

「喔……」袁懿芯的表情忽然從煩躁轉為賊賊的笑，「不喜歡她們是吧，我知道啦，你喜歡……」

還沒說完，尹伊晟已經捏向她的手臂。

「痛痛痛痛痛！」袁懿芯反射地屈身往邵雪那兒擠去。

尹伊晟不由得與邵雪對視一眼。

邵雪對著身前的袁懿芯說：「你就跟尹伊一起去吧，一定很好玩的。」

袁懿芯瞪向尹伊晟，調皮地做個鬼臉說：「你看，邵雪就是好。」

「好啦，我們該走了，要上課了。」邵雪拍拍她的頭。他們兩人跟尹伊晟揮手道別。袁懿芯半蹦半跳地離開。邵雪遠遠聽見後方有人呼喚尹伊晟的聲音，再回頭時，尹伊晟已經不在走廊上了。

煙火試放那天，袁懿芯突然來找他，說學校第一次放煙火，一定要好好利用與尹伊晟熟識的好處，極力邀他一起來。袁懿芯行事活潑直率，讓人感覺很真誠親切，加上入學後她幫了他許多忙，便答應了。後來想想，他覺得當時袁懿芯那麼積極地找他一塊兒去，實在說不上原因。

真要說，就是因為尹伊晟了吧。這樣想的話，袁懿芯當時應該已經知道尹伊晟的心思了。再說，煙火試放那天晚上尹伊晟的舉止簡直張狂，分明要讓人看出來，更不用說是袁懿芯。那麼尹伊晟是故意的嗎？邵雪感覺自己被尹伊晟擺了一道。

不過，他其實知道自己那天晚上也越了界，給了尹伊晟太多暗示，與內心明明要跟尹伊晟拉開距離的想法背道而馳。但真說不上為什麼，每次遇見尹伊晟，他就無法抑制內心的衝動，直向尹伊晟靠去。一直以來，他以為自己已經習慣也善於克制。情緒都是一時的，忍下來，藏到心深處，就像一只快速止傷的OK蹦，與許貼著，不揭開就不會疼。然而，認識尹伊晟之後，他才發現，無論克不克制，都很疼，疼得厲害。

帝北高中下學期的行事曆十分緊密，校慶過後，很快地是期中考，接著是各社團的成果發表會，最後是學期結束前的高三畢業典禮。邵雪算是真正的新生，除了吉他社就沒有參與其他事務，相較尹伊晟跟袁懿芯來說，輕鬆得多。最忙碌的當屬尹伊晟，光是校慶一天，就要參與開幕式、領獎、接力賽，還要準備晚上的畢業舞會，再加上頂著高一全年級第一名的頭銜，邵雪很難想像一個人怎麼做這麼多事。

而且，每次他與袁懿芯上四樓走一趟，都能聽到有人呼喚尹伊晟的聲音。學科問題找他，活動事宜找他，跨班糾紛找他，私人雜事也找他，簡直是這棟樓的百憂解，萬靈藥，人人爭搶；而這瓶萬靈藥也總是一概承受，很少失靈過。邵雪最初覺得尹伊晟約莫真是這般大方隨和又有能力的人，但久了他卻感覺，尹伊晟太擅長與人交際，他真正的心思，或許也如他所表現的一般好，只是誰也無從得知。

然而，這樣的尹伊晟，卻向他展示了全然不同的一面：

這些事都是我自願做的，這些話都是我真心說的，因為是你。

這樣的人徹徹底底就是毒藥——但是，誰抗拒得了尹伊晟炙熱的眼神？邵雪第一次興起撕下偽裝止傷的OK蹦的念頭，再疼，也想要靠近尹伊晟。

■

校慶前的日子像夏日過度秋日的葉，轉眼楓紅，瞬息枯謝。他們三人聚在一起的時間明顯銳減，主因自然是尹伊晟太忙，連在教室外頭聊天的次數都屈指可數。因為這樣，尹伊晟少見地出現在吉他社社課禮堂，邵雪已經見他與汪澤在禮堂外聊天好幾回。不過，即使都來到了吉他社，尹伊晟卻很少主動跟他攀談，只是和相識的同學聊著天，一邊默默看著他。那副眼神，簡直能把人燒出一個洞。

——你在嗎？

邵雪躺在落地窗前的地毯上，傳了訊息給尹伊晟。現在是晚上九點整。煙火試放那天過後，若要說真正的大變化，就是他跟尹伊晟交換了聯繫方式。此後，他們偶爾會在晚上互傳訊息。不過，就通訊這一點，尹伊晟倒是讓邵雪十分猜不透。有時晚上八、九點，應該是忙完一天所有事項可以放鬆休息的時間，卻怎樣都聯繫不上尹伊晟；有時到了半夜兩、三點，尹伊晟才像是手機終於吃飽電似的在回覆訊息。因此這天邵雪傳了訊息後，就把手機放桌上，去盥洗整理。

家裡只有邵雪一個人。洗漱完，收拾好隔天上課的東西，洗完衣服整完垃圾，又趴被子上看了大半小說，當牆上的鐘時針走到十二，他的手機螢幕亮了起來，有訊息。

——我在。你睡了吧？

尹伊晟這麼一說，邵雪才意識到已經超過自己平時的熄燈時間。

——差不多了。

——快睡吧，後天校慶。

——袁懿芯說校慶結束後找一天聚聚。

——校慶結束後，要我做什麼都可以。

邵雪看著手機笑了。

——我一定轉告她的，晚安。

——晚安。

尹伊晟通訊軟體的頭像不是自己的照片，而是某日的天空，一點紫，一點紅，透著粉橘色光芒，挺漂亮。邵雪覺得有股熟悉感，但說不出是什麼，興許就是個天色吧。

一會兒，又來訊息：

——期末吉他社成發你去嗎？

——不知道，看汪澤吧，他是社長。

——他說你不要也要把你拉上台。

——那我要跟他收取演出費。

邵雪調皮地回應。

——你就去吧，我想再看你表演。

邵雪盯著對話串。他心裡有股開心，但是不能表現出來。

隔了半晌，再收到一條「晚安，快睡吧」。邵雪關上手機螢幕，放在胸前，望著床頂天花板。他其實還想再說些事，但是依照過去的經驗，尹伊晟一定才剛忙完，他不想耽誤他的時間，只能簡短幾句聊勝於無。

近來他總覺得，自己與尹伊晟之間有股陌生網友的氣氛。現實上毫無交集的人，因為文字的交換，也交換了心緒與情感，成為比眼前所見之人更緊密的存在。他有時寧願自己跟上的是這樣更遙遠、更無法觸及的尹伊晟，而不是每天在學校裡以眼神追逐的那個尹伊晟。

邵雪又解碼手機，往上滑動，重看他們先前的對話。他不解的是，尹伊晟平時灼人的眼神，並沒有透過文字傳來；相反的，他的文字十分節制，就像是他身上又一個精心的技能。因為若是一般人，更容易使用文字暢所欲言。邵雪覺得益發讀不透尹伊晟了。

第二天，因為隔天就是校慶，學生十分浮動，校園從早八開始就鬧哄哄地直到放學。袁懿芯一整天心不在焉，終於在最後一堂鐘聲響後露出了笑顏。她急匆匆拉住邵雪，說尹伊晟傳訊息給她，要他們兩個現在去學生會幫忙，喜孜孜的神情完全寫在臉上。不消說，邵雪與袁懿芯已經好幾天沒見著尹伊晟了。

他們連跑帶跳地前進教學大樓，與往校門方向離校的學生們反方向，有種要去執行什麼祕密任務的興奮感。學生會辦公室大門敞開，外頭走廊上並排好幾張大桌，放滿箱子與各種道具，范譽正在大桌前清點品項，看到他們便舉手打招呼：「小懿芯，來找尹伊啊？」

「來救援。」袁懿芯笑著說，拉著邵雪越過大門走進去。

學生會辦公室裡滿滿是人，地上堆滿儲物箱與活動用品。尹伊晟正靠著中央的大桌背對門口，與方筱青及其他幾位學長姊在白板前比劃討論著。

方筱青先看到他們，「哎呀，小懿芯來了！」

聽到這一句，尹伊晟猛地轉過頭來，「啊，你們來啦。」

邵雪感覺尹伊晟的表情像是鬆了一口氣，放鬆了下來。

尹伊晟起身，邊往他們的方向走來邊說：「明天的舞會收到太多留言投稿，一時間忙不過來。」他在大桌前停下腳步，整了整桌上好幾疊印了字的影印紙，擺正排好，露出帶著歉意的笑容說：「不好意思，只能請你們來幫忙了。」

「拜託，我們是尹伊晟護衛隊耶。要做什麼？」袁懿芯問。

尹伊晟拉開大桌旁最後兩張椅子，示意他們坐下，把桌上一台筆記型電腦轉過來。「你們一個人打字，一個人唸。這邊，」他指向旁邊那好幾落影印紙，「這些都是要上明天舞會留言牆的投稿，全部都要輸入程式。」一邊講，他的手自然地落在已經坐下的邵雪肩上，看著他們說：「麻煩你們了。」

袁懿芯將電腦移到面前說：「好啊，簡單。我來打吧，邵雪你唸給我聽。」說完，她看了看尹伊晟問：「你呢，你不跟我們一起啊？」

「我啊……」尹伊晟將旁邊一張跑遠的椅子拉回邵雪身旁，坐下說：「我要整理舞會點播歌曲的清單。欸，你填了沒？」他看向袁懿芯問。

「早就填啦。你點什麼歌？」袁懿芯問。

「明天你們就知道了。」尹伊晟給了他們一個神祕的微笑。

畢業舞會上播放的歌曲，學生會開放給全年級師生點播，收件到今天中午。尹伊晟跟袁懿芯因為會上台，所以規定一定要點歌，也必須唸出自己在留言牆上的投稿。留言牆是資訊組范譽的點子，晚會上主舞池四周圍起的白幕上會投影，主要是配合這次主題的動態圖像跟效果，舞池最後面的布幕則會播映師生們的留言，也就是邵雪跟袁懿芯現在準備要輸入的資料。什麼留言都可以，留給誰也不限制，可以自己署名，也可以只留對方的名字。尹伊晟覺得這規則太過容易，才會收到這麼多留言，超出學生會的預期。

邵雪拿起一小落影印紙，開始一一唸給袁懿芯聽。學生會辦公室裡相當忙亂，成員們來來去去，有人在確認時程，有人在搬運道具，有人在準備布置，吵吵鬧鬧的，必須十分專心才能好好處理。尹伊晟看似很投入在工作中，因為邵雪鮮少感受到他投來的目光。沒一會兒就一小時過去，來到晚餐時間。

「休息一下吧。」尹伊晟拿了總務組幫大家訂的便當跟飲料過來，一一放在他們手邊，最後停駐在袁懿芯的電腦前，看了看她剛才輸入的最新留言，才又走回邵雪旁邊坐下。

「超多人留言給你。」袁懿芯完全不驚訝，而是有些酸溜溜地說。

「哦？」尹伊晟挪動椅子往邵雪靠去，說：「你唸個幾則來聽聽。」

「嗯……我看看……」邵雪翻起剛才輸入完的投稿紙，挑了幾張。

「第一次看見你就為你心動，第二次看見你竟然失控，今天我想要告訴你，我好喜歡你，好喜歡好喜歡你。」邵雪說著忍不住笑出來，「這是歌詞吧。」

「是嗎？我不知道。」尹伊晟一手支著桌面托腮，直直看著他。

邵雪又唸：「從那天開始，你走進我的世界，偷走了我的心，也偷走了我的人。」

「嗯嗯……」尹伊晟點點頭，嘴角笑得有些猖狂，「寫得很好啊，再多唸幾個。」

邵雪睨了尹伊晟一眼，知道尹伊晟在逗弄他，想聽他說那些別人寫的留言。

尹伊晟發現被看穿，猛地笑出聲來。

一旁的方筱青好奇轉頭問：「什麼事啊，這麼樂？」

尹伊晟還笑著，說：「沒事，我開心。」

袁懿芯從後面探過頭來，出聲說：「尹伊，你別太囂張了。不要鬧邵雪，快吃飯。」

這時，宣傳組的學姊從裡頭的討論室出來叫尹伊晟。尹伊晟拍拍邵雪肩膀，拿著便當就進去討論室了。

邵雪與袁懿芯吃完飯又處理了一個多小時，才把所有留言都鍵入電腦。這之間尹伊晟進進出出，在他們身邊穿梭而過，一下到走廊接電話，一下在白板前修改事項決議，前一聲「尹伊」後一聲「尹伊」，非常忙碌。

但邵雪注意到尹伊晟的神情總有餘裕，該認真的時候認真，能打趣的時候也打趣，得心應手的模樣相當耀眼。

時間不早了，邵雪與袁懿芯要離開時沒看到尹伊晟的身影，便跟方筱青打聲招呼就準備離去。袁懿芯要趕晚間的少班公車，匆匆先走，邵雪將資料與電腦整理好才緩步離開，學長姊紛紛向他道謝再見。走上走廊一會兒，忽地有人喚他。

「邵雪！」遠遠的尹伊晟從後頭追上來。

邵雪停下腳步，看著尹伊晟來到身前。

「不好意思，讓你忙了一晚上。」尹伊晟微微喘著氣說。

「幹嘛跟我們客氣。」

「袁懿芯就算了，你……」尹伊晟沒說完就停了下來。

「你還要忙吧？別耽擱。我先回去了。」邵雪接上話。

「我沒什麼事，就等著幫學長姊他們收尾。」尹伊晟說得很快，像是怕他就要離開，「那個……明天我會騎車來。」

邵雪看向尹伊晟。

「如果明天結束時間晚了，我……載你回去吧。」平時的尹伊晟似乎消失了，語氣難得有些吞吐。

邵雪對這樣普通人般的尹伊晟有種不習慣，笑著說：「好啊。」

他回答得太快，讓尹伊晟一時有些訝異，頓了頓又說：「我今天回去應該滿晚了，你早點睡吧，明天還要忙一天。」

「要忙一天的人是你，我就是玩一天。」邵雪笑笑說，「那我走了，掰掰。」

邵雪轉身邁步離開，直到樓梯轉角，餘光仍瞥見尹伊晟站在原地，望著他離去。邵雪逕自下了樓梯，歿入黑暗的夜色之中。

6 校慶

校慶這天早上一片晴空萬里。

時序走進四月，白雲不再吹冷冽的風，空氣中隱約飄著燥熱的氣息，好像有什麼東西緊勒著晚春的尾巴，讓邵雪有種轉瞬初夏就要到來的迫切感。此時他與袁懿芯正在司令台後方的集合場上，焦急地等待去整裝的尹伊晟回來。

全年級各班已經列隊填滿操場草坪，樂隊奏著悠揚的樂曲，主任在司令台上殷殷訓話。他們當然是從隊伍中溜出來的。因為再五分鐘後，尹伊晟就要上台領獎，成為真真確確的高一年級代表。

尹伊晟遠遠地邊翻正衣領邊向他們走來，噘著嘴一臉不耐。因為要上台領獎，他換上長袖制服襯衫，在這天烈陽的照耀下，一下子就已經隱隱冒汗。不知是他有些扭捏的不自在表情，還是一身正式連袖口衣襬都確實落在該在的地方，難得少見，邵雪覺得尹伊晟這副模樣特別好看。

「你快點啦！」袁懿芯出聲說。尹伊晟快要走近時，她已經伸手準備幫他扣襯衫的第一顆釦子。

「還有時間，你急什麼，又不是你要上台。」尹伊晟說。

扣好釦子，袁懿芯拍拍他的襯衫，幫他拉正手肘部位的摺痕，滿意地說：「欸，你也是可以人模人樣的嘛。」

「我本來就人模人樣。」尹伊晟抗議道。

邵雪上前，走到袁懿芯身旁，附和說：「很好看啊，代表大人。」

尹伊晟眼神斜斜地看向他，邵雪刻意再次上下打量尹伊晟。

「好了好了，參觀時間結束，」尹伊晟看似不太好意思地說，「快回去班上吧，我要準備上台了。」

袁懿芯與邵雪看到這樣的尹伊晟都不由得笑了出來。

「好好好，代表大人，晚點見。」袁懿芯邊說邊趁機偷拍尹伊晟的頭，才趕緊與邵雪溜回操場前排的高一隊伍中。

一個小時後，漫長的校慶開幕式在天藍雲白的見證下終於結束，學生們像是被宣告禮成這聲突來的猛獸追散的羊群，嘩地四散開來。操場上各處開始有人進行運動會的賽前準備。

一會兒，跑道上的賽程告示牌掀起，寫著「高一四千公尺接力賽」。學生會運動會組的學長姊在跑道四周拉起分組圍欄，邵雪則與班上參賽的同學一起準備去換裝。

七班是第一梯次。跑道有八條，一年級共十六班剛好分成兩梯次，尹伊晟在的十三班則是第二梯次。第一棒的跑道排序在賽前十分鐘由各班派人出來抽選，第二棒開始才能變換跑道，所以那天尹伊晟說他請老師讓他改跑第一棒時，邵雪覺得尹伊晟是極有把握的。

隨著比賽時間接近，學生又陸續回到操場上集聚，在青草初萌的草坪上開出色彩斑斕的圖騰。七班的校慶賽服主色是黃，上衣有一點袖子，正面繡著數字7，背面是帝北的英文縮寫DBHS，下身褲管兩側有白紫色交錯的條紋，長度大概到膝蓋上方，整體看來既舒適也規矩，與他們七班的氣質很相搭。邵雪的衣服尺寸選得很剛好，雖然黃色是他平常幾乎不穿的顏色，但試裝時大家都說很適合他，與他的栗色短髮十分相襯。

換好裝，邵雪與同學一起回到操場，袁懿芯已經在七班的位置等他。袁懿芯沒有參加運動比賽，所以還是穿著白襯衫與灰藍格紋的制服裙，但她今天戴了一頂銀色布面的棒球帽，在太陽的照射下閃閃發亮。這時草坪上主要是第一梯次比賽的班級同學，以及更多過來觀賽並幫忙加油的學生，人潮很是熱鬧。

「尹伊那傢伙……怎麼這麼慢？」袁懿芯四處張望。

「大概又被什麼人纏住了吧。」邵雪笑說。他已經非常習慣尹伊晟突然消失，因為整個學校幾乎都跟他認識，總是走一走就會遇到誰而停下。

袁懿芯露出些許煩躁的神情，頻頻拿起手機看，「他不會是記錯時間了吧？」

邵雪覺得袁懿芯反應過度，「沒關係啦，又不是他要比賽，可能我們比完他就來了。」

「不可能啊，」袁懿芯嘟起嘴說，「他一定會來的。」

比賽十分鐘前的提醒哨聲響起，第一梯次的八名班代表上前抽出順序，七班抽得不錯，是第二跑道，班上同學都開心地歡呼。

很快的，開賽時間逼近，各班第一棒紛紛走上起跑位置，邵雪跟袁懿芯分手，走到跑道旁與班上的跑者列隊齊聚。袁懿芯則和一群班上女同學擠在選手區拉起的布條外，揮舞著班旗加油。

槍鳴乍響，整個操場喧騰起來，跑道四周觀賽的學生成群結隊，加油棒的敲擊聲、圍觀師生的尖呼，與工作人員維持秩序的哨音交雜，讓人腎上腺素激昂沸騰。

邵雪是最後一棒，他專注地看著前面同學的賽況。說起來，他已經很久沒有參與團體競賽了，他從小就很能跑，也很享受跑起來的放空感。全心投入跑步的時候，所有思緒被風吹散，一切歸零，只有一直往前的念頭，讓他感覺成為了一股絕對的輕盈。

他站上起跑線。前面幾棒維持得不差，到他的時候雖然排名第三，也只落後第二名些微。他在心中倒數

——五、四、三、二、一——接過遞上的接力棒，霎時周圍世界變成不斷後退的背景，他像是要把身體的存在都拋到腦後一般，只執著於眼前下一秒的空無。往前跑，再往前，眼前從兩個身影變成一個，再從一個身影變成萬物皆空，直到耳邊響起「七班分組第一！」的呼聲，邵雪才像是被身後乍現的數條繩線猛地拉住一般，幾乎要跌倒似的煞停好幾步。

終於停下腳步，他以雙手撐著膝蓋大口換氣，索性坐下又躺平在跑道上。

接著是轟天的尖叫聲從背景闖進他耳窩。

袁懿芯沒等工作人員撤開布條就衝上跑道，跪坐在邵雪頭頂正上方，捧著他的臉說：「邵雪，你太神了！」

前面幾棒的同學也披著毛巾湧上來，在他周圍搭肩圍起。笑聲、汗水、激情，在他們才十幾歲的天空下顯得耀眼無比。然後是外圍更喧騰的陣陣尖叫聲傳來。邵雪身旁一排黃色身影之間，走進一個青藍色的身姿。不必多想，他已經知道那是尹伊晟。

尹伊晟一身十三班的賽服，非常搶眼的青藍色，男生上衣是籃球衣似的網狀無袖，下身則是標準田徑隊的銀色短褲，尹伊晟在裡面加了一條及膝的黑色打底褲，大腿線條在背光的側影中肌理分明。

尹伊晟彎身靠到袁懿芯旁邊，向正坐起身的邵雪伸出手，滿臉笑意地說：「你很行嘛。」

邵雪伸手拉住他，站了起來，「你等下可別放水。」

「哦，得瑟起來了。」尹伊晟咬咬下唇故意說：「有人在看，我會跑得更認真。」

邵雪低頭笑笑不語。袁懿芯也站起身，把水遞給邵雪，轉頭對尹伊晟說：「我等下沒辦法看了，我得去園遊會那邊幫忙，你加油啦。」

「不用再加油了，你忙去吧，結束去找你。」尹伊晟說。

袁懿芯離開後，很快地就開始第二梯次的比賽。尹伊晟顯然帶來許多人潮，因為他跑第一棒，廣播報告第二梯次高一接力賽即將開始時，操場一整周的跑道兩側已經聚滿圍觀的學生。邵雪跟尹伊晟擊掌交換一個手勢，從選手區退出來，感覺後方炙熱的人聲與視線簡直要將他們淹沒。尹伊晟在賽道上始終面帶微笑，有人喚他，就微微點頭示意。

比賽開始的槍聲第二次鳴響，跑道被起跑的步伐蹭起一片白灰，轉眼尹伊晟的身影已經離起跑線很遠了。邵雪跟在轉向的人群後頭，往下一棒交接的地方走去，前面滿是熙熙攘攘的人群。田徑校隊的尹伊晟不負眾望是這梯次第一棒的第一名。待邵雪來到交棒處時，尹伊晟已經完賽離開跑道，披著一件白色七分袖網狀外套站在十三班的選手區。那一身青白身影實在過分搶眼。

看到他走來，尹伊晟也往他的方向走去。

邵雪其實覺得自己一整個早上都十分暈眩，他不想承認是因為尹伊晟的關係，尤其此刻尹伊晟朝他走來時，他更感到比剛才更炙熱的人聲與視線向他們襲來，不用細聽都知道很多人在說他們兩人的名字。

尹伊晟接近他時，手移到胸前比了一個喝水的動作。當他來到邵雪面前停下，邵雪確實猶疑過，卻仍自然地把手上開封的礦泉水遞給了他。尹伊晟喝了好幾口，看起來非常渴，不過應該不是因為剛才的比賽，邵雪覺得尹伊晟已經相當疲累。

「走吧。」尹伊晟看著他說。

「不看完比賽嗎？」邵雪眺望了一下賽況，不是很妙。

「不必了，我知道我們班跑得很差，看了難過。」尹伊晟又喝了幾口，才把水還給邵雪，說：「我只有一個小時，去園遊會逛逛吧。」

邵雪接過水，喝了一口後說：「好啊。」

如果有機會跟尹伊晟一起參加任何活動，千萬不要拒絕。雖然站在他身旁壓力奇大，因為那些向他示好的眼神，穿透到你身上時就是足以殺人的妒恨。但是別人給他的好處，像是各攤位遞出的吃的喝的，他會直接轉給你拿著，或者沒手拿時就索性餵你吃，不過這當然是因為邵雪的緣故。

大部分班級的攤位都是賣吃的，他們只稍微逛了半圈，邵雪就覺得很飽了，或者說快要被同學們的熱情給餵飽了，他們於是轉進遊戲區的攤位。

尹伊晟儘管看起來疲累，但心情很好，一路上跟來來往往認識的人打招呼，短暫地有說有笑，也一同跟邵雪介紹那些人是誰。最後他們在一攤射擊氣球的攤位前停了下來。攤位上已經有不少人在玩，大多是男生，或者是像袁懿芯那樣比較活潑的女孩子。看到他們走近，原本的人群自動讓了位。這是二年級學長姊的攤位。

「尹伊，邵雪！等你們好久了！」過來招呼的竟是學生會的王采晴學姊，她樂得喜笑顏開。

「我們這不是來了嗎？」尹伊晟笑說，看向邵雪問：「你玩嗎？」

邵雪聳肩搖搖頭，他已經雙手拿滿東西，「你玩吧。我看你玩就好了。」

他其實也想玩，更想跟尹伊晟一起玩，但卻覺得不能在這場面繼續跟尹伊晟表現得太好感情。

尹伊晟跟王采晴說：「好吧，那我玩一局。」

王采晴逗他說：「幾局都讓你玩。你不會連射氣球也行吧？」

尹伊晟拿起飛鏢，笑笑沒回話。看他的樣子，不知為何邵雪就覺得尹伊晟肯定很會玩。

只見尹伊晟稍微睨起眼，幾乎是瞬間就全部完射。

「你是不是有什麼念能力啊……操作系？」邵雪笑著說。

「我的話應該是特質系吧，那你肯定是變化系。」

「好啊，神祕點。」邵雪看著他說。

雖然不斷提醒自己要跟尹伊晟拉開距離，但邵雪不認為有幾個人辦得到。待在尹伊晟身邊，又不被他吸引。邵雪忽然完全明白袁懿芯的心情。

這樣十分難受。

不是他心裡的那個人，或者不能回應他的感情，卻仍不捨離開他身邊，讓人非常難受。

「怎麼了？」尹伊晟看出邵雪有心事，偏過頭問他。

「沒，晃了個神而已。」邵雪收起心思，看向獎品區問：「可以拿什麼？」

「你要什麼？」尹伊晟回問他。

「我都沒手拿了。好玩就好吧，獎品不必了。」邵雪真的沒有想要什麼，獎品都是些小玩意兒，而且不拿獎品，他也很開心了。

「那就不必了。」尹伊晟順著跟王采晴說。

「好啊，你們真是好孩子。」王采晴笑著拍拍尹伊晟肩膀，又像是忽然想起什麼似的說：「啊，舞會組現在不是在開會嗎，尹伊你要去的吧？」

邵雪看看手機，距離他們進來園遊會已經超過一個小時了。他看向尹伊晟，尹伊晟回應說他等會兒就去，兩人便跟王采晴道別離開。

尹伊晟不是會忘記時間的人。他很忙，什麼事都算得剛剛好，但絕對不會錯過。邵雪非常清楚為什麼尹伊晟錯過了開會時間，所以也沒開口，只是跟著尹伊晟走。如他所想，尹伊晟送他回到七班的園遊會攤位。

他們遠遠就聽到袁懿芯的聲音，十分生氣地喊著：「尹伊晟！你混去哪裡了，不是說要來找我的嗎？現在都幾點了！」

尹伊晟把邵雪推到袁懿芯面前，說：「人還你。我要去開會了，我已經遲到了。」

袁懿芯莫名不知所措，「喔，還要開會啊？」她看看邵雪，邵雪點點頭，而尹伊晟已經不見蹤影。「真是的……到底有多少事啊，一大早就黑眼圈，校慶那麼忙還不睡覺，真不知道他在想什麼。」袁懿芯不耐地說。

「我耽擱他休息的時間了嗎？」邵雪看著袁懿芯問。

袁懿芯嘆口氣，「哎，他才不想休息勒，他比較想……」說著又猛地停下，改口說：「他就是愛玩啦。」

尹伊晟一離開，邵雪頓時感覺剛才一個多小時所有被壓在身後的情緒一齊襲來，好似待在尹伊晟身邊就不必去想、去看、去煩惱那些情緒。因為有尹伊晟在，什麼情緒都承受得住，而此刻湧上的正是他最害怕的——失落感。他不願承認自己已經開始想他了。

園遊會到下午四點結束，舞會七點開始，這之中三個小時的時間，尹伊晟要他們去學生會辦公室待著。學生會成員整天忙，辦公室會一直開著，也因為大家都來來去去四散各處處理事情，所以辦公室裡人不會多。而且方筱青已經預定了晚上的外燴，尹伊晟跟袁懿芯又要提前準備，自然是去學生會那裡吃點東西最方便。

「你們三個現在是怎樣？買二送一就是了。」

袁懿芯與邵雪五點多到達學生會辦公室時，方筱青看到他們就開玩笑說。

「不好意思啊，方姐。」邵雪笑笑搔著頭髮說。

「哎呀，邵雪，方姐最歡迎你了！高二要不要加入學生會啊？」方筱青兩眼含笑，對他眨啊眨。

「方姐不嫌棄的話，我來玩就好了。事情我做不來。」邵雪客氣地說。

「下學期會長就要換人了啊，如果尹伊不排斥，應該就是他接手吧。」方筱青邊說邊拿盤子裝吃的，「欸，你們不要客氣，趕快吃東西吧。小懿芯，晚上要麻煩你啦。」

袁懿芯笑說：「不麻煩，我就是去陪襯尹伊的嘛。」

邵雪四處張望，學生會辦公室裡沒幾個人，大家都快速來去，裡頭房間的燈也關著。

「方姐，尹伊呢？」邵雪問。

「他在裡面休息。不過應該要叫他起來了，時間差不多了。」方筱青說。

袁懿芯推推邵雪，示意他去。

邵雪往裡頭的討論室走，討論室的房門僅輕輕帶上，沒有關緊，他小心地推開門。房間的百葉窗緊閉，沒開燈，但不是全然的黑。尹伊晟一手遮著眼，橫躺在雙人沙發上，手機在一旁的茶几上亮著光，顯示好幾則訊息通知。

邵雪走到沙發旁，輕聲喚他：「尹伊，快六點了。」

「你來啦……」尹伊晟先出聲，才動了起來。他坐起身，抬頭正眼與邵雪對視，眼神柔柔濛濛的。

邵雪移開視線說：「你去吃點東西吧，方姐說差不多要準備了。」

尹伊晟仍坐著沒回應，一雙矇矓的眼盯著他移動。

「走嗎？」邵雪起步要往外走。

尹伊晟忽地抓住他的手，出聲說：「你陪我一下。」

兩人定著的視線交會了幾秒，尹伊晟微微噘起嘴，露出倔強的神情。邵雪笑嘆口氣，順著他的手轉過去，坐在了雙人沙發的扶手上。尹伊晟順勢將身體轉正，與邵雪並肩靠著，拉著他的手垂放在椅面。邵雪感覺自己的手像是被冰凍般，一動也動不得。尹伊晟又閉上了眼，倚著椅背躺下。

「我去幫你拿些吃的吧。」邵雪說。

「沒關係，」尹伊晟稍微握緊了他的手說：「給我一分鐘就好。」

外頭的辦公室時而喧鬧時而沉靜，也許是隔了一道牆，聲音聽起來十分遙遠。昏暗的討論室裡沒有對外窗，只有外頭辦公室死白的日光燈殘影微微透進來，照在尹伊晟輕閉的眼蓋上。這是邵雪第二次與尹伊晟單獨待在一個空間裡，上一次是在尹伊晟住的飯店，他感覺心跳如雷作響，占據整副心思。

彷彿一光年也彷彿一瞬間的六十秒過去，尹伊晟很準時地鬆開了手。冰封的魔法被解開，邵雪這才放鬆了下來。尹伊晟站起身，伸展了一下雙臂，便往門的方向走去。

走出去，站到燈光底下，就像是打開他超人的開關，回到那個神采奕奕、傲氣也溫暖的形象。方筱青幫尹伊晟留了一盒食物，全是蛋糕、巧克力這種甜食，她說這是尹伊晟最喜歡的，順便幫他減緩一下壓力。尹伊晟還是那副親人的笑容，快速吃了好幾個，與邵雪交會著視線，頻頻開心地笑。晚上舞會的主持人高二活動組組長李宓宓，拿著舞會流程去跟尹伊晟和袁懿芯做最後確認。尹伊晟跟袁懿芯是舞會第二段的節目，大概七點半左右要上台，李宓宓請他們兩人在紙上寫下自己的留言，之後拍照下來，說舞會上的留言牆到時候要直接投影他們親筆寫的字。

一切準備就緒，來到換裝的時刻。袁懿芯要化妝還要換衣，由學生會的學姊陪著在辦公室裡面的化妝間準備。男生就簡單多了，邵雪跟著尹伊晟去樓上的男廁換裝。天色已經完全暗下，加上舞會布置昏暗，校園裡只要有一處開燈就會十分顯眼，因此尹伊晟也沒打開男廁的燈，只是敞開著門，藉著室外的光線直接換衣。

邵雪單腳屈膝倚著外頭的牆，望著漆黑的校園，四處閃爍一點一點燈火般的光，像是深夜熄燈後的城市，被色彩輕輕點綴。舞會就要開始，高一二大樓間與高一三大樓間的舞池聚滿了人，遠遠可以聽見模糊的人聲，和開場前的輪播音樂鍵出交錯的弦律。

沒多久，尹伊晟完裝拿著衣物出來，走到男廁外的落地鏡前，想要調整領帶。尹伊晟是今晚舞會的胡迪，雖然不是穿得一身牛仔裝，但也盡責地在長袖白襯衫外面搭了一件麂皮短背心，藍色領帶，藍色牛仔長褲。鏡子背光，照不清他們的身影。邵雪走了過去，按住尹伊晟的肩膀轉向他，伸手幫他打領帶。

他們靠得很近，只有十公分不到的距離。

他們身高差不多，平視就會對上彼此的視線。

這是他們第三次獨處了。

邵雪微微低頭，注視著手上的動作。尹伊晟因為打不好領帶而心煩的模樣有些可愛，邵雪笑著說：「高一代表尹伊晟，什麼都會，但是不會摸黑打領帶。」

尹伊晟難得沒回應，懊惱的神情裡有嚴肅，也有種疲累，但還是那副緊盯著他看的灼人眼神。

「不要再看了，再看我都要把領帶打成蝴蝶結了。」邵雪說。

尹伊晟這才笑了出來。

邵雪抬眼，迎上他的笑。

真正恍如一光年的一瞬間。

「好了。」邵雪立刻出聲打破這道寂靜，又整了整打結處，正要鬆手時，尹伊晟再一次握住他的手，握得很緊，幾乎要握痛他了。尹伊晟緊咬下唇，炙熱的眼神裡燒著很多情緒，很多壓抑，更多想要。

邵雪輕輕舉起另一手，覆在尹伊晟握緊他的手上，緩緩將尹伊晟的手放了下來。他能感覺尹伊晟也緩緩放鬆了力道。

「要去舞池了。」邵雪說。他很想撫摸尹伊晟的臉，或者輕拍他的頭，但是沒有那麼做，他以指尖輕觸尹伊晟上衫的鈕釦，甚至不能將手貼上布面。這樣就夠了，他可以回應他，但不能真的回應他想要的。

不知過了多久，每一秒都像一光年那般長。尹伊晟輕嘆一口氣，從口袋掏出一張紙片，塞進邵雪手裡闔上，說：「等我上台再看。」

舞會已經開始，從教學大樓往舞池的方向走，大道兩旁的立燈之間拉起了交錯密布的燈網。螢光燈泡一閃一閃，鐵絲網上懸掛著各式夜光墜飾，彷彿黑暗中飄浮著玩具總動員的角色。這場景很像煙火試放那天他們布置的升級版。走在燈網之中，尹伊晟回頭對邵雪微笑，邵雪知道這是他的主意。

主舞池在最靠近校門的高一二大樓之間，舞台後方是胡迪與巴斯光年的兩顆飛天大氣球，其他人氣角色如熊抱哥、三眼怪、叉奇的氣球也飄浮在舞池四方。袁懿芯已經在舞台前的準備區等待，她是今晚的翠絲，上身穿的是跟尹伊晟相應的麂皮無袖短馬甲，下身是銀藍色的短紗裙，青春洋溢，可愛極了。方筱青與范譽也在準備區忙碌著，主持人李宓宓已經上台準備開場第二段節目。

尹伊晟帶邵雪從舞池旁的工作人員專用道直接進入準備區。因為尹伊晟的出現，現場明顯人聲鼎沸起來。準備區在舞台左手邊的角落，人員來來去去，加上舞台前方人潮擁擠，雖然方筱青要邵雪留在準備區，但邵雪婉拒了。邵雪向尹伊晟比一個手勢，示意自己要去舞池後方的音響區，那邊再往後就是穿堂階梯，人比較少，只有稀落的人群坐著休憩。

尹伊晟點點頭，讓范譽幫他別上麥克風，注意力回到舞台上。

袁懿芯轉身，向著邵雪的方向大喊：「好，好，看，我，跟，尹，伊！」

邵雪笑笑回她一個ＯＫ的手勢，就逕自往舞池後方走去。一邊走，他感覺心緒漸顯清明。尹伊晟是他的安定劑，也是他的迷幻藥。在人群之中，尹伊晟能讓他感到安心，就像一張無堅不摧的防護網，讓他褪下恐懼，自在地做他自己；而剩餘的，心底那些細微末節不可直視的念頭，便在他們獨處時無法抑止地竄上。他想要聆聽尹伊晟，想要觸碰他，想要感受他。

他想要更多。

他知道不可以。

走到穿堂階梯前時，尹伊晟與袁懿芯已經上台了。他知道只要回頭，就能對上尹伊晟的視線，那副自始至終只看著他的視線。同時，被喧騰的人聲掩去的麥克風聲，隨著他越接近音響區而益發清晰。

李宓宓的聲音從音響中傳來：「今天大家都很期待看到尹伊，對不對？也很期待聽到他的點歌跟留言，是不是啊？」底下沸騰的尖叫聲讓音響幾乎破音，她看向尹伊晟說：「尹伊今天點的歌啊，非常震撼！等下應該會暴動耶，怎麼辦？尹伊你自己說。」

尹伊晟又是那副標準笑容，說：「可能會耶，但我今天就是要來引發暴動的。」

非常囂張，大家最熱愛的尹伊晟版本，沒有之一。

李宓宓轉向袁懿芯問：「小懿芯，你知道尹伊點哪首歌嗎？」

「不知道耶，他超級神祕。不過我知道他要點歌給誰。」袁懿芯說。

尹伊晟睨了袁懿芯一眼，袁懿芯調皮地吐舌，兩人越過中間的李宓宓不斷互使眼色。

「等下等下，不能讓你們說太多，因為我們要趕快來放尹伊點的這首歌了。」李宓宓說，示意一旁的播音組，「究竟——是哪一首歌呢？」

鋼琴和著吉他合奏的旋律淡進，舞池四周原本漆黑的光牆亮起，斗大的文字乍現：忘詞。

舞會的音響設備不只在舞池區播放，同時也透過學校的廣播系統做全校放送。這個晚上，無論在校園哪個角落，都能聽到尹伊晟點播的這首歌。邵雪覺得所謂暴動大概就是此刻這般，連大樓穿堂都為之震動。

李宓宓說：「欸，尹伊，這是這個樂團最有名的一首告白歌耶！所以你今天是要來——」

「我是要來告白的沒錯。」

尹伊晟大方的即答讓李宓宓無法招架，笑得開懷。「小懿芯，尹伊今天怎麼了嗎？他沒吃錯藥吧。」

袁懿芯沒回話，露出毫不意外的表情與尹伊晟對望。

李宓宓繼續對著台下說：「而且啊，大家可能需要心理準備一下，因為尹伊的留言會讓大家心碎死。等會兒大家就會看到，他真的是來表白的。但是我想要先問一下，尹伊，那個人在現場嗎？如果不在現場的話，我現在就先打個電話把他叩來。」

「在，他在現場。」尹伊晟的每個即答都像一束煙花，在現場炸出無數驚嘆。

「那我再幫大家問一下，這個幸運兒知道是他自己嗎？」

「他知道。」尹伊晟遠遠地看著邵雪的方向，嘴角勾起淺淺的笑。

李宓宓抗議道：「欸，尹伊，你今天這麼誠實，我實在很難接話啦！好，我們就來看看尹伊到底留了什麼話給這位幸運兒。嗯……總共只有十一個字，非常簡短的直球耶。雖然尹伊點播了〈忘詞〉這首歌，但我相信尹伊是絕對不會忘詞的，對不對啊？」她拍拍尹伊晟的肩膀，露出期待的笑說：「我們先看前面四個字，然後就要請尹伊自己唸囉。」

袁懿芯隔著李宓宓，從身後與尹伊晟拉起手，兩人對望了一眼。袁懿芯向尹伊晟點點頭，尹伊晟笑著垂下視線，是邵雪幾乎沒有看過的，十分靦腆孩子氣般的笑容。

他回頭，背後光牆上的文字浮現——

我喜歡你

一旁音響發出駭人的過激聲，邵雪打開手中尹伊晟剛遞給他的紙片，就是這十一個字的真身。尹伊晟為了投影而親筆寫下的留言。

「我喜歡你，」尹伊晟在台上頓了頓，等喧囂散去才接著說：「喜歡到快要發瘋。」

7 祕密

尹伊晟打了邵雪的手機三次，都沒有人接。

好不容易從擁擠的舞池脫身時，已經過了八點半。

袁懿芯說她跟邵雪走散了，也聯繫不上他。

尹伊晟在人來人往的穿堂上駐足，責怪自己竟然大意丟失了邵雪的去向。

那十一個字一點都不容易。他很緊張，雙手瑟瑟顫抖，從來沒有這樣過。但是他肯定自己看見了。視線的終點，邵雪笑了，那不經意、右嘴角微微揚起的幅度，是彷彿在訴說敗給他了的神情。

邵雪會去哪裡？尹伊晟心裡忽然有個答案。他踏上高一大樓樓梯，走進漆黑裡。再次現身時，眼前是只有在頂樓才能仰頭就看見的那片星空。

一個熟悉的身影靠著舞池那一面的圍牆，夜風吹散那一頭栗色短髮。邵雪的眼神望得很遠，似乎真的在眺看什麼不存在的事物。

尹伊晟朝邵雪的方向走去，走到一半邵雪忽地轉過身來，對上他的視線，沒有說話，又回頭望向夜空，須臾才緩緩開口說：「你怎麼知道我在這裡？」

尹伊晟走到他身旁，看著他弧線如月的側臉，「我只是想，如果是我的話應該會來這裡。」

邵雪低頭笑了笑，「我還真是都被你看透了。」

這時候似乎要說些什麼，但尹伊晟竟一時語塞。邵雪的一抹笑，令他忘詞。

看他沒有回應，邵雪問：「要回去了嗎？還是你要留下來幫忙？」

尹伊晟仍在為自己的失常感到懊惱，「不必，我跟方姐講好了，我會先走。」

「那我們就回去吧。」說完，邵雪便逕自往下樓的方向走。

通往腳踏車停車棚的路上僅有學生三三兩兩，看見他們，偶有窸窣的話聲傳來。尹伊晟一路都沒開口，只是看著走在前頭的邵雪，他不禁想起邵雪轉學過來的那一天，也是他們兩人這樣走在校園裡。如果那時候他們沒有相識，現在會如何？如果邵雪不是被分到跟袁懿芯同班，現在會如何？這些有可能改變現況的問題，不斷湧上尹伊晟心頭。

「你在想什麼？」邵雪轉身向他，倒退著走。

此刻他們之間相隔著，即使伸出手也觸碰不到彼此的距離。

尹伊晟定定看著邵雪，坦率地說：「我在想你剛轉來的那一天。」

邵雪仰頭，望向無雲的夜空，「感覺是好久以前的事了……」

「是啊。」尹伊晟不禁跟著邵雪的視線抬頭看，這一刻的天空也一樣清明，看得見好幾顆閃耀的星。

他想讓時間就此停留。停在他可以一直陪著邵雪的這一刻，停在星星露臉、月亮初升的這一刻，停在彷彿看得見、卻其實一點也觸不到未來的這一刻。可惜時間從不為誰停留。

尹伊晟打開車鎖，牽車出來。邵雪坐上後座，一路上沒有開口，只是一手搭在他的肩上，指示著家裡的方向。這是尹伊晟第一次載邵雪回家。他能感覺邵雪的指尖碰觸到他的溫度，在這個沁涼的夜裡，如陣陣冰涼的電流傳來。時間還不晚，他卻感覺全世界彷彿都已熄燈，只剩下他們兩人醒著。

「到了。」邵雪說，指向前方一排五層樓的磚紅色公寓，隨著腳踏車靠近，他側身下了車。

尹伊晟單腳撐地，將車停下。

接著是一陣無來由的沉默。該說嗎？說什麼？怎麼說？

「……那我回去了。」一會兒，邵雪開口，轉身要走。

尹伊晟終於按捺不住，出聲說：「你明明喜歡我，為什麼不回應我？」

邵雪霎地停住腳步，接著長嘆一口氣，回頭面向他，卻沒有對上他的視線，平靜地說：「你不了解我，尹伊，我不是你想的那種人。」

「哪種人？我不了解你，你這話是認真的嗎？」尹伊晟問。

邵雪的眼神流露出一絲被看穿的閃躲。

即使他們相識不長，但尹伊晟自認絕對了解邵雪，而且是非常了解。

尹伊晟直直看進邵雪眼底，逼得邵雪不得不也看著他。

邵雪禁不住他的眼神，語氣侷促起來，「你不知道我的過去，我跟你想的不一樣。」

「我不想知道你的過去，」尹伊晟禁不住自己的情緒，「我喜歡的是現在的你，我喜歡的是我眼前的你！」

邵雪被他的話愣在原地。無聲的沙漏在他們之間流淌。邵雪一雙眼從忐忑，轉而變成夾雜了微微怒氣的哀傷，嘴唇顫動起來。

看到情緒弦繃一線的邵雪，尹伊晟頓時內心揚起一陣懊悔，「對不起，」他倚著腳踏車垂眼看地，後悔自己竟如此失控，「對不起，我不該……」

邵雪忿忿的腳步聲向他走近，等他回過神時，邵雪已經在他眼前，彎身吻上了他的唇。時間的沙漏被推倒，細沙止住了流動。遠超出他預想的一晚，在這一刻一切化散為風，消融在所有的感知裡。他只有一個念頭，必須牢牢記住這一刻，這個充滿苦澀、克制、責怪、衝動、慾望，近乎索求般的吻。

不知過了多久，尹伊晟嚐到一股香甜混入他唇上的滋味，邵雪的唇離開他的，靠向他耳邊說：

「對，你說得沒錯，我才是那個喜歡你喜歡到快要發瘋的人。」

尹伊晟抬起眼，對上的是邵雪冰封般的眼神。

■

「邵雪在男一中時，好像發生了很嚴重的事。」汪澤說。

校慶結束後的學生會辦公室裡十分冷清。期中考即將到來，大部分學生都流連在圖書館或課後複習室。昏暗的學生會辦公室裡，只有尹伊晟與汪澤兩人。

尹伊晟仰頭靠著椅背旋轉，沒有接話。

「不知道發生了什麼事，問不出來。」汪澤說。

一個禮拜過去，那個晚上就像一場夢。尹伊晟甚至覺得如果真是一場夢更好，因為從那之後，邵雪就不再回他訊息，不再出現在高一大樓樓頂，也不再單獨跟他談話。只有袁懿芯在的時候，才好像沒事般維持著平靜的日常。尹伊晟知道邵雪在刻意疏遠他，他從來沒有如此不知所措過，心思翻騰，難受得很。

「你們怎麼了？」汪澤問。

尹伊晟只能沉默。

汪澤看向他說：「你要做什麼是你的自由，但我就好奇問一句，你有必要做得那麼誇張嗎？」

「不那麼做，他不會面對我。」

汪澤嘆口氣，「尹伊晟啊尹伊晟，被你喜歡容易嗎？你幹嘛逼人家？」

「你能不能少說兩句？」尹伊晟瞪他一眼。

「真慶幸你沒喜歡我。」汪澤又嘆口氣，「唉，算我拜託你了，別像個死人一樣。你這樣我說不下去。」

「還有什麼事？」尹伊晟看向他。

汪澤的語氣透著一股莫可奈何，說：「我對你實在是仁至義盡了。」

尹伊晟真心不想打探邵雪過去的事。他說得很清楚，他喜歡的是他眼前的人，跟他相處的人。他比誰都明白，無論一個人身上背負了什麼，改變不了的是他真實呈現出來的樣子。他就是喜歡邵雪這個樣子，喜歡他認識的他，除此之外，別的他都不在意。但是邵雪在意。既然這樣，他不得不也在意起來。

汪澤試探地說：「你知道邵雪在老師那裡是高一的觀察名單嗎？」

「什麼觀察名單？」尹伊晟沒聽過這件事。

「有不良紀錄，或是有特殊疾病之類的人啊，」汪澤想了想說：「啊，還有達官顯要的小孩也在名單裡。」

尹伊晟內心默默一震。

「聽說某大企業老闆的獨生子就在你們高一，高一可真是群龍聚首啊。不過好像只有這兩個人的資料禁止外洩，據說很多老師也不知道。」

「哪兩個人？」尹伊晟問。

「大老闆的獨生子跟邵雪啊。欸，他該不會是什麼政治家的私生子吧？」汪澤說。

尹伊晟覺得這個想法太過荒謬，應道：「如果是那樣，就不會流出他的名字在名單上的傳聞，而是不知道那個政治家的私生子是誰。」

「對喔，」汪澤吞吞吐吐地說：「那難不成他快死了還是怎樣？」

尹伊晟又瞪汪澤一眼，「你不要詛咒人家。快死了還轉學幹嘛？」

「在這裡度過最後的日子比較開心……之類的吧。幹！你那麼聰明，都給你想就好了。」

尹伊晟沉默不語。如果是家裡有狀況，或者真有什麼重病隱疾，校方不需要封鎖邵雪的資料。讓師長知道並不礙事，萬一有突發事件，處理起來更容易。此外，他覺得邵雪應該也不是像他這樣的財閥或政治家族的小孩，因為邵雪的住處看起來完全不是那樣。那麼，細想起來，應該就是汪澤聽來的傳聞，邵雪在男一中時經歷了什麼事情，而且是嚴重到需要密封檔案的事件。

尹伊晟知道如果他真的想要查明，動用一點關係總有辦法。但是他還在猶豫，他知道邵雪一定不希望他去調查，可是他更不想被一個過去阻礙，他十分苦惱。

「你是從哪裡聽來邵雪在觀察名單上的事？」尹伊晟問。

「方筱青告訴我的。他是特殊觀察名單。觀察名單中還特殊的勒！所以課業表現、輔導狀況，連同社團活動都要記錄。不過我覺得他挺正常的啊，」汪澤定眼看看尹伊晟，說：「他人滿好的。你要是真喜歡他，我也認了。」

尹伊晟的心神其實已經快到臨界點，汪澤說的話，就像微風在耳邊一吹即散。他從開學就沒有消停過，或者說得更準確一點，自從邵雪出現之後，他就沒有消停過。他已經非常疲累。他決定找機會去跟方筱青問個清楚，但是，在這之前，他還必須為了校慶那天的事，去見一個人。

■

伊豐集團位於市中心的大樓高聳入雲，近五十樓的規模讓它幾乎收攏了大部分的旗下子公司，單單一樓就有五間時下最受歡迎的新型綜合咖啡廳，地下三層樓是美食廣場，再往下是兩層腹地百坪的平面停車場。

尹伊晟很久沒來了。自從上高中後，這是他第二次來這裡。他在二樓員工入口處刷下個人卡，進入受保全保護的辦公領域。董事長室在三十三樓，據說是這一帶能看得最遠、視野與風景都好的高度。他搭上特定人士才能搭乘的專用電梯，往上直達董事長樓層。

通往董事長室的走道兩邊是近代畫家的真跡作品，中間交會的區域則擺了年輕藝術家的裝置藝術，看得出他父親的品味。這裡的陳設每季就更新一次，所以尹伊晟是第一次看到新的這批，他花了一些時間瀏覽完，才走進最裡頭的董事長室。

整室陽光透亮，一大面玻璃落地窗前，站著頭髮灰白蒼蒼的父親。父親一身高大英挺，仍風度翩翩。前些年爺爺急病驟逝，由仍年輕的父親接掌家族集團。母親離開超過五年了，父親沒有再娶，獨身進出，將全副心思放在集團與他這個獨生子身上。多年來，父親給予他寬大的自由，只要遵守規定，潛心學習，不出麻煩，就不限制他的生活及選擇。像是他上高中時原本可以去市立第一名的學校，但是他堅持要進校風多元的帝北，父親也十分支持。雖然他們父子說不上交心，但尹伊晟對父親既尊敬也感恩。

「你來啦。」父親仔細打量他一番，示意他在旁邊的沙發坐下。「如何，天澄飯店住得還習慣嗎？」

「滿好的。」尹伊晟正坐回答。

「有沒有什麼可以改善的地方？」父親看著他，神色輕鬆地問。

「早年飯店以歐美和日本客人為主，所以天澄長期雇用二度就業的婦女，也積極開發當屆畢業生就職。不過近年亞洲地區增長最快的是韓國客人，天澄似乎少了一些因應韓國客人的策略。」尹伊晟答話。

父親對他的回答看似滿意，「沒錯，現在越來越多年輕人投入韓文學習，留學韓國，韓國產業是當下急速成長的一塊。你呢，要不要再學個韓語？」

「我大概是抽不出時間了。等西語告一段落，再來考慮吧。」尹伊晟說。

「嗯，以後再說吧，你還年輕，多的是機會。」

父親再次上下打量他，摸摸他的手說：「你是不是瘦了？看起來精神很差。你要記得我說過的話，掌握自己的生活，練習在想要跟需要之間取捨。學習也一樣，人際關係也一樣，享樂或者付出都一樣。認真評量自己的身心狀況，如果真的負擔太大，就來跟我討論，我們可以調整你的學習進度。」

除了學校的課業，尹伊晟在課餘時間還接受多門專業課程，包含英、法、西文三種外語，財務與跨國文化學習，以及體能訓練等。這就是他心神如此耗損的原因，同時也是他在學校投入那麼多活動的原因。他的學習進度已經超越一般高中生，單純課業對他來說完全沒問題，因此他選擇把在校的時間分配到學生會及其他活動上。對於這一點，父親相當支持他的決定，同意他應該在學生時代多多體驗各種機會。

他是個鮮少讓父親失望的兒子。

父親接著兩手輕輕一拍膝蓋，說：「好啦，伊晟，是不是該跟我說說校慶的事情了？」

「也沒什麼特別的事。就領個獎，運動項目我們班在接力賽只排名第四。」尹伊晟回答。

「我不是指這個。畢業舞會是吧？聽說是方筱青的主意。」

「對，她是學生會會長。」

父親笑了笑說：「伊晟，你不必這麼拘束。上高中前我就跟你說過了，你要怎麼過這三年，我都可以不干涉。我也曾是高中生，知道高中生都在做些什麼。所以，之前我就說過了，你要跟誰來往，基本上我沒有意見，只要記住你該做的事，好好學習，不影響家裡的企業形象，我就不會插手過問。」

「我記得。我會遵守父親的教誨。」這絕不是認分的回答，他一直謹守也感謝父親對他的寬大。

父親面露柔和的神色說：「那你要跟我說說嗎？你喜歡的對象，是個什麼樣的人？」

尹伊晟並不訝異父親的提問，他知道自己的一舉一動都在整個集團的掌握中，興許校慶那天發生的所有事情，父親都已經知道了。

「一個讓我感覺很自在的人。」浮現他腦海的，是舞會那天晚上在無燈的男廁外頭，邵雪幫他整理領帶的情景。尹伊晟不由得笑了出來，為什麼會是男廁的景象？但莫名的，那一刻就讓他有股直達未來的想像。

父親笑笑說：「是嗎？那也挺好的。你是個愛逞強的孩子，學會如何放鬆很重要。如果是能讓你感到自在的人，可以減輕你給自己帶來的壓力。」

他沒有回話。他覺得父親應該知道更多，但不確定該如何開口，或者是否該繼續這個話題。

父親看出了他的心思，「不用想太多，也不必急於一時。你才十六歲，可以衝撞，可以挑戰，可以反抗，才會成長。十年後，甚至二十年後再回頭看，你會覺得現在一切都是值得的。」

「值得……是什麼樣的感覺？」尹伊晟忍不住問。

父親摸摸下巴思索著，「嗯……大概可以這樣說吧，對於自己做過的事情或者決定感到慶幸。即使會後悔或痛苦，還是知道應該去做，不得不去做。比如說，即使說了謊而後悔，但心裡知道不得不說，那麼這個謊就是值得的。或者，因為喜歡一個人而認識了更多的自己，即使是不好的一面，喜歡的這個心意也還是值得的。」父親說。

「即使會讓另一個人痛苦，也值得嗎？」他不禁問。

父親短吁一口氣說：「你是一個內心柔軟的孩子，跟你堅強的外表不一樣。也許大部分的人不明白，但是身為你的父親，我還是自認相當了解你。我認為，每個人活這一輩子，不可能不受傷，也不可能不曾傷害過別人。就算是曾經傷害你的人，有一天你也可能會反過來感謝他。所以，不要害怕苦難，要敞開心去體會，去心痛，也去享受。記住，只有你能決定自己的人生。」

傷害這兩個字，對尹伊晟來說還有些遙遠。但父親的話讓他有種與其他大人不一樣的感受。從小到大，長輩、老師就教大家不能傷害別人，而父親卻說人活著不可能不傷害人，像是更看透了這個世事。

總是來去匆匆的父親很快地又轉赴下一場會議，尹伊晟與父親道別，獨自搭乘捷運回天澄飯店。未來是什麼？後悔又是什麼？他幾乎從沒為自己好好思考過，因為他過的不是一般人的生活。從小一個又一個目標，一次又一次試驗，他只要負責完成就好，連同感受也是，滿足這個人的需求，滿足那個人的需求，付出、收穫，再付出、收穫。幸運點說，他沒有得不到的東西；然而他也卻，從來沒有為了自己爭取過任何東西。

無論如何都想要的東西，第一次出現在他的生命裡。他不想放棄。

■

最近袁懿芯常常自己一個人。她很久沒有這般了，竟然意外地感到輕鬆。畢業舞會那天晚上，她是故意跟邵雪分開的，趁著一個人多的轉角，往學生社團室的二樓快步走去。因為她跟尹伊晟說好了：「就這一晚，我們都要對自己誠實一點。」

她喜歡尹伊晟。她以為尹伊晟早就知道，直到邵雪出現，她才發現尹伊晟原來並不知道，因為他從來沒有注意過她。說得更直白一點，尹伊晟從來沒把她當成選項。

姑且就這樣吧，沒有什麼不好，她已經得到比別人更多，與尹伊晟一起的一切。她不意外，也不難過，她跟邵雪相處的時間比跟尹伊晟還要長，雖然只有短短兩個月，但是她喜歡邵雪，邵雪太討人喜歡。

如果說尹伊晟是火，那麼邵雪就是水。

尹伊晟無處不在，像是在廣漠樹海中點燃一星火種，所有人無一倖免，必須跟他一起燒那熊熊火光。火焰太過熾熱，彷彿隔空也能灼傷人。但人就是這樣，沒有被火紋身過，好奇那火究竟有多熾熱，如著魔般的投入。至於火本身呢？火是歡迎一切的，火是接納一切的，它將一切吞噬，化為灰燼再吐出去；除了水。

邵雪是水。如果不注意，就不容易在人心中留下印象的水；如果不洶湧，就會被以為只是平靜無害的水。在我們身邊緩緩流著，需要時來，不需要時離開，真正包容一切的水。人們拋擲垃圾，水默默承載；排注污染，水靜靜吞下；毒化水源，水仍不停止地往前流動，循環再生；彷彿從沒受過傷。

教人又愛又懼怕、看似一手遮天的火，唯有在水出現時也不得不退下來。所以尹伊晟退了下來，因為愛上了水，只要一個輕觸就會連自己的存在都被消失。這樣的尹伊晟，袁懿芯從沒見過，她覺得尹伊晟大概也沒見過這樣的自己。而她更在意的是，她很好奇總是藏在面具後面真實的尹伊晟能對自己多誠實。

後來的事，大家都看到了。袁懿芯覺得，尹伊晟遠比她想像的，更執著地愛上水。

校慶過後的隔週一，所有班版、群組、留言牆都爆炸般的在討論畢業舞會上的事。袁懿芯週末傳了訊息給火跟水，奇怪的是兩人都沒有回應。她趁下課時間拉上邵雪，問他舞會後來怎麼了，有遇到尹伊晟嗎？邵雪說有。再問他發生什麼事了，為什麼不回訊息？邵雪神情變換，沉默良久後說：「我可能做錯事了。」

袁懿芯聽不明白，做錯什麼事？他不會是拒絕尹伊晟了吧？

顯然她露出太過震驚的表情，讓邵雪像是要安撫她似的掛上笑容說：「也不是什麼不好的事。」

袁懿芯瞬間鬆口氣，卻有種自己被這兩人耍著玩的感覺，「到底是怎樣啊？你們兩個饒了我吧。」

邵雪突然看向她問：「你覺得我能怎麼做？」

「什麼？」袁懿芯有些愣住。

「你希望我怎麼做？」邵雪換了個說法。

「你問我？我喜歡的人喜歡你，你還問我？」袁懿芯不快地說。

邵雪嘆一口氣垂下眼，「那你現在就饒了我吧。」

袁懿芯實在拿他沒辦法，在他身旁拉開椅子坐下。「邵雪，我這次是站在尹伊那邊的。所以，拜託你了，別折磨他。喜歡他就答應他，不喜歡就快點拒絕他。」雖然她心裡覺得，邵雪應該是喜歡尹伊晟的。

邵雪看著地板，淡淡地說：「我們只認識幾個月，你們不了解我。我不是你們想的那種人，我不值得被人喜歡。」他越說越小聲，「……我不要他喜歡我。」

袁懿芯完全聽不懂，但她不忍邵雪那副神情，「你在說什麼？你很好，我們都好喜歡你。就算尹伊喜歡你，我也好喜歡你。」她邊說邊捏捏邵雪的臉頰。

邵雪哀傷地看向她，微微噘嘴的模樣像極了一隻受傷的貓，讓人不禁想百般憐惜。

8 帶我走

考試對尹伊晟來說就是人生定期的小遊戲，像在填一份非自願的心理測驗，有些問題可能需要想一下才能回答，但一定會有答案。提問隨機出現，隨機作答，隨機開獎，這一個個隨機串起他求學階段的日常。

今天也是這樣平凡的一天。結束一整天的測驗，最後一節是英文考試，大部分同學還在應試，尹伊晟提早交卷，離開了教室。他刻意繞道經過七班。邵雪還在教室裡，但顯然已經寫完卷紙，一手撐著臉頰，眺望窗外仍漫長的初夏白日。尹伊晟僅路過，看了一眼便離去。

第二天的考試結束後，就是學生的自由時間，大家大多相約外出遊玩，很少人留在學校。尹伊晟也得到一晚的休假。他不想回去住處，不知道要去哪裡，便上高一大樓頂樓隨意看些閒書。之前為了準備考試，硬是把心理跟生理的疲累壓抑下來，其實一點也沒有復原，現在一下子放鬆後，更感覺疲憊。

從書裡回過神來，天色已經暗下，他收拾東西準備離開頂樓時，天空忽地一暗，眨眼間下起了雨。仰頭望天，一整片烏雲灰黑罩頂，雨勢一瞬間轉大，大到教人看不清雨滴，一絲絲斜雨在立燈下打出清晰的白線。

他沒有躲雨，也沒有撐傘，就這樣淋雨走著。傾盆大雨一下子就將他整個人打濕，水滴沿著側臉從下巴滴答落下，校園的石磚地板都積起了水。走到校門口的高二大樓穿堂時，朦朧中，他感覺好似看見那天在大雨中等待的邵雪，想到那個身影現在怎樣都不會再回頭看了，他霎時頭痛得厲害，地轉天旋，就要倒下。

一陣熟悉的腳步聲向他靠近，那副帶著微微怒氣的聲音說：「你到底在做什麼？」

邵雪撐著傘，從身後扶住了他的手，顯然是從哪裡快步走來。尹伊晟感覺眼前一黑，失去了意識。

吃力地睜開眼，眼前是粉刷了淺藍色油漆、模糊的天花板，他沒有印象的地方。尹伊晟一手撐著床被坐起身，看見身上蓋了一件藍白條紋的羽絨毯，旁邊是一個圓形小矮桌，有著翹翹的可愛貓腳。房裡散著薰衣草的清香，一扇大落地窗敞開一個小縫，吹進暖熱的夏風。再往外看，房門沒關，有人聲從門外傳進來。

「媽，你快出門吧，不然會遲到的。」是邵雪的聲音。「我一個人可以，沒事的。」

一個聽起來很年輕的輕柔女聲說：「好好好，那我真的要走了，他要留下來過夜也沒關係，我早上回來時若趕得上，就幫你們帶早餐。」

「沒關係，你忙你的吧，別操心了。」

「那我走了。」

接著是門開門關的聲響，而後房裡安靜了下來。

邵雪不知道他醒了，輕手輕腳地推門進來，看到他已經起身，倏地浮上焦急的臉色，快步走向他說：「你終於醒了。」接著彎身一手摸向他的額頭，「這麼燙，比剛才更燙了。我去拿藥來。」

聽到邵雪這麼說，尹伊晟才感覺自己確實渾身燥熱，尤其頭痛得很，像是有火在身體裡燒。但是看見邵雪轉身要走，他一急，沒有多想就反射地伸手抓住邵雪，說：「別走。」

邵雪被他拉住而停下了動作。時間的沙漏再次暫停，像是又一個人生關卡的選擇題。而這次邵雪選擇了在他身旁屈身蹲下，坐了下來。

尹伊晟出力將邵雪的手抓得更緊了。

邵雪一雙栗色瞳眸看著他矇矓的眼，聽似十分心疼地說：「你放心，我不會消失不見，這裡是我家。我只是去拿個退燒藥跟水，你這熱度肯定燒到39度了。」

他朝思暮想，心心念念的人，此刻就在眼前，在他緊握的手中。再見邵雪，尹伊晟覺得心臟一陣緊束，彷彿只要邵雪再一個淡漠的眼神，他的心就會崩裂成碎屑。

「你陪我一下。」尹伊晟看著邵雪心想，碎屑也無妨。

邵雪像是感應到他的心思，垂眼看著被他握住的手，自言自語般的說：「一下就好嗎？」

「陪我。永遠。」尹伊晟即答。

邵雪的眼神抬起，對上他的，沒有閃躲。長長的沉默在他們之間，再次凍結了時間。

尹伊晟猛地一把抱住邵雪，彷彿要用盡全身力氣，才抱得足夠緊。「你不要再折磨我了，不要再無視我，求你了。」他一口氣說出。

他們就這樣定格相擁，他能感覺邵雪微微顫抖起來，片刻，有水落在他的肩上，一滴，又一滴。

「你不要這樣……」尹伊晟緩緩鬆手，放開他們之間的距離，伸手拭去邵雪臉上一行淚，「你這樣看得我好心疼。」

邵雪沒有回應，只是以袖子擦去眼淚，站起身說：「我去拿藥。」便逕自快步走出房間。

尹伊晟心裡明白，不管他怎麼說，邵雪都不會回應他。就像被什麼咒語束縛似的，邵雪就是不可能輕易回應他。愛上一個人，原來比寂寞更寂寞。

邵雪拿藥回來時，已經恢復了平時的冷靜模樣，但眼神仍流露著憂心。他將藥與裝了水的玻璃杯遞給尹伊晟，看著他吃下，才稍微減緩了擔憂的神情。

「要吃點什麼嗎？我媽剛才有煮一點白粥。」邵雪說。

尹伊晟不覺得餓，只覺得頭益發昏沉，像是要睡去一般。他搖搖頭說：「讓我睡一會兒。」

「嗯。」邵雪坐在他身旁，握上他的手，看著他沉沉睡去。他的最後一眼中，是邵雪傷透了心的神色，然而他卻覺得，這已經是邵雪所能表現出最濃烈的感情了。

再醒來時，落地窗簾半開，夏日的晨光透過玻璃射進來，在木板地上印出樹影的形狀。

尹伊晟半睜開眼，邵雪模糊的身影遠遠的，正在門邊的一面長鏡前更衣，換上制服的白襯衫。

「你醒啦，感覺如何？」邵雪邊整理邊說，「今天我幫你請假吧。你想留在這裡也可以，我媽等等就回來。她回來就是休息，你別在意她。」說完走向他，伸手摸了摸他的額頭，「好些了，不燒了。」

尹伊晟有種作夢般的錯覺，他因病發熱的大腦還無法仔細咀嚼過去二十四小時內發生的事，只能定定看著邵雪，覺得他們像是關係互換了，竟是邵雪在照顧他。

「你還好嗎？」邵雪扣上釦子，繫起皮帶。

「嗯……嗯，好多了。」尹伊晟吞吞吐吐，竟有股不自在。

「那就好。」邵雪完成上學的裝扮，走到他身旁坐下說：「冰箱裡有吃的，你餓的話就去熱一下吃。這房裡的東西隨你用，浴室在陽台旁邊，出去就能看到。你好好休息吧，別瞎忙。」

尹伊晟覺得自己十六年的人生中從沒人這樣對他說過話，也或許是他總是硬撐著，因為不知道倒下有誰能撐住他。他知道這很平凡，只是關心的話語，但心裡仍流淌了一股踏實感。

接著，出乎他的意料，邵雪站了起來，俯身在他額頭上如飛鳥過水，留下一個很輕很輕的吻。他頓時一陣暈眩。邵雪微微揚起嘴角，笑了笑，拿起書包就推門而去。

這是邵雪第二次吻他了。

分明就喜歡得不得了。

尹伊晟翻開被子，疊好靠牆堆起。邵雪房間不大，在這樣的初夏早晨，只要半開落地窗，陽光就能把室內照得白亮。告別春尾巴的冷冽，夏日結結實實地來了。

尹伊晟輕步環視一周，房門旁是一個小五斗櫃，應該是收衣物的。說到衣物，尹伊晟這才摸摸身上，已經不是昨天穿的制服了，不知何時被換上了上回他借給邵雪穿的衣物。衣櫃旁邊是排得整齊的整落整落雜書，有村上春樹、昆德拉、莎岡，還有一些大開本的日文漫畫、文庫本的英文詩集，也有國內作家的著作。衣櫃隔著門的另一側放著吉他，大木酒箱裡是一疊疊吉他譜，有些空白紙上散落寫了一些和弦以及像歌詞般的短句。加上貓腳小圓桌，大概就是全部了。

這裡就是邵雪每天生活的地方。

尹伊晟伸手撫過圓桌弧形的桌沿，桌上放著幾本筆記，成套的像是日記，最上面一本封面上寫著去年秋天的日期。儘管很想看，但是他知道不行。

這時，外頭傳來鑰匙開門的聲音，想來應該是邵雪媽媽回來了。昨天只聞其聲不見其人，又無故留宿了一晚，沒有問候實在很失禮，尹伊晟走出房門想要接應，卻被眼前女子的模樣震住。說是邵雪媽媽，但女子看起來頂多三十幾歲，一身白T牛仔褲的學生打扮，身材瘦削而顯得嬌小。她的髮色和邵雪一樣，在燈光下顯現淡淡的淺棕色，一頭長捲髮束成一尾高辮垂下。讓尹伊晟最驚訝的是，她長得極美，瓜子臉，一雙大眼也透著淡栗色，沒有上妝的臉龐有些倦容，但皮膚保養得很好，當她是邵雪姊姊也不會有人懷疑。

女子開口說：「你是尹伊晟吧，我是邵子惟，邵雪的媽媽。」她邊說邊往冰箱的方向走。尹伊晟這才看到她手上提著兩袋物什，有吃的用的，應該是剛在樓下賣場買回來的。

尹伊晟琢磨了一下稱呼，說：「阿姨好，我是尹伊晟。抱歉，突然打擾了。」

邵子惟邊把東西放進冰箱邊說：「不打擾，邵雪常提起你呢。那孩子以前有些事，不擅長跟人相處，謝謝你跟他們班班長常常照顧他。」

「沒這回事，邵雪很好相處，他在學校人緣很好。」尹伊晟說的是真話。

「是嗎？」邵子惟抬眼看他，又轉回視線說：「也不必人緣太好，低調點對他比較好。」

邵子惟顯然話中有話，但很快又轉換話題：「那孩子從沒帶過朋友回來，沒想到是個這麼帥的朋友。你別拘束，就當是自己家。我去收拾收拾休息了。買了早點給你，清淡的，趁熱吃吧。」

「謝謝阿姨。」對方可是邵雪媽媽，尹伊晟心裡不禁要浮想聯翩。

用完早點，吃了藥，他回到房間關上門。雖然邵雪要他多休息，但是此刻他正在邵雪的房裡，用他的東西、看他的書、睡他的床……這些念頭讓他有些新奇，更多興奮。他瀏覽堆疊的書山，抽出一本莎岡的書，讀著讀著才又在藥效使然下睡去。

尹伊晟從小就覺得上天似乎十分眷顧他，確實，這場美夢沒有那麼快醒來，邵雪對他的態度起了不小的轉變。邵雪開始騎車上下學，他們偶爾放學會一起回邵雪家，雖然他的時間零碎，總是匆匆忙忙，邵雪也沒問他原因，順應著他自由來去。他想著興許多走幾回，有一天終究能走進邵雪的心。

因為校慶擴大舉辦，期中考往後挪了些，結束後，馬上就是各社團的成果發表會。順帶一提，即使是抱病考試的尹伊晟，還是在期中考穩穩占據年級第一的寶座，這讓帝北高中的尹伊晟神話又多添了一筆。不過讓尹伊晟訝異的是，邵雪是高一全年級第五名。雖說邵雪畢竟是從A市男一中轉學過來的，但這樣的好成績還是出乎尹伊晟的預料。

「你是不是在隱藏什麼實力……」尹伊晟看著邵雪問。

邵雪剛從浴室出來，套上居家白T恤，走近他說：「你說什麼？」

「沒，就好奇你到底還會什麼。」

邵雪走到他身邊，屈膝在地毯上坐下，短短的髮梢還滴著水，「Je sais parler français.」（我會法文。）

尹伊晟睨了他一眼，順口接道：「J'ai aimé jusqu'à atteindre la folie, ce que certains appellent la folie mais pour moi c'est la seule façon d'aimer.」（我一直愛到瘋狂。有人稱之為瘋狂，但是對我來說，這是愛的唯一方式。〔by莎岡〕）

邵雪低頭笑了笑說：「Vous êtes fou.」（你瘋了。）

「我是啊，我可以再說一萬遍。」尹伊晟盯著他說。

在這個不到五坪的小房間裡，像這樣無數個幾乎擦槍走火的瞬間，最後總是在邵雪的淺笑中畫上暫時的句點。彷彿祕密基地般的存在，尹伊晟知道在這裡，他們可以沒有包袱地相處，即使邵雪經常避而不答，像是藏了很多祕密，沒關係，他等。

他才十六歲，青春不怕揮霍。

邵雪將一條手巾覆在凝著水珠的後頸上，說：「我答應汪澤要上吉他社成發了。」

尹伊晟已經從汪澤那裡聽說。邵雪答應的那天，汪澤就迫不及待告訴他。不過沒必要讓邵雪知道，他只問：「是晚上吧？」

「禮拜五晚上。你來嗎？」邵雪起身去拿了吉他，又走回來坐在他身旁。

「當然去啊。」尹伊晟說得輕鬆，但其實只要多一天晚上缺課，就必須用別天更晚的時間來彌補。不過這不算什麼，這可是邵雪第一次上他們學校的社團成發，他問：「你想好要唱什麼了嗎？」

邵雪思索著說：「時間有點近了，大概就選一首樂團的歌練吧。」

「你也要練習啊？我以為你隨時都能上場。」尹伊晟笑說。

「也不是不行，吉他手多少都有幾首常備曲。」邵雪輕輕撥起和弦，說：「不過既然要上汪澤的場，我就不想隨便。」

「汪澤的場怎麼了嗎？」尹伊晟看向邵雪。

邵雪抬眼看他，一雙沉思的眼裡是他看不出的神色，他於是轉了話鋒說：「你還真喜歡彈吉他。」

邵雪像是放鬆下心情又垂下了眼，撥著慢板的旋律說：「是啊，我從小都是自己一個人。後來學了吉他，好像就變成了兩個人。有吉他讓我彈，聽我唱，慢慢地就不再那麼寂寞了。」

「那真要好好謝謝吉他了。」尹伊晟說。

邵雪的視線又從吉他移開，與他交會。

他繼續說：「謝謝吉他陪著你。而且，你聊到吉他的時候話就特別多，我想聽你多講一點。」

邵雪不太好意思般的轉開視線，低聲說：「無生物也能算是陪伴嗎？不過，有些話找不到人講，就可以講給吉他聽。我以前常覺得……該怎麼說呢，連記憶都是寂寞的。一件事的當事人如果不在身邊了，只剩下自己記得，即使痛苦也忘不了。那種感覺，很讓人害怕。」邵雪說著，眼神轉變了情緒。

「過去都過去了，未來會有快樂的記憶的。我會陪著你的。」尹伊晟說。

邵雪停下刷弦的手，看著他木然無語。

「我不想你害怕，也不想你再寂寞。從今以後，除了吉他，你還有我。」尹伊晟說，一手輕輕覆上邵雪的手。邵雪沒有迴避，也沒有顫動，像是接應了他這句話。

今天的夜空也一樣澄淨無雲，可以看到點點繁星閃耀。尹伊晟一直覺得，邵雪所展現的寂寞裡，有一種與世隔絕、不容於世的悲傷。儘管平時的邵雪那麼少年，那麼純真，他還是看出來了，在邵雪不經意的眼神裡、時而恍惚的瞬間、乍變的神情——邵雪心裡的祕密深不見底。

■

邵雪要上吉他社成發晚會的事很快地在校園裡傳開。尹伊晟依然每天忙碌，有時候一整天沒遇上，他會忍不住讓邵雪給他傳個練習的影片。邵雪也像是習慣了，每天錄一小段，準時在晚上九點傳給他。

他們保持著這般不遠不近的距離，無論在學校還是家裡，邵雪不再避著他，不會假裝忽視他的感情；他也不再猜測邵雪的心，只要一個眼神，就能感應彼此。而這份感應是，對你對我，完全的自由。好比他就是無法控制自己，總是不斷往邵雪的方向看。

「你有沒有這麼癡情？沒準陳陸宇都要看出你喜歡邵雪了。」袁懿芯調侃地說。

「不可能。他還覺得我喜歡你呢。」尹伊晟應道。

袁懿芯瞪他一眼，「我真是傻了才喜歡你，我聰明點就喜歡邵雪。」

吉他社成發和社課一樣，在藝術大樓禮堂舉辦。因為是晚間活動，避開了用餐時間，七點半才正式開始。尹伊晟放學先趕去辦些家裡的事，來到禮堂外時，已經正正七點半了。禮堂裡一如既往的喧嘩，學生三五成群地聚著。吉他社常與外校交流，因此這天從外校來的學生也很多。「舞台上燈光很亮，表演的人其實看不清楚最前排的人，一定要有段距離才看得清楚。」汪澤這麼說，幫他們留了前排中間的好位置。

尹伊晟從後門進入禮堂，遠遠就看見邵雪在台下的準備區，邵雪今天一身深藍色棉麻襯衫，少見的米色牛仔褲，襯衫塞進褲子裡，更顯他一雙長腿，栗色短髮在深藍的映襯下對比耀眼。尹伊晟往前方的座位區走去，小小的騷動讓邵雪抬起了視線，與他相視而笑。袁懿芯已經坐在他們的位子，看到他便起身喚他。

禮堂燈光閃動，副社長林韋安的聲音從喇叭中傳出來，提醒表演即將開始。尹伊晟不見汪澤，感到奇怪，問袁懿芯，只說：「別管汪澤了，邵雪等下就要上台了。」

「他是第一個嗎？」尹伊晟不記得邵雪提過，但邵雪此時確實已經在準備區調音，像是察覺到他的視線，邵雪朝他的方向勾勾嘴角，給了他一個「有點緊張」的眼神，尹伊晟笑笑回給他一個「有我在」的表情。

「你們兩個在打什麼暗號？」袁懿芯說。

「你都看到了，你說呢？」尹伊晟就覺得有股私密的愉悅。

坐在台下看著邵雪，尹伊晟感覺心情雀躍驕傲，卻也有分憂心。怕是過了今晚，會有更多人追著邵雪了。

邵雪長吁一口氣，拿著吉他，從舞台側邊緩步走上台，禮堂裡瞬間安靜下來，一會兒又掀起激昂的陣陣尖叫。邵雪帶著親切也有些羞澀的笑容，在舞台正中央的椅子上坐下。麥克風發出一絲銳利的機械聲，他伸手調了調麥克風，往尹伊晟的方向看去，開口說：「前陣子畢業舞會結束後，有人問我，為什麼沒有在舞會上點歌。嗯……我就在這裡回答了，因為我比較想要自己唱。」

邵雪露出更不好意思的可愛神情，咬咬下唇說：「我現在其實超級緊張。因為我原本不是今天的第一個節目，是剛才汪澤才突然跟我說要換成第一個。」他輕笑道：「社長之命不得違背，只能上來了。」

袁懿芯伸手過去，拉住尹伊晟的右手。尹伊晟這時才發現袁懿芯穿著一身黑襯衫，牛仔短裙，不是她一般T恤短褲的打扮。

邵雪繼續說：「今天我會坐在這裡，說起來是為了一個人。這首歌是要獻給他的。為了不被他發現我要表演這首歌，這陣子我只好一直在他面前假裝練習另一首。假裝得好辛苦，都要沒時間練習真正要演出的歌了。」

邵雪說著笑了起來，台下也傳出陣陣笑聲與鼓舞的掌聲。尹伊晟心裡忽地湧上一股未知的緊張感。

邵雪接著換上認真的神情，說：「我在他的眼中看到太陽，是我從來沒有感受過的，溫暖的、如火般熾熱、可以消融一切冰霜的太陽。突然有一天，我就想，我要追上那個太陽。」

相隔十公尺的距離，但是尹伊晟知道邵雪正看著他，切切實實地看著他。

這時，幾位吉他社社員從兩側上台，擺設鍵盤，連接麥克風；舞台後方也架起了一組鼓。

「演出之前呢，我要先介紹我今天的夥伴。今天我找來兩個人，真的要非常謝謝他們，利用零碎的，常常是很突然的時間陪我練習。」

邵雪往他們的方向眨眨眼，袁懿芯鬆開尹伊晟的手，理順裙子站了起來。

尹伊晟詫異地看著她，袁懿芯靠向他耳邊說：「抱歉啦，尹伊，瞞了你這麼久。」

台上的邵雪說：「第一位是我的班長，也是我最好的夥伴，袁懿芯。她是今天的鍵盤手。」

袁懿芯走出座席，在同學的歡呼聲下繞道走向舞台左手邊的鍵盤後方，坐下。

「第二位呢，是今晚非常重要的一個人。」邵雪說。

舞台底下，坐在最前排位子的吉他社社員熱烈鼓掌，爆出一聲聲歡呼，口哨聲不斷。尹伊晟覺得自己似乎已經知道這第二位瞞著他的人是誰了。

「他答應時我也很驚訝，因為我真的沒想過他會答應。今天非常謝謝他，我們吉他社的老大，汪澤。」邵雪笑笑看向舞台後方的鼓區。燈光打下來，汪澤不知什麼時候已經在鼓的後頭就位，還是那副酷樣，微微點頭示意。

「好了，不知不覺說了太多，今天這首歌，獻給我的太陽——」邵雪前後與袁懿芯和汪澤對視，最後將視線轉回觀眾席，像是投注了所有注意力在尹伊晟身上，說：「〈帶我走〉。」

燈光驟然暗下。

偌大的空間凝結在這一瞬的寂靜。彷彿只剩下舞台上那個令他瘋魔的人，和他胸口怦怦急奏的心跳聲。

這就是了嗎？他漫長等待的答案。

尹伊晟感覺眼眶炙熱，心緒恍若決堤。

像土壤抓緊花的迷惑　像天空纏綿雨的洶湧
帶我走　就算我的愛　你的自由　都將成為泡沫
我不怕　帶我走

9 初愛

邵雪反手還沒帶上房門，尹伊晟已經將他抵在門上，失心地吻上他的唇，側臉、脖子、鎖骨，濕潤的撫觸一路往下，又回到唇上，像是要將他吞噬般瘋狂。吉他袋從他的肩上滑落，倒在玄關被他們踢散的鞋子旁。他依順著尹伊晟著火般的慾望，一邊分享體內竄升的興奮，想要嘗試將兩人移動到自己房間，但尹伊晟不意一把將他推向沙發。他臥倒在綠色的三人座上，熟悉的溫軟，此刻因一身燥熱而顯得涼。

沒有停頓的時間。尹伊晟跨上沙發，彎身蹭進他的髮鬢，輕咬左耳一路向下舔，一手從後方摸上他的後頸，另一手開始鬆解他上身深藍色襯衫的釦子。襯衫霎時敞開，鮮少見人的白皙肌膚因他內心湧上的羞恥感而哆嗦，一股寒意竄過他發燙的身軀，很冷。這是他們第一次赤裸相對，他們的第一個吻，第一場愛。

尹伊晟停了下來，在他上方弓起身，凝神看著身下的他。從上到下，再從下到上，灼燒的眼神像是真點燃了火焰一般，幾近荒淫的注視，要將他看個透徹，烙印腦海。下一瞬間，尹伊晟彎身舔上他胸前的尖凸，再一舔，他能感覺硬挺的慾望在身下漲大，伴隨著下身飢渴的磨蹭，絲絲快感從下腹竄上，他不禁倒抽一口氣。但這只是前奏的前奏而已。

尹伊晟輕咬他的鎖骨，以齒尖嚙著肌膚一路往下。這絕不是試探，而是要霸道地百分百占有，在他身上留下微微疼痛的痕跡。牛仔褲的金屬釦被解開，拉鍊緩緩拉下，尹伊晟的眼神始終注視著他，沒有因為其他誘惑而分神，像是在對他宣告他不是要他的人。邵雪受不住尹伊晟灼人的視線，那雙眼好似會燒盡他的層層防禦，燒透出他心底的祕密。一股久違的不潔念頭讓他幾乎要顫抖抵抗起來，過往的淫穢畫面瞬時閃過腦海，他猛地緊抓住尹伊晟的手，卻因無法抑止的快感而低吟。

尹伊晟像是看透了他眼神中的游移，說：「看我，不要想別的。」他的褲子被輕巧地褪下，底褲也被褪下，尹伊晟一雙眼緊盯著他，一手往下撫弄坦露的陰莖。讓人不禁要定目凝神注視的，少年的陰莖；彷彿會開出玫瑰的，稚嫩的陰莖。溫柔的輕觸時而緩慢，時而加快，再緩下來，再倏地加快。尹伊晟壓上他的上身，逼近他益發急促的喘息，以舌尖挑進齒間，緊覆雙唇，展開深長而潮濕的一吻。即使也同樣霸道蠻橫，卻與他過去的吻都不相同，讓他亟欲回應。

片刻，尹伊晟不捨般的離開他的唇，退到沙發邊，換上一抹把玩心愛玩具的邪邪淺笑，在他身前跪下，伸手壓住他的雙手，死死地按進沙發的深綠色裡。邵雪顯然已經知道尹伊晟要做什麼，但是當尹伊晟俯身探進他的雙股之間，含上已經十分硬挺的陰莖時，飽滿的溫暖仍教他忍不住呻吟出聲。慾望成水，汩汩流下。

尹伊晟將他因顫慄而曲起的手壓得更緊了，溫潤的舌瓣混著愛液挑動神經，間歇套弄著他的勃起，交雜深深淺淺的含吐，絲毫沒有要消停的樣子。止不住的快感一陣，再一陣，他不禁弓起背，緊咬的下唇泛上鮮紅血色，臉龐揚起潮紅。

「哈啊……尹伊……」必須極力壓下從胯下衝上的淫穢歡愉，他說不出完整的字句。

「忍耐。」尹伊晟舔舐著小圓，看向他說：「還沒，忍耐。」

然而，和著興奮的是過去如冰刺骨的可怕經歷，這讓他極度恐懼；同時又極度興奮，因為他非常想要尹伊晟，想要他侵占他，進入他，填補他所有空虛，覆蓋他的一切曾經。他不禁顫抖起來，不敢直視那雙眼，但是在尹伊晟面前他無處可躲，也不想再躲藏。他第一次感受到焚身的慾望，以及連同自己都懼怕的，所有貪戀、放浪、淫想、張狂，還有——愛，他甘願為此墜落，再次墜落進深無見底的黑洞。

尹伊晟太聰明，看出他有心事，傾身撫上他的臉，擦去細小的汗珠。只是如此，沒有說話。他能感覺尹伊晟感受到他的難受，他像是恐懼的小孩，強忍著尖聲吶喊的衝動至僅能流下淚來。

「……沒關係的，」一行清淚在他臉上如刀痕劃下，他幾乎是心一橫地說：「我要你，尹伊，上我。」

尹伊晟不禁皺眉。

他回握尹伊晟的手，緊貼在唇上，輕吐一口氣，倔強的眼神直看進尹伊晟的眼底說：「上我，尹伊。」

尹伊晟以無語回應，一把將他翻身背對，像是獲得了許可，狂野地吻上他的後頸、肩胛、側腰。冰冷的指尖滑過後背，在他身上激起陣陣哆嗦，此刻他只想，全身全心任身後的人擺布。尹伊晟環住他的肩膀，從後貼近他的耳畔喘息，他們赤裸的肉身相貼，濕黏而誘人，一股亢奮和著強烈的快感衝上。

「你再說一次。」尹伊晟在他耳邊低語。

「……幹我。」邵雪沒有猶豫地說。

尹伊晟起身，一手扶住他的腰間，一手開始在他身後緩慢地、竟讓他感覺溫柔的抽插。但隨即便是一股強勁的插入，粗暴又直截，疼痛讓他不禁咬牙。尹伊晟以手搭上他的肩，將他向後拉起呈跪姿挺直腰桿，張揚出一身赤裸的肉慾，再偏過頭吻上他的唇，讓他沒有一絲分心的空間。兩副身軀緊緊交纏，他能感覺尹伊晟在他體內的硬挺插入得更深，很深，直衝最敏感的部位。勃大的陰莖與他身體的溫暖合而為一，急速的抽動在他們身上浮生涔涔汗珠，一陣極致快感如狂潮向他覆頂而去，他沒有忍耐，大叫出聲。

尹伊晟再次將他推倒在沙發，讓他轉過身面對他，如初生嬰兒投身世界，勃起的慾望在尹伊晟眼前展露無遺。尹伊晟像是早預期好了一般，分開他白皙的大腿，又一口含住其中的勃起，猛地深入喉嚨。一股濕熱的暖液從身體深處衝上，他不禁緊抓住尹伊晟的手，仰頭將身弓成一道弧線，因忍著高潮前的淫慾而隱隱顫動。尹伊晟與他十指交扣，甚至將他緊握到痛。在濕潤的、放蕩的、甜美的，著魔般如閃電的陣陣狂喜中，他射精在尹伊晟嘴裡，一道，又一道，像是初綻放的玫瑰，從尹伊晟嘴角流下白色濃液。

尹伊晟起身，以手背輕拭嘴角，邪邪地笑，一把環住他汗濕的腰，不顧他射出後的癱軟，直接正對將陰莖再次插入。他在射精的餘韻中幾乎要暈厥過去。尹伊晟以始終勃大的硬挺快速抽插，雙手撐在他兩側，火燒般的雙眼直視著他汗涔涔毫無遮掩的身體。接著彷彿最後衝刺似的一陣急速抽動，精液射進他體內，竟是一股要教人落淚的溫暖。

尹伊晟一頭倒在他身上，似一隻坦然交出生命的獸，四下只剩極盡歡愉過後的喘息。

一會兒，邵雪仰頭望著白色蒙灰的天花板。如今他所熟悉的一切都不一樣了。他伸手環抱臥在胸前的尹伊晟，很緊很緊地抱著，彷彿沒有明天地抱著。

夜很深，窗外的城市已經完全暗下，連月亮都要睡去。

邵雪與尹伊晟各據白瓷浴缸的一方。

從完事後開始的長長沉默，重新攪動時間的沙漏。

「你別這麼安靜。」邵雪按捺不下，終於忍不住說。

尹伊晟笑了出來，卻很快又恢復正色。

「你在想什麼？」邵雪看著他問。

「如果你不想說，我就不會問。」尹伊晟的眼神像是被水澆熄的星火，殘燒著歡愛後的餘燼。

邵雪知道尹伊晟在想剛才的事，想他到底為了什麼祕密而苦。但他是不可能坦白的。
「那如果是我提問，你就會說嗎？」邵雪問。
尹伊晟點點頭說：「會啊，你想知道什麼？」
邵雪彎身往前，跨坐到尹伊晟身上。尹伊晟的神情有些驚訝，透明的水從他的側臉潺潺流下。
邵雪偏過頭，看著他的人說：「我想知道……你的第一個對象是什麼人？」
尹伊晟睨了他一眼，「我才十六歲，哪來那麼多對象，你到底把我想成什麼人了？」
邵雪忍著笑，語氣質疑地說：「喔……難道學霸尹伊晟還有時間做床上功課？」
「有啊，想你的時候。」尹伊晟笑笑伸手環住他，又窩進他的脖子一陣親。
邵雪瞇起眼，微微蹙眉。這晚對尹伊晟敞開一切之後，他就禁不起一點挑逗，色慾一瞬就被挑起。
尹伊晟輕咬他的耳朵說：「我看到你就想親，而且明天是星期六。」
邵雪由著尹伊晟撒野，搓揉著他濕濕的短髮說：「那你說，你為什麼喜歡我？」
「就……從第一天開始的吧。你不覺得我們很像嗎？」尹伊晟吻上他的臉龐，蹭著髮鬢廝磨。
「……我們很像嗎？」邵雪感覺生理的激情裡摻入一股心動。他們確實很像，但是他又一點都不覺得，自己能跟如此耀眼的尹伊晟稱得上像。
「我好孤單，」尹伊晟停下動作，與他額頭相貼，看著他的眼睛說：「一直在等你。」
邵雪不禁吻上尹伊晟，很深很深地吻。他太懂寂寞，他不在意即使尹伊晟對他，興許只是激情。
「不過，」尹伊晟擺上明顯是偽裝的不悅神色說：「你不是一直拒絕我嗎？」
是啊，邵雪心想，可是……「我想要你。我想跟你在一起。」他說了出口。

尹伊晟像是贏了似的得意地笑，又說：「但我還真服了你了，竟然找上汪澤。」

邵雪睨了他一眼，幽幽地說：「汪澤可喜歡你了。」

尹伊晟伸手搓進他的髮根，撫摸栗色的髮絲，笑說：「你吃醋啊？」

「才沒有。」邵雪有些忿忿地說。

「我好喜歡你。好喜歡。」尹伊晟忽地開口，「跟我在一起，邵雪。」

邵雪一直都知道，只要他說好，一切就無法回頭了。他的心可能會比從前更窒息、更疼痛，被掏空再千刀萬剮到碎裂。但是他好想要尹伊晟，太想要尹伊晟，他想就這樣不顧一切地追上太陽。

邵雪點點頭，他的人生從沒說過誓言，「好。」

尹伊晟鬆了一口氣，露出孩子般的愉悅神情，輕笑起來。邵雪也笑了，他不知道這是什麼心情，但是至少這一刻，這深黑的一刻，他已經擁有太陽。

殘燒的星火復燃，即使灰燼，只要不滅就能隨時再生的慾望，喚醒沉睡的獸。尹伊晟扶住他的腰，讓他轉身，以再度昂然的硬挺輕輕進入他。邵雪不由得咬住下唇，低吟出聲。隨著一波波緩緩向上的抽插，尹伊晟溫柔地吻上他的後頸、肩膀、背。在水潮的隱隱波動下，他們緊密交合高潮一陣又一陣，直到明天的太陽再度升起。

10 太陽

「你媽在家嗎？」

邵雪回頭看了看他，說：「今天不在。」

尹伊晟雙手搭著邵雪騎車的肩膀，邪邪地笑起來。現在他幾乎是住在邵雪家了，一個禮拜有至少三、四天都是從邵雪家一起出門，一起回家。今天也是。

「你等下什麼時候要走？」一進門，邵雪就迅速把門鎖上，將他往房間的方向推了一把。

尹伊晟一個踉蹌，差點跌倒，「你有必要這麼急嗎？等下我撞傷了你就沒得爽。」

「我問你什麼時候要走？」邵雪笑著輕推他進房。

「六點半。」尹伊晟看了一眼矮桌上的小鐘，時針正好指向六點。

邵雪也看了時鐘，於是說：「只能速戰速決了。」

關上門，邵雪一把將他推上門後的牆，整個人向他貼上去，抓住他的手壓在牆上，展開激烈的濕吻。夏日傍晚，因炎熱而冒的微微的汗，此刻在制服上已經濕成一片透明。邵雪像是不想給他空間似的，緊貼著他的人，急躁地邊吻邊啃噬他的唇舌。

邵雪鬆開雙手向下探，在他耳邊吐氣說：「我看急的人是你吧……都已經這麼大了。」

尹伊晟感覺皮帶被鬆開，拉鍊拉下，邵雪熟練地褪下他的衣物，漲大的陰莖霎地露出。邵雪抵在他身上，以深藍色的制服褲輕蹭他的勃起。不知是被制服挑動了神經，還是已經忍了一天的亢奮，無節奏的摩擦讓他興奮異常。

「你說，要我怎麼做？」邵雪輕吻他的嘴角，以挑逗的眼神看向他。

「幫我口。」尹伊晟最不能招架的就是邵雪主動，這讓他萬分亢奮，身體湧上一股沖天色慾。

邵雪笑笑在他唇上啄了一下，單膝跪下，想也不想就一口含住他的勃起，深入喉嚨。原本就燥熱的陰莖瞬間被濕潤而柔軟的唇舌包覆，一陣酥麻讓他不禁倒抽一口氣。邵雪以舌尖挑觸，和著兩人體液的一道溫熱，從小頭往下直抵陰莖根部，尹伊晟的敏感帶。緩緩加速或深或淺的含入，伴隨無預警的輕咬，邵雪一手與他十指相扣，一手往下搓揉愛撫，在在考驗著他的忍耐力。

邵雪真的非常會，這點他不得不承認。電流般的陣陣快感催促著體內的衝動，他抓住邵雪的栗色短髮，將勃起更探入邵雪口中，更深，更深，再猛地加速抽插起來。邵雪總能輕巧地避開齒尖不弄痛他，以舌瓣與雙頰配合著他急進的速度。

一道熱流從胯下竄上，尹伊晟將邵雪往後推倒，雙膝跪地，射精在邵雪潔白的制服上衣上。

邵雪偏過頭，微微睨起眼說：「你這到底是什麼變態癖好？每次都射我制服上。」

尹伊晟低喘著氣，笑笑沒有回應。一會兒才起身說：「每天給你口，我怕我都要早洩了。」

邵雪突然笑得開心，「你可以不要啊。」

尹伊晟瞪他一眼，故意說：「不幫我口，你是欠幹嗎？」

邵雪笑得更開心了，把毛巾丟給他，「去沖洗吧，快要沒時間了。」

如果他原本對邵雪有十分喜歡，那麼加上邵雪的口交技巧後，絕對可以爆衝到一百分。畢竟他還只是個十六歲情慾初開的少年，不可能抵抗得了這般狂烈的歡愉。

他從邵雪的衣櫃裡隨意拿了上衣跟褲子就去浴室沖洗。邵雪家雖小，但浴室意外地大，而且乾濕分離，打理得十分乾淨。他沒關門，褪下衣物就進入淋浴間。

一會兒，邵雪出現在門邊，倚著門看著他。浴室裡白濛的霧氣蒸騰，但他仍能感覺到邵雪眼裡傳來的溫柔。邵雪看他的眼神，總是似水般溫柔。

「怎麼了？」尹伊晟轉身，看向邵雪問。

「沒，就想看看你。」邵雪還穿著制服，經過一陣歡愛，整個人散發著一股凌亂的性感。

「要不要我幫你……弄出來？」

「都幾點了，我就看著你自己打出來。」邵雪回給他一個壞壞的笑。

尹伊晟反駁道：「你這才是什麼變態嗜好？我不是無碼A片或AV男優，我是你男朋友，讓我幫你吧。」

「沒時間了。」邵雪笑笑看著他，走進浴室，靠在牆邊鬆開皮帶，拉下拉鍊，一手往褲兜裡伸進去。

簡直比直接交合還更淫蕩。

「……你這樣我很難辦。」尹伊晟說。

「不用怎麼辦，你看我就是了。」邵雪輕喘著說，加快了套弄的速度，仰頭低吟。他露出的脖頸白皙稚嫩，讓人很想留下占有的痕跡。

光是這樣尹伊晟已經感覺烈火焚身。他關上花灑，圍了浴巾走到邵雪面前，吻上他因快感而緊咬的唇，但沒有出手幫他。因為這樣的距離更讓人感到興奮。

「我要射在你嘴裡。」邵雪一臉任性地看著他說。

尹伊晟輕撫邵雪的頭髮，彎身拉下他的底褲，含上潮濕而堅挺的勃起，先是輕輕吸吮。一波波刺激如水潮輕推，接著是追逐上來的細細快感，頂著刺激的衝刺，邵雪很快地就射精在他嘴裡，喘著大氣癱軟下來。他們四目相交，迷濛的眼，火熱的眼，尹伊晟打從心底愛死這樣對他坦開一切的邵雪。

跟邵雪在一起之後，尹伊晟第一次感受到自己人生的飽滿，那麼不像個十六歲的高中生。早上要去校隊練跑，有時候要去學生會開晨會，放學後也要再去學生會報到，再上家裡安排的晚課，念書複習，還要處理剩餘的一切事務。他能跟邵雪相處的時間少之又少。

而邵雪總是表現得沒關係的模樣，讓尹伊晟更在意了。一開始明明是他太喜歡邵雪而一心想跟他在一起，邵雪答應了他之後，態度倏地轉變，像是被一把萬能鑰匙打開了門，卸下了衣物同時也卸下了防衛，對他無與倫比的好，好到他都要替邵雪感到心疼。

雖然邵雪問他是否什麼事都會告訴他，卻從沒問過任何會讓他稍微有一點遲疑的問題。他想來的時候就來，要走的時候就走，需要邵雪的時候他就出現，不能陪他的時候他就離開；疲憊的時候他在，不開心的時候他在，想他的時候他在，彷彿只要一個念頭他就在那裡。

尹伊晟心裡再清楚不過，他能給邵雪的那麼少，甚至連純粹想要多跟邵雪在一起的時間都沒有。他十分懊惱，想到自己一離開又讓邵雪回到一個人，內心就不禁升起一股對自己的厭惡。明明說了不會再讓邵雪寂寞的，卻似乎反而讓邵雪更加寂寞了。

重新整理好儀容，已經過了六點半，邵雪幫他吹乾頭髮，輕輕撥弄著風乾的氣息。

「你別在意我，」邵雪雙眼盯著他說，「你不在的時候我就念我的書，做我的事。我不像你，書都不用讀就全校第一。我還要打理家務。」

尹伊晟一時也不知道該說什麼，嘆一口氣。

「你不要每次都露出這種表情。」邵雪伸手整整他的上衣，每次出門前邵雪都會這麼做。「我跟誰談戀愛，我自己很清楚，我從沒想過跟尹伊晟談戀愛會輕鬆。」邵雪抬眼看他，說：「我就喜歡在旁邊看著你，看什麼都不怕，總是勇往直前的你。」

「我是那樣嗎？」尹伊晟笑著問。

「你是大家的太陽啊。但是你要記得，」邵雪邊說邊垂下了視線，「你是我唯一的太陽。」

尹伊晟輕撫他的臉，揚起他的視線，「別人我不管，我只在意你一個。」

他在邵雪唇上留下一吻，才不捨地離去。

■

畢業舞會過後，帝北高中各大群組看版沸沸揚揚。尹伊晟告白的對象是誰？為什麼沒看過他們在一起？難道繼尹伊晟之後邵雪也死會？各種臆測與小道消息占滿版面，就連平時不八卦的陳陸宇也忍不住問：

「你到底是怎樣？透露一下啦。」

「透露什麼？」尹伊晟就覺得這些青春煩惱單純得可愛。

「呃……感情狀態？」戀愛話題對十六歲頭腦簡單的青少年來說顯然很難啟齒。

「跟你不一樣就是了。」

「欸，還虧我勒！」陳陸宇使出唯一絕招，踢他椅子，又好奇地小聲說：「正不正？」

尹伊晟笑笑回應：「挺正的。」

「高的還是矮的？」

「高的。」

「那是……豐滿的還是纖細的？」

「瘦的吧。」

「短頭髮還長頭髮啊？」

「短頭髮。」

陳陸宇猛地生氣：「靠，那不就是袁懿芯！」

想想還真的是，尹伊晟笑到不能自已。

「這人談戀愛談到瘋了。」陳陸宇不爽地從後面敲他頭。

尹伊晟其實一點也不想隱瞞，但是他答應邵雪，絕對不會公開邵雪的名字，其他任他怎麼說、怎麼做都行。他沒想過談個戀愛會接著出現這麼多新奇的事，比如只要他跟某班女同學多說一句話，隔天女同學就會被推上熱搜；比如知道他家狀況的老師也來關心他在舞會上到底做了什麼；比如他早上跟邵雪一起上學，就被人質疑他把女朋友放哪去了。當然，在這之中，越來越常出現的疑問是，尹伊晟的另一半為什麼不現身？

儘管尹伊晟很想，邵雪卻要他在學校別太常去找他，「你這性格，一下子就要被人看出來。」邵雪說得也沒錯，他就是忍不住要去追邵雪的身影，看到邵雪就不由得想出手碰他。也不知道邵雪是不是會讀他心思，在校園擦身而過的時候，邵雪總會偷偷伸手牽他。這麼一個短短的交會，就能讓任何事都波瀾不驚的他心跳加速。他就是如此的，對邵雪一點辦法也沒有。

與邵雪一起度過的時間過得飛快，轉眼高一就要畫下句點，他們將成為不再受保護寵愛的高二生，必須扛起更多學校的責任。學生會即將改選，方筱青挑了一個沒人的下午，約尹伊晟到學生會辦公室會談。

還沒坐下，方筱青就開口說：「你這陣子很不一樣。」

「什麼？」尹伊晟拉開椅子，看向她問。

「我說你啊，最近看起來很開心，真心的開心。雖然還是那副笑臉，但就是不一樣了。這點方姐我還是看得出來的。」方筱青看看他說：「好啦，要不要告訴我了啊，到底是誰有這個魔力，改變不知天高地厚的天之驕子尹伊晟？」

雖然方筱青說得一口刻意，尹伊晟卻忽地覺得心跳怦怦急奏起來。邵雪改變了他，在他身上留下了什麼，那個什麼被方筱青看見，是能在冰天雪地中開出一朵玫瑰的力量。他笑笑不語。

「你們到底在裝什麼神祕？如果換成我跟你在一起，一定天天巴著你不放。拜託，我跟尹伊晟在一起！誰不想大聲嚷嚷個遍？」方筱青說。

「方姐，是我去追人家的。他不想公開。」

「你去追人家的？他不想公開？」方筱青語氣驚異，問：「他到底是何方神聖？不就是你們高一的？」

尹伊晟點點頭。

「真是太讓人好奇了，高一還有哪個你會喜歡的對象而我沒看出來……」方筱青更困惑了。

尹伊晟還是笑笑不語，在心中盤算著是否要告訴方筱青。

但方筱青沒有追問下去，而是轉了話題說：「好吧，那你高二要不要接任會長？」

「如果我說不要會怎樣？」尹伊晟即答。

方筱青十分驚訝，「我可沒料到這個答案。」

「我私事很多，每天光要應付家裡的事情就夠忙了，而且以後只會更忙。」

這當然是其中一部分原因，但尹伊晟更清楚自己是為了邵雪而提出的。

方筱青皺起眉頭說：「你不做的話，下一屆會長會很不好做事。我建議你好好考慮，大家都在等你接手。你是怎麼了？這很不像你。難道有人不想要你接任會長嗎？」

他心裡知道邵雪不會樂見他辭退學生會的職務，是他自己想要有更多時間陪伴邵雪，於是說：「好吧，如果我好好考慮，你可以幫我一件事嗎？」

「什麼事？」方筱青問。

他換上認真的神情說：「你知道邵雪為什麼會在高一的觀察名單上嗎？」

方筱青更驚訝了，「你今天到底有幾顆震撼彈？你怎麼知道觀察名單的事？」

「我也在上面不是嗎？」尹伊晟巧妙地掠過她的提問。

「是啊，你是尹家少爺。不過邵雪的狀況有點特殊，他有兩個觀察事項是密封的。」

「那是什麼意思？」竟然不只兩項，尹伊晟心想。

「他有三個觀察事項。」

「第三項是什麼？」他問。

方筱青看向他說：「邵雪有精神方面的疾病。他的主治醫師是市立醫院的超級名醫，一般人掛不到號的。不過校方規定不能洩漏精神疾病學生的病症，很容易引發問題。」

尹伊晟有些愣住。他快速在腦中回想，沒有印象在邵雪家看過任何特殊藥品、藥袋之類的東西。不過他又馬上想起，除了他突然被邵雪帶回家的那一天，他也再沒見過邵雪的日記本了。他告訴自己保持鎮定，問：「有可能知道另外兩個觀察事項是什麼嗎？」

「我覺得很難，只有校長跟幾個關鍵人士知道。我僅耳聞好像跟他離開男一中有關。」方筱青說。

「你爸爸不是資安部的頭嗎？動用關係總查得出來吧。」尹伊晟看著她說。

「需要做到這個地步嗎？你跟邵雪那麼熟，你直接問他不就行了？」

「不好問。而且他也不知道自己在觀察名單上。」

「這麼說倒是，」方筱青拍拍他的肩膀說：「哎，你就去談你的戀愛吧，管人家那麼多幹嘛？人家要告訴你就會告訴你。」

尹伊晟嘆口氣，說：「我就是跟他談戀愛。」

偌大的學生會辦公室瞬間寂靜，尹伊晟不用看方筱青都知道她是什麼表情。

許久，方筱青才開口：「你……剛才說什麼？」

「我覺得你已經聽得很清楚了。」尹伊晟保持平靜地說。

「你……跟……邵雪？」方筱青不禁再復誦一遍，「你，跟，我們可愛的小邵雪？」

尹伊晟又長吁一口氣，說：「對，就是他。我追他追得很辛苦，拜託你不要說出去，他不想公開。」

方筱青愣愣地看著他，「天哪，那個畫面太美好，我不敢看。」

尹伊晟睨了她一眼，「你在說什麼啊，到底幫不幫我？」

方筱青直點頭說：「幫，是他我就幫。」

方筱青的爸爸是伊豐集團資安部的部長。來見方筱青之前，尹伊晟就已經計畫好了。事情還是必須走到這一步，雖然有可能被他父親發現，但他覺得父親應該早就知道他跟邵雪的事，所以不打算煩惱這個問題。

然而，方筱青的回答還是令他十分意外，他竟然完全沒有發現邵雪的病。他每天去他家，沒有任何一個角落隱藏，抽屜、鏡台、衣櫃，他怎麼想都想不到會有遺漏的地方。他也沒注意過邵雪有去看病。過去這段日子所有情景一下在他腦中翻飛，有些枝微末節浮上心頭，他氣自己竟然如此大意。而現在又要等待了，他在心裡默默祈禱另外兩個密封事項不會太駭人。

心煩的事情彷彿有磁力似的全部接踵而來。尹伊晟接到父親的指示，要他暑假去英國分部研習兩個月。

「這麼久……回來的時候都已經開學了吧。」邵雪看著矮桌上的日曆說。

尹伊晟不在意開學，也不意外父親要他出國研習，他在意的是邵雪的生日在七月，而他竟然要錯過了。

邵雪轉頭看向他說：「可以出國真好。去英國的話，可以幫我帶限定版的唱片嗎？」

尹伊晟正倚著枕頭看書，問：「你要什麼？」

「Radiohead跟Massive Attack。」

「你也喜歡這種迷幻搖滾啊。」不知為何尹伊晟就自然聯想到邵雪有精神疾病的事。

「喜歡啊，以前常聽，但有一陣子沒聽了。」

不行，現在不管邵雪說什麼，他都會過分解釋。尹伊晟轉了話鋒說：「我要出國兩個月，有人只關心可不可以幫他買唱片……」

邵雪笑著說：「兩個月也沒那麼久。你去研習很忙吧，時間一下就過去的。而且聯絡很方便啊，英國晚這裡七個小時，你起床時我這邊也才下午，至少不是一個白天一個深夜。」

又來了，尹伊晟心想，又是這副樂觀闊達的模樣，一點也不似患病的人。尹伊晟每次都覺得反而是自己像個不講理的小孩，愛對邵雪吵鬧撒嬌。他不由得皺眉，噘著嘴不說話。

「好好好，」邵雪傾身向他，靠到他一邊肩膀上，「兩個月有六十一天，六十一天就是一千四百六十四個小時，一千四百六十四個小時等於八萬七千八百四十分鐘……」說著笑了起來，「欸，還真是挺久的。」

「你才知道我追你追了多久。」尹伊晟藉機抗議。

邵雪在他肩上蹭了蹭，說：「我會很想你的。你隨時都可以給我傳訊息啊，我都在的。」

尹伊晟放下書，握上邵雪的手，細細地撫觸，「八萬七千分鐘，這麼久都碰不到你了，要我怎麼活……」

邵雪笑了出來，說：「哪有這麼誇張。」

一點也沒在誇張，他默默心想。「而且想到不能跟你一起過生日就很懊惱。」

「哪天過都行啊，等你回來再一起過就好了。」邵雪說。

尹伊晟忽地不悅起來，「你為什麼總是這麼淡定？你到底想不想要我？」

邵雪看向他，神情一轉，從微笑變得有些心疼，「我當然想要你，但是我不想你為我改變什麼。大家都需要你，你也有能力做很多事，我覺得很好啊，所以你不必為了——」

「我不是為了你。」尹伊晟看著邵雪，以不能更認真的神情說：「我從頭到尾都是為了我自己。我就是這麼自私，哪裡都不想去，只想跟你在一起。」

11 生日

你不是第一次愛上一個人，
但你真的交出過自己嗎？

如果可以，邵雪絕對想要百分百地霸占尹伊晟。然而他終究抽手了，甚至只要想到再往前一步，都會害怕到顫抖。他覺得自己終究是曇花一瞬。他不敢也不想，讓尹伊晟為了他做任何事。他懼怕未來這個概念，怕到不得不把當下抓得死緊。

跟尹伊晟比起來，他知道自己太不誠實，無法像尹伊晟那樣對他無所不言，還任由他無節制地測試、考驗。尹伊晟說得沒錯，他說的話、做的事確實都是為了他自己，不是為了邵雪。而這背後隱含的事實卻是，尹伊晟太愛他，無法隱藏，無處可躲，連自己都無法控制。就是這樣讓邵雪卻步了，要他犧牲、放棄、付出再多都無所謂，但他不敢要得更多。

進入帝北的第一個學期眨眼就過。期末考結束的隔天，尹伊晟就要啟程去英國。前一晚他們自然要激戰數回。即使考前身心已經萬分疲累，褪去了衣物，也要燒盡慾火，彷彿這樣才能一解不得不分離的苦。

此刻，邵雪看著身旁已經沉沉睡去的尹伊晟，伸手從他太陽穴上方一個指節的高度，隔空撫過因呼吸而微微起伏的側臉。究竟是什麼時候，他碰觸了眼前這個不該碰觸的人。他不禁想起第一次去尹伊晟住處的那個晚上。從那之後過了多久？彷彿有一萬年那麼長。

那是他曾以為自己與幸福的距離。

他睡不著。晚上跟尹伊晟一起收拾行李時，他才忽然發現，這短短時間，尹伊晟已經占據了他的生活這麼多。他們兩人的衣物混在一起，尹伊晟的書，一疊疊厚重的原文書在他的吉他旁邊堆起小山。他的漱口杯裡有兩支牙刷，房門進來有兩雙室內拖，床被幾乎再沒有收起，他有時甚至會忘記跟尹伊晟在一起之前的生活，日記只能收著斷續地寫，精神科也再沒去過。

現在的他是什麼模樣？如果這麼自問，他只能想到跟尹伊晟在一起的模樣。好似離開了尹伊晟，他一個人便無法單獨存在了。他非常害怕，與另一個人唇齒相依。

天色漸亮，由灰轉白，透著淡淡的冷清的藍，這是清晨醒著的人才看得到的景色。尹伊晟的手錶震動起來，五點半的鬧鐘提醒。很輕微的震動，像是怕會把他也吵起來。窗外傳來車子駛近的引擎聲，他知道是來接尹伊晟的車。一切都在提醒他分別的時刻到了。

尹伊晟伸手抱他，仍闔著眼，一頭鑽進他的肩窩，乾澀的唇蹭著肌膚，以帶著睡意的聲音說：「你怎麼了，一夜沒睡……不是沒有不捨我離開嗎？」

邵雪沒回應，只是將他環得更緊。尹伊晟說自己什麼都不要，只想跟他在一起，是非常認真的。不能再加深離別的難受了。

「樓下的車是來接你的吧，別讓人家等太久。」邵雪說。

「沒事，那是李管家。他從小看我長大，什麼事都知道，跟我最親了。」

「什麼事都知道？」邵雪瞇起眼問。

尹伊晟這才睜開眼，抬頭看向他，露出邪邪的笑說：「知道啊，知道我在這裡巴著你不放。」說完又輕啄起他的前胸、鎖骨，脖子到耳後。

「你再磨蹭下去，飛機就要跑掉了。」邵雪輕聲說，忍著愛人的挑弄。

「好好好，都聽你的。」尹伊晟吻到他的唇上，給了他一個深長而柔情的吻，才不甘願地起身準備。

一會兒，一只金屬黑的二十九吋行李箱被推到門邊，邵雪幫尹伊晟理好襯衫，卻不敢看向尹伊晟的臉。

他能感覺尹伊晟因為不想離開而在微微生氣。他對於這樣十足孩子氣的尹伊晟完全沒轍，平時都會依著他的任性，但是現在不行。而他自己的情緒也快到達臨界點，必須趕快送尹伊晟離開。

「好了，該走了。」他不得不抬眼看向尹伊晟。

他以為尹伊晟會吻他，但尹伊晟只是很輕很輕地抱住他，抱著，越來越緊。然後輕閉雙眼，將下巴擱在他的肩膀上，像是在感受最後的溫存。

「給我一分鐘就好。」尹伊晟低聲說。

邵雪忍了一夜的眼淚倏地瞬間流下。

尹伊晟將他抱得死緊，「你這樣我真的走不開了。」

一分鐘的沙漏見底，尹伊晟緩緩鬆開手，拉開他們之間的距離，伸手擦去邵雪臉上的淚痕。

「照顧自己，等我回來。」

邵雪拉著他的手，直到不得不放開都沒有開口，以潮濕的眼送走了他的太陽。

■

假期開頭就是邵雪的生日。袁懿芯提議一起過，正好可以去草山一年一度的夏日音樂季。邵雪以前住在A市，離草山很遠，沒機會去，現在方便多了。

七月四日這天是個大好晴天。太陽像是害怕不能再露臉似的，將草山整片草地照得金黃，燒得萬物發燙，眼睛所見都白亮白亮的，像天堂。

邵雪與袁懿芯第一次不在上學日見面，袁懿芯穿了一身白T跟超短牛仔褲，一頭剛修齊的短髮黑得發亮。邵雪也是一身白T牛仔褲的打扮，彷彿這是青春在夏日的標準行頭。

「生日快樂！」一見面，袁懿芯就以熱情的擁抱迎接他。「Birthday Boy，十六歲生日快樂！」

「謝謝你今天陪我出來。」邵雪笑笑說。

「這是當然的啊。你看，我們今天是不是很像一對情侶？」袁懿芯打趣說，「等下一定要跟尹伊通個視訊，讓他羨慕忌妒到死！」說完放聲大笑起來。

「我們這邊大概兩點他才會起床，到時候再打吧。」邵雪看看手錶，剛過十二點，還有兩個小時。

「我來設個鬧鈴，不然等下玩到忘了。」袁懿芯說。

草山音樂季一整天都有表演節目，從早上十點到晚上十點，十二小時不間斷。大舞台架在草地最前方，以一整片毫無遮蔽的無垠藍天為背景，一天下來能看到各式繽紛的天色。大部分人只帶一塊野餐墊，隨意就在草地上一邊野餐一邊觀看表演。放眼望去大多是十幾二十歲的年輕人，也有不少帶著小孩的家庭，所有人臉上都掛著笑容開心的模樣，讓人跟著放鬆了心情。邵雪感覺很久沒有像這樣毫無壓力的放鬆了。

袁懿芯將一塊毛怪與三眼怪的大地墊在草地上鋪好。正午的太陽下，藍色的大地墊與藍色天空相輝映，像是將藍天映照在了地上，耀眼得刺人。

邵雪去旁邊草地市集的攤位買一些食物、幾瓶冷飲，與薄荷、檸檬口味兩支冰淇淋回到袁懿芯占好的位子。袁懿芯正仰躺望著頂上蔚藍的天空。

邵雪將兩支冰淇淋遞到她眼前。

袁懿芯坐起身，挑了薄荷口味說：「每次吃冰，尹伊都喜歡那種甜死人不償命的口味。」

想起尹伊晟，邵雪不禁輕笑，「是啊。喜歡甜食這種形象，跟他還真是不搭。」

袁懿芯像是若有所思似的，自顧自地說了起來：「高一上學期的時候，有一次籃球比賽前夕，我跟班上同學一起在籃球場練球。那時幾個三年級的學長來鬧，想捉弄我們。尹伊剛好在場，就過來幫我們解圍，跟三年級的學長單挑。」她邊說邊淺淺地笑，「我還記得那天天氣很熱，球場旁邊擠了好多人，大家都來看熱鬧。但尹伊一點也不怕的樣子，後來當然是把高三的學長給打跑了。」

邵雪看著袁懿芯，舔著冰淇淋靜靜聽著。

「那是剛開學時的事，尹伊因此在學校裡受到了注目。接著馬上是入學後的第一次期中考，尹伊考了全年級第一名，就被方姐帶進學生會了。」袁懿芯又抬頭看向天空，今天天上也沒有一絲雲。

「十三班跟我們離得很遠，但我也開始跟班上其他女生一起常往樓上跑，去看尹伊。反正當時多的是去看他的人。可能我的個性比較不害羞，也或者是尹伊看我順眼吧，」袁懿芯不禁笑了出來，「我比別人更常得到跟他說話的機會，後來就莫名地常常聚在一起了。」

「那你之前說你幫班上同學送東西去給尹伊是？」邵雪問起。

「那是更之後的事了。我也不知道尹伊記不記得我就是當時籃球場上的女生之一。」

「他一定記得。」邵雪說。他是真的這麼想。

袁懿芯幽幽地說：「不過都沒差啦，喜歡上尹伊晟，想也知道不會有好結果。」

邵雪沉默不語。雖然他心裡跟袁懿芯同樣想法，但這時並不適合說出口。

「誰知道他眼光這麼高……要像我們今天的Birthday Boy這樣迷人才看得上眼。」袁懿芯自嘲道。

邵雪低頭笑了笑說：「你別虧我了。」

「我是說真的。尹伊喜歡你，我心服口服。」袁懿芯捏捏他的臉頰。

講起尹伊晟，邵雪就不禁要陷入一陣思念。喜歡他的尹伊晟，跟他表白的尹伊晟，親吻他的尹伊晟，因為今天的缺席，反而讓他的存在感更加強烈。

「那汪澤跟尹伊又是……」邵雪一時想到就也問上了。

「汪澤喜歡男生是公開的祕密。尹伊加入學生會的時候，三年級還在交接，汪澤是當時的學生會副會長。」袁懿芯看看他，又說：「其實汪澤人滿好的，在高三很有人緣。」

「我知道。」邵雪想起社團裡大家對汪澤的好評價。

「你要煩惱情敵的話是煩惱不完的。」袁懿芯調侃他說。

「我沒有煩惱，我只是……」只是什麼呢？邵雪忽地停下。「我喜歡大家喜歡他。他值得被這麼多人喜愛。」

「拜託，他是尹伊晟耶。」袁懿芯笑了，「不過你也別太寵他。尹伊那個人，對待不熟的人和親近的人差很多。你跟他越好，他就越任性越孩子氣，不知道節制。」

聽到不知道節制這幾個字，邵雪不禁失笑。

「怎麼了？」袁懿芯不解地問。

「他確實是很不知道節制沒錯。」邵雪暗自覺得沒人能比為他瘋狂的尹伊晟更不知道節制了。他好想念尹伊晟，特別是在今天如此炙烈的太陽底下，更無法不想起他。彷彿只要一個背光，那個令他魂牽夢縈的人就會現身眼前，但事實卻如此遙遠。

一會兒，袁懿芯忽然以非常認真的眼神看向他說：「雖然今天是你生日，但你能答應我嗎？不要讓尹伊傷心。他其實很脆弱的。別看他那樣，越是堅強的人，越禁不起受傷。」

邵雪頓了頓，對袁懿芯這個請求感到不解，他一點也不覺得自己有能讓尹伊晟受傷的能力。但還是點了點頭，給了她一個放心的微笑。

「喜歡一個人，總是會受傷的。」袁懿芯幽幽地說，「即使他也喜歡你。」

叮鈴鈴，袁懿芯設定的鬧鈴響起，不知不覺的兩點了。

「我們來打給尹伊吧！」

袁懿芯滑開手機，點進尹伊晟的頭像。邵雪這才發現尹伊晟的頭像換了，新的頭像是一張側躺睡著的臉，只看得到闔著的雙眼上蓋著濃密的栗色睫毛，看不到臉的全貌。那是他的照片，他不知道尹伊晟是什麼時候拍的，藍色背景，是他房裡刷藍的牆。

尹伊晟接起了視訊電話。

袁懿芯揮揮手說：「早啊，尹伊。你看，我跟邵雪今天穿情侶裝耶！」她拿著手機對著自己與邵雪拍了拍。

尹伊晟揚起嘴角，捕捉著邵雪的視線，說：「生日快樂，邵雪。」

「欸，你很差勁耶。我在跟你講話，你只看邵雪。」袁懿芯抗議道。

「好好好，謝謝你幫他過生日，你最好了，想要什麼犒賞就直說吧。」

「又不是我過生日，是邵雪過生日。」袁懿芯倒也自在地說，「就知道你這副德性，見色忘友。」

「對，我已經幾天沒看到他了，想念得很。就知道你故意虧我，幼稚。」尹伊晟也自在地說。

邵雪笑了出來，與袁懿芯幾乎同時出聲：

「你們感情真好。」

「你還真不害臊。」

三人頓時一陣笑，袁懿芯接著說：「邵雪實在是……尹伊，你也說說他吧。」

手機那端的尹伊晟看著他，笑嘆口氣說：「什麼都不介意，可愛又迷人的……」

「我怎麼了？」邵雪問。

「反派角色？我可不是火箭隊。」邵雪微微噘起了嘴。

袁懿芯又笑出來，說：「你也會開這種玩笑耶。是說，我今天有準備禮物要送給你喔，」她轉頭看向尹伊晟說：「你也有。」

邵雪有些訝異。袁懿芯竟然準備了禮物，而且是要送給他們兩人。

袁懿芯顯然對自己的精心準備很有信心。她把手機交給邵雪，去一旁打開地墊上的後背包，拿出一個手掌大小的方盒子，遞給邵雪說：「生日快樂。快打開來看。」

邵雪在手機鏡頭前打開盒子，白色的絨布上躺著一條鎖頭項鍊，跟另一只同款造型的別針。鎖頭與別針上刻著一樣的兩個相連的英文字母：YS。

袁懿芯眼神閃閃地說：「就算是我送給你們交往的禮物吧。看你們誰要選哪一個。我覺得項鍊比較適合尹伊啦，畢竟尹伊這麼猖狂；別針就給邵雪，可以別在書包上，低調一點。」她分別看看他們兩人，「怎樣，我是不是很貼心？」

尹伊晟立刻說：「謝謝。我這麼猖狂，回去一定馬上戴。」

邵雪卻愣愣的，只說了聲「謝謝」。

他原本以為自己與尹伊晟之間可以不留下什麼。不管未來如何，只要不留下什麼，就能當作那些過去不曾存在過。但此刻看到袁懿芯為他們準備的禮物，他卻有種說不上來的激動。

如果命定如此。如果終究要留下些什麼。

邵雪與袁懿芯在音樂季待到晚上近十點，才趕著山區最後一班公車回市區。送袁懿芯回家，再自己回家洗漱完，已經快十二點了。這天就要過完。尹伊晟說晚上忙完會給他打電話，邵雪拿一本書躺在棉被上，心事重重地隨意翻看，一會兒就墜入了夢境。

夢中的他全身冰冷，被一股久違的寒意包圍，感覺不到一絲溫度。他的手被高舉綁起，稍微一動就被麻繩的粗劣刺得手腕發疼。場景轉變，他像是被什麼人推倒在地，滿地細碎玻璃，他感覺頭被人重重地往地上壓，臉頰滲出微微的血，在地上劃出凌亂的紅痕。他想尖叫出聲，然而，就在聲音湧上喉嚨時，壓著他的那隻手將他的頭猛地抬起來。眼前的人，竟是尹伊晟。

邵雪霎時驚醒過來。摸摸臉頰，沒有血，只是微小的汗。

叮鈴鈴，他的手機在一旁發出聲響，是尹伊晟打來的視訊電話。手機上顯示已經過了半夜兩點半。

邵雪揉揉眼，按下通話鍵。

「對不起，這麼晚了。」尹伊晟看似還在外頭，一旁傳來人車的吵雜聲。

「我好想你。」邵雪脫口而出。

尹伊晟有些愣住，馬上問：「怎麼了嗎？」

他收起一瞬間的任性，說：「沒……我沒事，只是想你而已。」

尹伊晟笑著說：「我也很想你啊。生日快樂，這裡還是七月四號呢。你有收到我訂過去的蛋糕嗎？」

「有，你再不打來我就要自己吃掉它了。」他開玩笑說。

「去拿來，我陪你吃。」尹伊晟說。

邵雪把手機放著，走去冰箱拿蛋糕。素白的蛋糕盒上還貼著他媽媽寫的便利貼：「尹伊家專人送來的。生日快樂，寶貝兒子。」

他已經打開看過了，是一顆四吋的純鮮奶油蛋糕，上頭沒有任何水果或甜品裝飾，只是用鮮奶油在中間綴出一顆棉花糖般的大愛心，旁邊小小凸起的字寫著：Y for S, Happy Birthday。蛋糕盒的夾層附了一張白色卡片，裡頭是尹伊晟秀氣的親筆字：

我的邵雪：

生日快樂，永遠愛你

尹伊

即使已經看了好幾遍，每次看他還是會忍不住笑起來。尹伊晟總說他像一片白，跟他名字一樣純潔的、無垢的雪白。雖然他知道，這是因為尹伊晟不知道他的過去，但他還是很開心，有人純粹地愛他。

邵雪拿著蛋糕回到房內。

「來插蠟燭唱生日歌吧。」尹伊晟在視訊電話那頭說，背景已經回到了室內。

邵雪小心翼翼地把蛋糕拿出來，放在手機前面，再從盒子底層倒出盤子與實實在在的十六根金色短燭。

「這麼多……真的要全部插上去嗎？」邵雪邊數著蠟燭邊說。

「十六根而已。以後七、八十根的時候就不會要你插了。」尹伊晟笑著說。

以後，這兩個字讓邵雪內心有些震盪，但他只是微笑著插上蠟燭，燃起燭光。

夜半時分，萬籟俱寂，只有窗外月色照進的樹影在木板地上微微晃動，作他們倆相依的證人。

唱完生日歌，邵雪準備要吹熄蠟燭，尹伊晟匆匆喊停：「還沒許願呢，別急著吃。三個願望，最後一個放你心裡。」

邵雪思索著。他其實很少許願，覺得願望這種事很不適合自己，像是在跟天作對。但是尹伊晟讓他許，他就會這麼做。

「那……第一個願望，希望接下來的一年一切都好。」

尹伊晟點點頭說：「一定會很好的。」

「第二個願望……」他看了看尹伊晟，「希望你像現在一樣愛我。」

尹伊晟嘆一口氣，「我保證會比現在更愛你。」說完像是要安撫他似的，伸手隔空輕拍他的頭。

邵雪笑笑閉上眼。既然可能都不會實現，那麼，第三個願望，我想永遠跟你在一起。

這個願望太奢侈，連用想的都覺得心很痛。他緩緩睜開眼說：「許完了。」

尹伊晟看著他，彷彿會讀心術般的說：「你的第三個願望，我會幫你實現。」
邵雪忍不住失笑，「你又知道我許了什麼？」
尹伊晟篤定地說：「我就覺得我知道。而且不管你許什麼，我都會幫你實現。欸，我已經想好了，等我回去要帶你去哪裡補過生日。」
「還久呢。」分離才剛開始。邵雪心想。
「我就想想，想著開心。」
尹伊晟微笑的眼裡，邵雪總覺得有光。黑暗中的光，教人嚮往，卻也刺人，不知那是希望的光，還是毀滅的光。
尹伊晟轉換話題問：「我不在，暑假你要做什麼？」
邵雪切開蛋糕，裡頭是夾了白巧克力的千層。
「汪澤考完試，說要帶我去一家吉他手工廠做短期助理。」
「那很好啊，汪澤有人脈也有能力，你跟他去，我很放心。」
「你呢，剛過去還習慣嗎？」邵雪邊吃蛋糕邊問。凌晨三點的蛋糕，別有一番滋味。
「我有三年沒來了，不過這裡沒什麼變。這次是第一次接觸公務，很多東西要學，現在還有點混亂，但也挺有趣的。」
「什麼樣的工作啊？」邵雪喜歡聽尹伊晟說這些一點也不像高中生會經歷的事，很辛苦，但充實也新鮮。
「本來應該要從工廠開始監工學習，可是我爸覺得我還小，不能放我一個人去比較落後的地方。倫敦這裡是歐洲跨國業務的總部，大部分都是進出口跟企劃宣傳的事務，我這幾天先跟一組ＰＭ跑流程。外國人做事跟我們不太一樣，很多眉角要注意。」

全是商業世界的語言，邵雪說：「感覺比上課累多了。」

「也不至於，在這裡不用上晚課，七、八點就能回來休息了。」尹伊晟的模樣看起來有股開心。

「那邊不是有很多美術館、博物館之類的，還是你都去過了？」

邵雪其實對英國不是很感興趣，他一直比較喜歡現代開放的美國。因為尹伊晟這次要去，他才研讀了一些課本以外的東西，讀多了也不禁要羨慕尹伊晟可以實際走訪。

「挺多的，不過美術館這種平日只開到傍晚，晚上沒辦法去。我前兩天都去劇院看舞台劇，現在很多新型態的改編劇本，不像早年只有常駐的幾齣。我覺得你一定會喜歡，」尹伊晟肯定地說，「以後我們一起來吧。」

每次尹伊晟說到以後，邵雪就會瞬間沉默，沒辦法輕鬆應對。然而，此刻不知道為什麼，他就自然應了聲：「好啊。」

說起來，他第一次被尹伊晟帶去天澄飯店的那天晚上，回家後就立刻搜尋了天澄飯店的背景。天澄飯店已經有三十多年的歷史，主理人是一個六十歲出頭的女經理，沒結過婚，也沒有小孩。再查背後金主，光董事就好幾位，但其中可能是尹伊晟父親的人，他心裡已經有底了。如果尹伊晟真是那人的獨生子，邵雪再明白不過，他必定得跟尹伊晟分開。將來有一天，也許是很快就要到來的一天。

12 你是誰

進入高二生活，第一個要迎接的就是社團迎新。吉他社每年的吉他之夜可說是一年一度最大的活動，比期末成發更盛重。畢竟迎新就是要招攬新生，雖然吉他社已經是帝北最大的社團，但新任社長林韋安仍信心滿滿地表示，不介意接收更多社員，繼續壯大吉他社的規模。

「邵雪，我會把你排在下半場的第一個表演喔，那是最好的時段，拜託你啦。」林韋安一直希望邵雪做她的副社長，邵雪拒絕了好幾回，現在不得不其他事都答應她。

尹伊晟整個暑假不在國內，這次他不必躲著練習，早早就定下表演的曲目。他想給尹伊晟一個驚喜。不過，世事難料，前幾天尹伊晟說臨時有個企劃案趕不出來，會延遲回來的時間。雖然他保證一定會趕回來，邵雪卻覺得真趕不回來也沒關係，不過就是一個五分鐘的演出，他不想尹伊晟為了這點小事煩心。

剛開學，校園成天鬧哄哄的，他們搬到了最靠校門口的高二大樓。班級位置也變了，七班與十三班同在三樓，一東一西，各據兩側樓梯的兩端。尹伊晟開學了還沒回來，這對很少請假的尹伊晟來說是件新鮮事，高二同學之間議論紛紛。加上高一新生入學，學生會因為尹伊晟這個新任會長還沒就任，成員也沒辦法馬上改選。邵雪竟不禁有種尹伊晟不在，世界就要亂了套的錯覺。

某天通視訊時，尹伊晟神情慎重地告訴他，自己答應了方筱青會接任學生會會長一職。邵雪覺得這是必然之事，開心地恭喜。新任會長必須從高二同學中挑出學生會成員，在大家都不熟悉事務的狀況下，協助學長姊與新成員交接，還要馬上處理接下來的校內行程。無論誰來看，能夠勝任這職位的人都非尹伊晟莫屬，他跟大家都熟，本來就呼風喚雨。邵雪也很高興，看到帝北的太陽不墜，萬物滋生。

吉他之夜這天晚上，學校難得開放校外人士進入，晚餐時間禮堂外已經人潮集聚。邵雪算是幫林韋安的忙，早早就在禮堂待著，因為他現在可說是吉他社的招牌，就連剛入學的高一學弟妹都認得邵雪學長。袁懿芯常笑說他快要取代尹伊晟的地位。有著傾城容貌又溫柔可人的邵雪，與霸氣全能的優等生尹伊晟，簡直是帝北現在的兩個傳奇。

邵雪今天也是一副輕鬆的打扮，寬領白T露出整副鎖骨，下身是淺藍色的合身牛仔褲。唯一不一樣的是，他把袁懿芯送的別針別在了左胸前，銀閃閃的，在一身素淨的裝扮下更加顯眼。他覺得之後若是尹伊晟也戴了項鍊，肯定會被人認出他們是一對。但今天他就是要別著，這是他與尹伊晟獨有的暗號，讓他感覺內心穩穩的，很踏實。

上半場最後一個表演結束，進入休息時間，禮堂裡的人潮不減反增。林韋安來到最前排側邊的準備區找他。這次他們特地調暗了舞台燈，讓台上演出的人不會感覺那麼刺眼，也看得見台下座席區的觀眾。吉他社的表演者自然坐在前排，而尹伊晟因為是新任學生會會長，所以也特地為他留了第一排的座位。

林韋安四處張望，「尹伊這個人實在是……明明跟我說一定會來的，現在還不見人影。」

「他的飛機六點半才到機場，出關再趕過來，少說也要一個半小時。」邵雪看看禮堂的鐘，快八點了。他知道尹伊晟應是算得剛剛好，但此刻人還沒出現。

「不管他了。」林韋安對著邵雪說：「這禮堂難得這麼多人，我看都是來看你的。等下你就多說點話，別客氣，時間都留給你。好了，我們要準備開始了。」她拍拍邵雪的肩膀，給了他一個期待的笑，轉身去音控區廣播。

袁懿芯見林韋安離開才走上前，滿眼笑意看著他說：「你今天這麼性感，是故意的吧？」

「被你看出來啦？」邵雪羞澀地笑。

「每次看你彈吉他，就覺得只有這時候你特別放得開。」

袁懿芯算是常看他彈吉他的人了，不過今晚，他覺得自己是第一次如此放得開。

禮堂燈光漸暗，明明滅滅了三回，示意大家下半場的節目要開始了。

袁懿芯幫他擺正胸前的別針，笑著將他推出去，說：「去迷死大家吧，Sexy Boy。」

邵雪走到舞台正前方，將吉他放上台面，直接一個箭步跨上舞台。何時自己也變得如此囂張？他在心裡默想，不禁笑了出來。坐上舞台正中央黑漆的高腳椅，他把吉他架在腿上，輕輕撥弦，待觀眾席的鼓噪聲完全安靜下來，才開口：

「嗨，我是邵雪。」他點頭輕笑，迷人的長睫毛低垂，在眼窩映上長長細影。

底下傳來呼喊他名字的叫聲，他繼續說：「感覺上學期的成發好像才剛結束，我又來了。其實我也算是吉他社的新生吧，因為我是上學期過了快一半的時候才加入的。那時候有人建議我來看看，不過，我第一次來的時候，」他望向台下的林韋安，「當時的副社長，也就是現在的韋安社長，馬上就給我下馬威。」

林韋安在台下大笑出聲，向他比了一個笑鬧的中指。

「所以我第一次來吉他社的經驗不是太好。」邵雪笑笑地說，將視線投向遠方，仍然沒有尹伊晟的身影。「可是後來我就發現我錯了，韋安真的是一個很棒的社長，像是她知道大家想上我的社課，就一直要我開課。欸，開課其實挺累的，尤其我又是個很低調的人，要不是上一屆社長汪澤都出馬，現在你們沒有一個人上得了我的社課。」邵雪邊說邊笑了出來，台下有人笑出聲，有人鼓掌叫好。「還有啊，像是今天的迎新，她要我一定要留到下半場表演，因為她說下半場的觀眾不能減少，剛才開場前還一直叮囑我要多講一點話……」

「邵雪，你夠了喔！」林韋安在底下大喊，「明明就是你自己說要下半場的，我只是把你排在第一個。」

「好啦好啦，對啦是我啦。」上半場尹伊晟絕對趕不上，所以確實是他提出的。「大家都知道我是轉學生，轉學過來的第一天，有人跟我說帝北就像一個大家庭。嗯……我還不知道帝北到底如何，但至少可以說，吉他社就像一個大家庭。韋安社長是個好姊姊，希望大家在社團裡都能玩得開心，過得愉快，所以歡迎大家。不管你會不會彈吉他，什麼都不會也行，吉他社都非常歡迎。如果今天迎新讓你對吉他社有點心動，或者感到好奇，等下都可以去找我們的公關心美入社。」邵雪快速掃一圈觀眾席，指向右手邊的側門處說：「就是現在門旁邊的那個長髮美女，吉他社的公關蔣心美。好囉，要記得喔。欸，韋安社長，這樣講的夠不夠了？」

林韋安站起身，雙手高舉比讚。

還是沒有尹伊晟的身影，邵雪嘆口氣說：「好吧，招生時間結束，回到我今天要表演的歌——」

「邵雪我愛你！」二樓不知哪裡傳來一聲告白。

邵雪往上看，笑笑說：「謝謝，可是我已經有喜歡的人了耶。」

「誰？」一樓迸出一聲大喊的詢問，夾雜著亂入的「是我！」的玩笑聲。

「對不起啊，不是你。」邵雪順著回應，整個觀眾席都笑了開懷。

等待笑聲褪去的片刻，直直的，一樓禮堂正後方的大門打開，長廊上的燈光射了進來，將一個人影打上走道。他絕對不會認錯的人影。座席區後方傳來窸窣話聲：「尹伊會長！」「尹伊回來了。」他聽到熟悉的名字，那個他等待長久的人終於現身，正毫不遲疑地朝他的方向走來。

七十二天。浮現邵雪腦海的是他們分離的時間，整整七十二天。他不敢相信自己已經七十二天——一千七百二十八小時，十萬〇三千六百八十分鐘——沒有看到尹伊晟，沒有摸到他，沒有感受他。此刻即使離得很遠，尹伊晟仍確確實實來到了他眼前。他感覺世界霎時變了，被染上色彩，灌注怦動的心跳，只因為一個人。

邵雪定定看著微微喘著氣，像是從哪裡快步走來的尹伊晟說：「今天這首歌，獻給我的他。」台下爆出陣陣尖叫，尤其在邵雪說出那三個具有魔力的字時，「我愛你，就像這首歌——永遠都不夠，〈Insatiable〉。」

尹伊晟已經走到第一排，距離他只有五公尺，以燃燒著炙熱慾望的眼神看著他。那神色裡有疲憊，有克制，還有更多深無可測的想望。邵雪絕對是故意選這首歌的。他刷下和弦，以同樣灼人的眼神回應尹伊晟。

The moonlight plays upon your skin　月光在你身上嬉戲
A kiss that lingers takes me in　一個吻令我流連忘返
Breathe in breathe out, there is no sound　四下無聲，只剩下起伏的喘息
We move together up and down　我們交纏著上下動作

Turn the lights down low　讓燈光暗下
Take it off, let me show　褪去衣物，袒露一切
Turn me on, never stop　挑弄我，不要停
Wanna taste every drop　我要嚐盡每一滴愛液

We never sleep, we're always holding hands　我們不睡，總是雙手緊握
Kissing for hours talking and making plans　連續數小時不斷親吻，談天，想像未來
We never sleep, there's just so much to do　我們不睡，太多事情可做，太多話想說
So much to say can't close my eyes when I'm with you　與你在一起，我捨不得閉上眼
Insatiable the way I'm loving you　我對你的愛，永遠都不夠

邵雪覺得自己從沒以這樣的眼神看過尹伊晟。百分百赤裸的慾望，在滿席視線中袒露，螫得人隱隱作痛，心臟像是要蹦出胸口，他想立即、此刻、現在就親吻尹伊晟，緊緊擁抱尹伊晟，彷彿沒有明天地去愛。

尹伊晟扯去邵雪的上衣，一個勁地往他身上狂咬，似乎親吻已經完全不夠。他們身處幾個月沒來，已經不再屬於他們的高一大樓樓頂。登高的視野，初秋的涼夜，頂上天地星月皆明，目光睽睽地見證他們的久別重逢。尹伊晟一身黑色襯衫敞開，皮帶卸到一半，一把將他推倒在他們以前常待著相依的長椅上，沒有猶豫

地解開他的牛仔褲鐵釦。

「尹伊，你……」邵雪被他幾近狂暴的占領逼得話不成聲。

尹伊晟咬著他上身興奮的凸起，以高冷的眼神睨向他說：「這不就是你要的嗎？」

「……是誰連傳個Dirty Talk都不行？」邵雪也嗔怒起來。

「我的通訊軟體有別人在看。」

尹伊晟沒再多說，只是逕自貪食著他溢出涔涔汗珠的身體。邵雪也不再問，此刻他只想尹伊晟大口咬他，緊抓他，粗暴地對待他，弄痛他，如猛獸進入他。他想要消融在尹伊晟的身體裡，被他吞噬，結合為一，失去形體，什麼也不剩。彷彿只有這樣才能永遠跟尹伊晟在一起。

尹伊晟感覺到他的想要。將他臥倒在長椅上的身軀一口氣拉直，挺起臀部，交出硬挺的陰莖，野蠻地從正面插入。十萬分鐘的分離化作一股強烈痛楚，讓邵雪緊咬下唇，忍不住喘息，刺激難耐的喘息。尹伊晟盯著他赤裸身軀的眼，裡頭慾望鼓脹，彷彿有千道視線使他羞得無所適從。

臀部再度被托起，尹伊晟將他的雙腳架在手臂往上提，以緊密貼合的體位釋放迸發的私慾，接著強烈地快速抽插，俯身對他說：「你不知道這段日子我在心裡幹了你多少次……」

漫長等待的累積讓邵雪只想完全放空自己，全身全心感受著尹伊晟的躁進，令活著更趨真實的陣陣快感教他不禁拱起身軀。極緩，極快，隨著激情攀升的是一道熱液，他每次與尹伊晟相交，無論真實或幻想，都想獻上的人最私密也最朝氣的愛液。

尹伊晟猛地抽出勃發的陰莖，向前壓上他的身體，俯視著他說：「幫我口。」

邵雪聽令般坐起，趴進尹伊晟的雙股之間，像一隻乖巧的寵物舔舐著漲大發燙的勃起。尹伊晟壓著他一頭潮濕的栗色短髮，讓他含入得更深，深到無法喘息，深到尹伊晟不禁呻吟。

片刻，他感覺尹伊晟像是要射精前的抽搐，便放鬆唇舌，起身背對，讓尹伊晟再次從後面進入他。他以雙腿跪姿坐起，讓尹伊晟探入得更深，偏過頭獻上熱吻。他們交纏著上下動作，像是兩條牢牢貼合的肉色蛇身，隨著一次次頂入直達天際。

「說，你要誰？」

「我要你……」

「你要我做什麼？」

「……幹，我。」

「怎麼幹？」

「哈啊……這……」邵雪大口喘息。

「像這樣嗎？」尹伊晟猛地挺進，從身後緊抱他，困住他的動作，不留餘地地吻咬他的耳背、後頸、上背到肩峰，持續猛烈地抽插。他不意被幹射一地濃稠白液，一股突升的羞恥感讓他癱軟下來，但尹伊晟不可能放過他，咬上他的右耳，在耳窩留下淫穢的私語：「我要射在你裡面。」

他在久違的忘我高潮中連感受的能力都消停，只剩下尹伊晟狂暴地一次、再一次深入，而後一鼓作氣射精盈滿他體內。仍硬挺的陰莖抽出，流下鹹濕的白色液體，尹伊晟吻上他的唇，將他轉身面向他，擁抱他，狂吻他。直至月色暗去，他們仍緊緊相依。

■

吉他之夜過後，命運的齒輪緩緩動了起來。

尹伊晟堅持回國的當個週日就要幫邵雪補過生日。說起來，這是他們第一次正式約會。因為每天都待在一起，加上尹伊晟週末有更多家裡安排的行程，他們平時可說是沒有多餘能夠一同外出的時間。

尹伊晟問邵雪有沒有特別想去的地方。

「我想跟你在一起，不要遮遮掩掩的。」邵雪說。

邵雪知道這是個不應該的要求，但是近來他發現，自己益發越界了。尹伊晟總是用那副心疼的眼神看著他，讓他幾乎也要覺得自己真的愛得如此卑微。

此刻他們坐在尹伊晟家裡的專車上。今天的司機是李管家。實際見面，李管家比邵雪想得年紀更大，六十歲出頭，是個灰髮蒼蒼面容慈祥的老先生。他對尹伊晟表現得很尊敬，更多溺愛，確實像是從小就陪著尹伊晟一起長大的關係。

坐上車後尹伊晟就一直握著邵雪的手，怎樣也不願放開的模樣，時而貼近他耳邊私語，大部分時間還是深情地看著他，他感覺尹伊晟難得的放鬆。他喜歡這樣，即使一方面崇拜十項全能的尹伊晟，但也不想看他總是背負那麼多責任與壓力，他想要他就像現在這樣，只是一個普通的十六歲大男孩。

「邵雪少爺本人比少爺說的，還要好看更多呢。」李管家皺皺的嘴角輕揚，從後視鏡與邵雪對上視線。

邵雪禮貌點點頭說：「謝謝。我不是少爺，您叫我本名就行了。」

「我家少爺的朋友就是少爺啊，而且我看邵雪少爺比我家少爺還更像少爺呢。」李管家笑道。

「是是是，還有誰比他更能第一次見面就擄獲人？」尹伊晟睨了邵雪一眼。但邵雪知道尹伊晟心裡是開心的。只要是關於他的好話，尹伊晟都比自己受誇獎更得意驕傲。

「是啊，邵雪少爺氣質非凡，應該也是很好人家的孩子吧？」李管家問。

尹伊晟給了李管家一個眼色。

「抱歉抱歉，不打擾少爺的時間，我專心開車。」李管家笑笑，轉移了眼神。

邵雪沒有問尹伊晟要帶他去哪裡，雖然這是他們第一次約會，他自然非常期待，但是對他來說，只要能跟尹伊晟在一起就夠了。而且，他不知道尹伊晟為了今天一整天的出遊，需要推掉多少事情，再彌補多少行程；他也很不解，如果尹伊晟父親根本知道他跟尹伊晟的關係，為什麼還任由兒子這樣下去。而尹伊晟總是能看出他的心思，一手牽著他，另一手從背後環住他的腰身，將他靠得更緊，在他的瀏海上輕輕一吻。

雖然是週日，但今天蔚藍海岸的遊客不多。李管家放他們在海岸公園入口處下車，之後就不知把車開去哪裡休息了。他們今天穿的是整套一樣的情侶裝，雖然不過就是同款的白色合身素T跟深藍色牛仔褲。尹伊晟從英國帶回來的。他們連尺寸都一樣。

尹伊晟已經戴上袁懿芯送的鎖頭項鍊，邵雪也將別針別在胸前，今天他們就是完美的一對。

「有個地方，我一定要帶你去。」尹伊晟說，大方地拉著他的手，一路往海岸的岬灣岩岸走去。

剛開始還是積了潮水大大小小的淺坑，越往海的方向走，連吹來的風都帶上一股鹹味。邵雪一頭栗色短髮被風吹亂，尹伊晟將他的髮絲撥到耳後，注視他的那雙眼，彷彿可以就這樣看著他直到永恆。

邵雪很久沒來海邊了。他原本最愛的海，從某個時候開始變得危險，讓他望之卻步。他當然沒有告訴尹伊晟。他內心渺茫地冀望，若是尹伊晟，或許能為他抹去過往的黑暗，就像他陷溺在尹伊晟的懷抱，像是從沒受過傷。

岩岸的礁石在盡頭高聳，尹伊晟小心地牽著他的雙手，走上一塊極高的岩壁。往下看是壁面凹凹凸凸的石塊，以及一不小心就會失足墜下的藍海。遠方的太陽與天色融成一片金黃，海平面波光粼粼，船帆飄動，放眼望去再也看不到任何人。

邵雪隨著尹伊晟在岩壁上坐了下來。他感到非常危險，卻也非常平靜。跟尹伊晟在一起，他覺得很安心，一點也不需要害怕。

「你應該不懼高吧？」尹伊晟像是後知後覺的，不太好意思地問。

邵雪搖搖頭。

尹伊晟說：「我家有一間飯店在這附近。小時候我常來這裡。岩岸對那麼小的孩子來說，其實很危險，所以每次都是李管家陪著我。有一次我跟他吵架鬧脾氣，那時我還很小，也沒想過晚上這地方根本黑壓壓一片什麼都看不見，就跑來這裡躲著生悶氣。」

「你也有這種驕縱少爺的時候啊。」邵雪笑說。

「當然有啊，那時才五、六歲吧。」尹伊晟拉著他的手，溫柔地搓摩。「反正我就跑來這裡，這裡距離入口很遠，幾乎沒有人，旁邊就是懸崖，小孩子看到都會怕吧。可是不知道為什麼，那天晚上的天空很晴朗，看得到很多星星，一閃一閃的，好漂亮。我就坐在這裡一直朝夜空看，最後竟然就這樣睡著了。」

邵雪聽得很入迷，他喜歡尹伊晟的回憶都是美好的。「之後呢？」他輕聲問。

「之後……苦了李管家。他整整花了兩個小時才找到我，帶我回去後又被父親一頓訓斥。」尹伊晟把他的手舉至唇邊輕啄，說：「好啦，總之，這裡就是我的祕密基地。後來心情不好的時候，尤其是小時候常常無法達到家裡的要求，很累、很想逃跑的時候，我就會來這裡待著。雖然不一定是晚上，也不是每次都看得到星星，但就習慣了這個地方，待在這裡就覺得心情很平靜，所以想要跟你分享。」

「可以說這個地方守護了你的童年，真好呢，有點羨慕。」邵雪看向尹伊晟，偏過頭靠在他的肩上。

「以後換我守護你。」尹伊晟將他摟得更緊，像是察覺了他眼神一瞬間有傷。

海風很大，吹得底下海潮陣陣起伏，衝擊著岩壁。群鳥飛過天頂，以誰也分散不了牠們的姿態，轉向閃動著波光的太陽的方向。世界只剩下浪濤拍打岩岸的聲音、鳥兒低鳴，還有他們的談笑聲、分享祕密的私語，以及一個接著一個，潮濕的、鹹澀的吻。

天色微微暗下，礁石路上兩個拉得長長的人影，手牽著手往海岸公園出口的方向走。

一陣安心的沉默後，邵雪停下腳步，出聲說：「你是伊豐集團尹立人的兒子吧。」

他覺得尹伊晟不可能料到他會拋出這一句。他只是覺得時候到了。

尹伊晟轉過頭，眼睛眨啊眨的，像是敗給他了的表情，沒有怯怯地說：「對。」

邵雪不禁垂下視線。對，他問什麼尹伊晟都會回答，尹伊晟從沒欺騙也不隱瞞他。

尹伊晟看著他，眼裡有種內疚，說：「我以為你不想知道，不然我可以直接告訴你。」

「怎麼會有人不想知道？」邵雪輕嘆一口氣，鬆開尹伊晟的手。

尹伊晟一時不知所措，也跟著嘆口氣說：「你想說什麼就說吧。」

但邵雪什麼都說不出口。

「你是不是想說，身為伊豐集團的繼承人，為什麼還要死命追求你這個不可能在一起的人？為什麼我不知道自己的身分會給別人帶來多少困擾？為什麼不一開始就說清楚？我在學校幹嘛還要隱瞞身分？」尹伊晟一連串地說了出口。

邵雪知道尹伊晟不高興了。他不想要他不高興。

尹伊晟緊咬下唇，像是在努力壓下情緒。他走向邵雪，抱住他，在他耳邊又輕吐了好幾口氣。

邵雪輕撫尹伊晟的背。他不會不知道尹伊晟肯定想過多少遍、心煩過多少夜。

「我沒有要說什麼，我只是……」我只是想知道我們能在一起多久，邵雪心想。

尹伊晟拉開距離，以邵雪從沒見過的哀傷眼神看著他說：「我一開始就說過了，我愛你愛得快要發瘋。不管我是誰，我就是喜歡你了，不行嗎？」。

「我也愛你啊，可是——」想到有一天要離開你，心就很痛。

「被我喜歡很苦嗎？」尹伊晟的語氣裡有無數愁，「你說不想要我喜歡你，是吧？袁懿芯都告訴我了。」接著揚起真正嗔怒的眼神說：「怎麼可能？」

尹伊晟吻上他的唇，將他抱得死緊。

尹伊晟的愛令他窒息，讓他幾乎無法呼吸。如果可以，尹伊晟現在肯定會扒去他的衣物，用忿恨的慾望侵占他。然而此刻只能熱切地吻，氣憤地吻，像是在責怪邵雪出現在他的生命中，讓他不得不為他瘋狂一般。

離開蔚藍海岸的車上他們沉默不語。李管家透過後視鏡頻頻窺視，終究不敢問。尹伊晟還是牽著邵雪的手，但看得出來他心裡難受。邵雪默默開始後悔，不該跟尹伊晟提這件事。

車子駛進伊豐海濱飯店的車道時，尹伊晟開口跟李管家說：「他已經知道了。你們不用再藏了。」語氣沒有一絲情緒。

李管家眼神有一瞬驚訝，但很快又恢復柔和，「知道了。那要先準備晚餐嗎？」

「好，麻煩廚房了。我們先去外面走走。」尹伊晟看向海色的方向，開門下了車。

伊豐海濱飯店是這一帶最高檔的飯店，所有一樓客房從陽台直通沙灘，每一區的房間屬性不同，有家庭親子專門，也有情侶套房、多人派對大房等，假日一房難求。

尹伊晟沒有走進飯店，而是直接往沙灘走去。星期天晚上的飯店大廳沒有一位房客，只有白衣西裝褲的服務人員，像是被誰包場了一般。邵雪有些疑惑地跟著尹伊晟的腳步走，穿過長廊就是一片晶亮的白色沙灘。傍晚夕陽以最後一絲殘光俯照大地，金黃褪去後，是灰藍夾雜柔粉的冷系天色。他們走上沙灘，越靠近海潮，海風越毫無遮掩地吹來。尹伊晟牽起他的手益發握緊。

透明的海水打上沙灘，漲潮了，帶來遙遠海裡的豐富，一碰就碎的泡沫白花在他們腳邊漲漲落落。邵雪被海水的冷帶起回憶，他鬆開尹伊晟的手，給他一個放心的微笑，退得有些遠，回到沙灘上。一段距離外，尹伊晟的上衣被海風吹得鼓脹，長長的影子映到他眼前。他在白沙上蹲坐，攪動著細沙的漩渦，心緒翻騰。片刻，海風漸息，尹伊晟從藍海走回他的方向，天色已經深藍，最後一點粉與白的天光夾在海與天的交際，即將隱沒到地平線下。

尹伊晟在他身旁坐下，低聲說：「對不起，我知道不該喜歡你，但是我沒辦法。我第一眼就被你吸引，」尹伊晟抬眼看向他，嘆口氣，「雖然你跟我預期的不太一樣。你很聰明，很成熟，好像經歷過很多事，讓人好心疼，我怎麼也放不下。我應該早點告訴你的，但是我太害怕你拒絕我。隱瞞著沒說，對不起。」

尹伊晟握起他的手，像一隻沒受過傷的獅王，不知該如何應對自己的難受。

邵雪側身，轉向面對尹伊晟，忽地就跨坐到他身上，雙手圈起他的脖子說：「我要你。」邵雪的視線盡頭是李管家站得遠遠地看著他們的方向，以及來來去去幾位服務生黑白的身影。

尹伊晟皺了皺眉，神色卻由哀傷轉而浮現一絲愉悅。

「我要你。現在。」邵雪又說一遍，伸手脫去上衣扔到一旁，俯身吻上尹伊晟的唇。

白沙浸進他腳邊，他環著尹伊晟的後頸，放遠視線就能與李管家對上眼。

即使痛苦，即使有一天會分開，他現在就要讓尹伊晟知道，他真心愛他，再苦都愛。

尹伊晟接收了他的訊息，起身將他往後一推。他感覺後背貼上涼涼的白沙，但是身體非常炙熱，蠻橫的愛火燒得他全身發燙。尹伊晟看著他，已經換上熟悉的灼熱眼神，一手解開牛仔褲褲頭，坦露出漲大的慾望。

「你實在讓人無法捉摸……」尹伊晟雙眼緊盯著他，有種忿忿的喜悅。

邵雪定定地說：「我愛你，無論你是誰。你這樣記得就夠了。」

不知何時尹伊晟已經褪去他的褲子，猛地抬起他的大腿，粗暴地插入。尹伊晟背對飯店的方向，動作一點也沒有遲疑，就如以往的狂熱，讓邵雪感受真實活著的狂熱。

永遠都不夠，做就是了。沉默的時候做，痛苦的時候做，憤怒的時候做，開心的時候做。只要邵雪主動求愛，尹伊晟不可能拒絕。尹伊晟不在的這兩個多月，邵雪感覺生活輕飄飄的，即使跟汪澤一起共事，也是自己喜歡的，但少了尹伊晟就像沒了重心，連逕自旋轉都無法。現在尹伊晟回來了，他只想全心全意感受他。

海潮的洶湧吞噬了他們的喘息聲，夜色漆黑，連相纏的影子都暗去。他與尹伊晟緊貼彼此，眼神始終對視，忘我地交合。他們在完全的黑暗中解放慾望，在陣陣快感中覺醒，邵雪覺得自己的意識從沒如此清明。

一會兒，結束炙熱的歡愛，尹伊晟撐坐在沙灘上，細細白沙在他身上標誌出汗濕的痕跡。邵雪赤裸著站起身，往深黑的大海方向走去。

「你要幹嘛？」尹伊晟出聲喊他，「不要做完就尋死。」

邵雪回頭笑了起來，說：「我去洗一洗。」

九月了，海水異常得冷，他踏入水中，緩潮以很舒適的速度在他腳踝邊輕推。尹伊晟已經穿好褲子，拿起他們兩人的上衣從後面走來，停在濕沙的前方，出聲說：「我回去幫你拿件乾淨的衣服。」

邵雪點點頭，揚起水花，拭去身上的沙。

尹伊晟離開時與李管家擦身而過。李管家拿著兩條長浴巾走向邵雪，站在他身後一公尺處，遞出一條浴巾給他，說：「邵雪少爺，擦一擦吧，晚了風大。」

「謝謝。」他禮貌回應，接過浴巾，披在頭上順著向下擦拭，最後繫在腰間遮住青春的慾望。

「邵雪少爺，非常抱歉，我覺得我還是有義務要跟你說。」李管家忽地開口。

邵雪抬眼看他，心裡已經知道李管家要說什麼。

「你就跟我家少爺分手吧。你知道他是伊豐集團的繼承人了。你很聰明，不會不知道這是什麼意思。」

邵雪沒有意外，他微微勾起嘴角，低頭看著腳下的流沙說：「李管家，您從小就陪在尹伊身邊，您希望他以後過上怎樣的人生？」

李管家沒料到他會向自己發問，愣了愣說：「少爺是繼承人，他以後的人生就是要帶領伊豐集團繼續走下去。雖然他不一定想要，但是——」

邵雪打斷了李管家，說：「我希望他能過他自己選擇的人生。在他選擇的人生裡，我相信伊豐集團一定是最重要的一塊，然後，還會有其他東西。您要相信他。他是您們一手培養長大的，不可能丟下伊豐集團。」

李管家眼神閃閃，問：「邵雪少爺……那你呢？」

「我？」邵雪望向眼前一片漆黑無垠的大海，說：「我只是過客。」

李管家不再出聲。邵雪不是為了平撫李管家才這麼說的，這是他的真心話。他只有當下，對尹伊晟遙遠的未來來說，他只能路過。

「你們在聊什麼？」尹伊晟不知何時已經回到沙灘上。

「聊你啊。」邵雪坦白地說。

尹伊晟越過李管家向他走來，將一件長袍披在他肩上，說：「如果李管家叫你離開我，不要聽他的。」

邵雪不禁笑了出來，「你都聽到了？」

「沒，這海潮聲這麼大，我可沒招風耳。」尹伊晟幫他穿好衣服，疑惑地問：「李管家真的這麼說了？」

李管家在後頭怯怯地說：「少爺，抱歉。」

尹伊晟沒有生氣，說：「沒關係，你只是做你該做的。」他看向邵雪，身側低垂的雙手與他十指交握，「你別想離開我，也別想跟別人在一起，不然我真的會發瘋。」

邵雪看進那雙堅決的眼，深邃如井，烈火狂燒，他想著：一支火柴可以燒幾秒鐘，一根蠟燭可以燒幾分鐘，一段柴薪可以燒數小時，一場大火能燒上數日。那麼，愛呢？他很想知道。

13 轟雷

尹伊晟送給邵雪的十六歲生日禮物，是一把新吉他。

雖然他從英國帶回來很多東西，但是一整個暑假下來，他不曉得聽邵雪說了多少次跟汪澤在吉他手工廠的工作。他知道邵雪很想要一把手工吉他，於是請手工廠瞞著邵雪幫他訂製，一把琴頭上刻了YS的桃花心木吉他。他特地問過汪澤，桃花心木的吉他音質低沉醇厚，很搭配邵雪的個性與音色。

邵雪收到禮物非常開心，捧著他的臉親了好幾口，他很少看邵雪如此欣喜，可愛極了。

升上高二後，或許是時間的催化，也可能是揭開了祕密，尹伊晟覺得邵雪越來越穩定了。無論是面對他們之間的感情，還是尚未明朗的邵雪的過去，邵雪都像是不再猶疑害怕，益發開朗起來。加上他們兩班現在在同一層樓，他們在學校見面的次數也增加了，有時候邵雪甚至會單獨一人來十三班找他，這是過去不可能發生的事。

「你不是叫我不要去找你？」尹伊晟走向倚著教室外頭欄杆的邵雪說。

「我就想來看看你。」邵雪轉頭看他，理所當然般自然地說。

尹伊晟邪邪地笑起來，「你想公開的話，我現在就吻你。」

邵雪瞪他一眼，「那我要走了。」

「你這樣我更想吻你了。」他真的很想。

接任了學生會會長，尹伊晟比高一時更加忙碌，邵雪也因為在吉他社開社課，開始有了自己的生活。開學的吉他之夜結束後，幾乎整個高一都認識了邵雪學長這號人物，而現在就連他們走在高二、三大樓，也越來越多人跟邵雪打招呼。無論從旁或就近觀察，儘管不意外，甚至有些吃味，尹伊晟也知道邵雪擄獲了大家的心。想到大家都喜愛的邵雪是自己的，他就有種不由得的開心。

同時，邵雪也關注起他家裡為他安排的晚課。以前尹伊晟上完課還會回去天澄飯店念書，現在已經慢慢把所有東西都移到了邵雪家，晚課結束就直接回去，就像是他真正的家一般。大部分時間他們都各忙各的，邵雪要溫習學校的課業，他就念自己的學習進度。偶爾邵雪也會來翻看他的書，挺感興趣的模樣。邵雪很聰明，尹伊晟近來益發覺得，這個他第一個愛上的男孩，他的第一個對象，讓他清楚自己不是一時鬼迷心竅，而是真真切切可以跟他一直走下去。

不過最近尹伊晟不免有些在意，因為關注邵雪的目光實在太多了。

帝北高中的網路告白版上，近日出現一則回應破百的告白帖，標題是：「我真的好喜歡邵雪，到底他跟誰在一起？拜託那個人趕快出來讓我死心！」從暱稱看不出留言者的性別年級，但尹伊晟直覺應該是高一生，因為高一學弟妹對邵雪的熱情簡直沖天。

文章底下自然先刷了一整排「是我」、「我來了」、「不客氣」、「你已經死了」這種玩笑回應，但是大概翻到第三、四個頁面，有一則回應寫道：「我賭邵雪跟尹伊會長在一起。如果不是，我就脫褲去給尹伊會長跪！」後面連刷好幾頁驚嘆號，再來陸續出現更多的：「+1，尹伊會長看邵雪的眼神超級溫柔！請大家務必仔細觀察。」「我看過尹伊會長牽邵雪學長的手，牽！那絕對是牽！」「他們每天都一起上學啊……這不是公開的祕密嗎？」「尹伊項鍊上的英文就是他們姓氏的縮寫，邵雪也有啊，根本超明顯！」

若是把這些全部當成十幾歲無所事事的學生的青春幻想也不是不行，然而真正驚動版上的回應是這個：「我是吉他社的學妹。我對天發誓沒騙人，前幾天社課開始前，我不小心聽到尹伊會長問邵雪學長：『你晚上幾點回來？』你晚上幾點回來？你晚上幾點回來？你晚上幾點回來？請問他們是同居嗎？我晴天霹靂啊！」

尹伊晟坐在邵雪家的沙發上滑手機，從一開始覺得新奇而想笑，現在真的忍不住笑出聲來。

邵雪從他身後經過，停下腳步問：「你在看什麼，這麼開心？」

他笑笑沒回應，繼續往下滑螢幕，後面跟著一連串的：「唯一支持晟雪CP！」「尹伊會長，帝北之神！」當然也有這種：「連CP縮寫都這麼夢幻，有沒有天理！」「尹伊晟，人神共憤！」

邵雪從後面俯身貼近他的耳朵，唸出手機螢幕上的字：「晟雪CP……這是在說我們嗎？」語氣充滿疑惑。

尹伊晟覺得邵雪實在太可愛，忍不住親一口他的側臉，把手機遞給邵雪。

「你說，是不是大家都在看你？」

「他們是在看你吧。」邵雪瞥了他一眼，靜靜地看完文章說：「都是你啊……眼神是你，牽手是你，項鍊也是你，連一個問句都可以洩漏祕密。」

「好啦好啦，是我的錯。」尹伊晟故作無辜地噘起嘴，仰頭看向邵雪說：「你說得沒錯，我這性格一下子就要被人看出來，你生氣啦？」

他以為邵雪會不高興，但是沒有，邵雪雙手圈住他的脖子，以一向似水的溫柔眼神看著他說：「我沒生氣。他們喜歡就讓他們去猜吧。」

這天，他在邵雪眼裡，第一次看到未來。

■

未來太過閃閃發亮，尹伊晟幾乎要忘記上學期末他拜託方筱青的事情，因此當他久違地收到方筱青的來訊時，竟一時想不起是什麼事。

——線上不好說。你今天有空嗎？放學高三頂樓見。

——好。

——做好心理準備再來，我認真的。

方筱青跟他約在高三大樓頂樓見面，這是從沒有過的事。那裡平常不會有人上去，要不是他們是學生會的人，也拿不到上去的鑰匙，不過如今鑰匙就在尹伊晟的書包裡。

尹伊晟心裡有種說不上來的壞預感。方筱青就像他的親姊姊，相識這麼多年，他從沒聽她說過做好心理準備這種話。他們不過就是平凡的、無聊的、愛惹是生非的高中生，能有什麼需要做好心理準備的事？

這讓他一整天心神不寧。不能告訴邵雪，誰都說不得，這種感覺很差。第八堂一下課他就急往高三大樓走，卻在一樓樓梯轉角碰到了邵雪。

「你怎麼了？臉色這麼差。」邵雪拉住他的手，一臉憂心。

他沒想到會遇上邵雪，正因為跟邵雪有關，他更有股偷偷摸摸的愧疚感，只能隨口應道：「我沒事，今天比較累，上完晚課就回去。」邵雪今天要去吉他社，應該不會留意他接下來要去做什麼。

邵雪看著他點點頭，「那我先去上社課了，回家見。」鬆開了手。

尹伊晟定定看著邵雪走遠。不一會兒，邵雪身邊已經聚起三五同學，邊走邊笑鬧著。他心裡有些淡然，無論接下來方筱青會告訴他什麼，他的男孩此刻看起來那麼完美、那麼好，他自詡不會讓任何事情傷害他。

踏上通往高三大樓頂樓的階梯，方筱青已經在最上層的樓梯間坐等，拿著一台Pad。

「方姐，好久不見。」尹伊晟說。

方筱青卻一開口就說：「你做好心理準備了嗎？我很後悔答應你這件事。」

尹伊晟打開鐵門，又一股不安湧上，問：「到底怎麼了？」

「進去再說吧。」

方筱青走上頂樓平台，直直往最外圍走。尹伊晟輕閉上門，跟了上去。時序入秋，傍晚的天氣已經有些微涼，眺望遠方，可以看見藝術大樓外頭吉他社社員群聚。邵雪也在那裡，想到這他心裡就有股安定感。

方筱青開始說：「學校這邊的資料很快就解開了，不過只有他的第二個觀察事項，幾個字而已，最後一項則是完全的空白。很奇怪，空白還要密封，但是我也沒得人問，只能先這樣。然後，雖然知道了第二個觀察事項，可是學校檔案上寫得不明不白，我就去A市男一中學生的版上問。男一中的學生大概只會念書吧，版上沒幾個人，原以為石沉大海，某天突然收到一則私人訊息，很神祕，叫我可以去當區的警察局查。到了這一步，我當然就去了，但去了之後發現又是密封檔案。最後真的千拜託萬拜託，讓我爸私下去找當局高層，終於得到讀取檔案的權限。這是昨天的事。權限只有一天。」

「所以到底是什麼事？」尹伊晟問。

方筱青頓了頓，似乎很難說出口，好幾次就要開口，又都緩了下來。

見方筱青如此神態，尹伊晟心裡更加緊張起來，但試著表現平靜，沒有逼問。

一會兒，方筱青長吁一口氣，終於說：「邵雪被男一中兩名男老師性侵，還有一位班上同學在旁錄影，才留下了證據。」她把Pad擺上前，「要看的話，在這裡。」

「你，說，什，麼……」尹伊晟幾乎是一個字一個字地吐出。

方筱青嘆口氣，「說真的，這種東西哪有那麼容易外流，那兩個老師他們有一個祕密群組，裡頭似乎都是些猥褻學生的東西。雖然規定不能分享出去，但就很奇怪地外流出來了。我找到當時負責的警察，他說事發當天是邵雪自己報的警，但實際情況什麼也沒說，只說了那三人的名字，做完檢查就回去了。因為邵雪的人跟名字都太特別，他印象深刻，還說通常被害人不會第一時間就警覺要報案，大多要隱藏好幾年，所以他認為可能不是第一次。不過那時沒找到過去的檔案紀錄，就作罷。」

尹伊晟感到一陣頭暈目眩，無法思考，只是順著講出腦中的疑問：「這是什麼時候的事？」

「去年十一月。」方筱青再嘆口氣，「這樣夠了吧？雖然有當時的影片證據，但我勸你不要看，很嚇人，我只稍微瞄一下就作嘔。聽說這支側錄當時在男一中流傳了好一陣子。太可怕了，那些人到底在想什麼？我完全不敢想像。」

「我必須看……」尹伊晟脫口而出。

方筱青皺了皺眉，表情凝重，不情願地把Pad遞給他，「不要衝動，你冷靜下來想一想。邵雪不會希望你看到這個影片。這可是當時現場另外一名共犯同學的錄影。共犯，你懂這是什麼意思吧？」

尹伊晟沒有回應。這件事太過震撼，他腦中一片空白。

「總之，觀看的時限到今晚八點。你自己靜一靜吧，我走了。」

目送方筱青離開，頂樓鐵門「砰」的一聲關上，尹伊晟搖搖晃晃，一手扶牆，幾乎是瞬間蹲坐下來。邵雪，被兩名男老師，少說比他們大上十幾二十歲的成年男老師——他覺得方筱青的說詞太委婉了——強暴。然而，浮現他腦海的卻不是那些可怕的猥褻想像，而是過去幾個月他與邵雪之間的一切。若真是如此，對於不到一年前才被兩名老師強暴的邵雪來說，他跟那些人有什麼不一樣？

這個想法令他渾身發冷。

他以顫抖的手解鎖Pad，點進畫面上的外部連結資料庫，影片以日期註記名稱：1124。

剛開始的畫面很不穩定，斷斷續續地閃動，看起來是有人拿著手機直接錄影，晃動得很厲害。原本對著灰石地板的鏡頭忽地往上，像是實驗教室的空間裡，長形大桌上躺著一個人。一頭栗色短髮讓他馬上就認了出來，那人就是邵雪。「哈囉，」影片中傳來清晰的人聲，「男一中大家最愛的邵雪，就在這裡呢。」畫面中的邵雪看似睡著了，一動也不動，身上白色制服敞開，手被提到頭上綁起。

「叫他起來。」旁邊一個粗野的男聲說。接著右手邊出現一個晃動的人影，提一桶水就往邵雪身上潑。邵雪醒了過來，沒有遲疑的樣子，猛烈地踢著桌子，但他雙手被綁著，而四周沒有其他可以依賴的東西了。

鏡頭轉向拍攝者的懷中，他捧著一整籃實驗器具，化學課常用的各式口徑燒杯、酒精燈，還有一罐罐不明液體。「聽說邵雪的化學成績非常好。也是啦，畢竟他是一年級第一名。不過今天可不是一般的上課考試，呵呵呵。」

另一邊，近處掙扎的聲音不斷，畫面再往上拍時，邵雪已經呈現雙腿被曲起的姿態，一個灰白的平頭埋在他的雙腿之間，發出不容忽視的淫穢舔舐聲。尹伊晟感到一陣強烈的噁心。

「A老師現在在幫我們試吃……哎呀，很有反應嘛，真忌妒，我都硬起來了。」拍攝者走近大桌，把實驗器材放上桌面，明顯地將一手伸進褲子裡上下套弄。這時傳來第三個人聲，一個比較年輕的男聲，聽起來像是在對著邵雪說話：「藥效沒那麼快退，你掙扎也沒用，就好好享受吧。」

「聽說他很會口。」拍攝者說，邊自慰邊拍攝讓鏡頭上上下下跟著他的速度顫動。

「真的嗎？年紀輕輕就這麼浪蕩，等下讓我也試試吧。」年輕男聲在鏡頭前面現身，是一個乍看很斯文的三十歲左右青年。他雙手從躺著的邵雪頭頂上方撫上他上身，伸長的舌頭自邵雪泛紅的嘴角舔入口中，說：「你可不要咬人喔。」

尹伊晟不禁把影片時間軸往後拉，過程是更駭人的點火、潑灑各式不明液體，灰白平頭的老師與年輕男老師輪番或時而同步在邵雪身上粗暴地磨蹭，上上下下，插入，再插入，外加以各式口徑的玻璃瓶輪番侵占，場面過分火爆而淫亂。「很刺激吧！」年輕男老師坐上邵雪的身，以頭腳顛倒之姿行六九交合。邵雪神情看來極度忍耐，仍忍不住呻吟出聲。慾望這種事，意志也無法控制。「忍不住了吧，就在等你射，別擔心，我會幫你舔乾淨的。」影片那頭傳來癡癡的笑聲。

白色、透明、濃稠也清澈的淫液，在大桌上抹拭成形。隨著時間過去，邵雪益發清醒，交纏的三人從性交變成激烈的攻防，更暴力的拉扯、抽插，平頭老師甚至狂巴邵雪巴掌，以肥大的身軀壓著邵雪從後方挺入。

尹伊晟再度將影片時間軸往後拉至幾乎尾聲處。滿地碎片，長長短短的玻璃屑看著刺人，年輕男老師一把將邵雪推倒在地，拍攝者震盪的畫面跟上，從整片狼籍的地面拍向邵雪一頭栗色短髮。他的臉被尖刺劃出血痕，抬眼望向鏡頭，氣若游絲地說：「不要拍，求你了……」但拍攝者更興奮了，發出令人作噁的淫笑，拿起一片沾血的碎片舔舐。猛地後頭有人一把抓起邵雪的頭髮，另一隻手將他急速往後拉，在灰石地板上磨出長長的一道血色，看得人怵目驚心——

尹伊晟按下暫停鍵，闔上了Pad畫面。他感覺臉頰冰冷，千頭萬緒終至無語，惟有淚千行。

不知過了多久，遠方一陣尖聲歡笑喚醒了他的思緒，再看手機，已經六點多了。滑開通訊軟體，他先傳了告假的訊息給李管家，請他將今晚的晚課往後安排，接著打開與邵雪的對話串，撫摸著螢幕上觸不到的名字，想著要打些什麼，卻一個字也打不出來。他收拾好東西，直接往藝術大樓去。

社課時間差不多結束，禮堂大門打開，學生進進出出，和著悠揚的吉他聲，一派輕鬆。尹伊晟從後門進入禮堂，迎接所有向他投來的目光。現在他的一舉一動比過去更受注目，尤其是邵雪也在的時候，但他一點也不介意。他很快就看到，永遠那麼搶眼的他的男孩，身旁圍了一群學弟妹，正在座席區聊天。他停下腳步，遠遠地在後方等。他不想打擾這個畫面，這個屬於他的男孩那麼美好、那麼純淨的畫面。不過「尹伊會長來了」的話聲不消一會兒就傳開，邵雪看到他，笑笑給他一個「等我一下」的嘴型。

他忽地心一陣痛。他其實不知道等下邵雪過來要說什麼，或者該不該說。事情已經過去快一年，邵雪現在看起來很好，特別是這陣子好多了。但是他非常遲疑，那麼嚴重的事，有可能翻篇嗎？

「你怎麼來了，晚上不忙了嗎？」在他恍惚之際，邵雪已經來到眼前。

他想要馬上抱緊邵雪，輕撫他的背，拍拍他的頭，跟他說對不起。雖然不知道是為誰而說。他差點就要伸手牽他了，他非常想，但終究忍了下來，只是靜靜地說：「嗯。結束了嗎？」

邵雪點點頭。

他接過邵雪提著的吉他袋，揹上說：「那我們回去吧。」

沉默的晚餐，沉默的盥洗，尹伊晟整晚心煩意亂。他忘不了看過的一切，閉上眼就能聽到邵雪求饒的聲音，看到長長的血痕將地板抹紅。

夜晚閒靜的房裡，邵雪停下輕輕撥彈吉他弦的手，伸過去撫上他的臉，問：

「你今天到底怎麼了，看起來精神好差，要早點休息嗎？」

他順勢握住邵雪的手，握得很緊，開口說：「我從小就常作一個夢，夢中是兩個男人的身影，在床上，以當時仍是小孩的我看不懂的姿勢交合。雖然不懂，但每次夢中我都感到好害怕而嚇醒。長大後我才知道那是什麼，然後我也知道了，那不是夢，是我真實看過的場景。」他抬眼看向邵雪，「大概在我國小的時候，我爸有一次出國回來，不曉得為什麼把他最重要的公事包忘在家裡，沒帶出門。那時我爸媽還沒離婚，我媽打電話回家，要我去爸爸的公事包裡找一樣東西。我已經忘了有沒有找到那樣東西，但是我在包包裡看到一小本相冊，裡頭全是我爸跟另一個男人在床上的照片。」

邵雪專注地看著他，沒有出聲，只是靜靜地聆聽。

他接著說：「我當時腦袋應該是一片空白，直覺那東西不能被其他人發現，於是就把那本相冊拿去外面丟了。後來我就像是懷抱了什麼不可告人，只有我自己知道的祕密一般，開始常常作那個噩夢。當我爸媽真的分開的時候，我也不意外，反而覺得那一天終於來了。」他說著竟笑了出來，「以前我一直認為，這就是我人生最黑暗的經歷，我從沒告訴過任何人。現在卻覺得，說不定這是我人生的一道曙光，搞不好因為我爸的這個祕密，他會接受我們在一起。」

邵雪笑嘆一口氣，無意地問：「怎麼突然說這個？」

尹伊晟臉色一沉，將邵雪的手握得更緊，定定看著他說：「如果我可以跟你交換人生就好了。」

邵雪的眼神一瞬間有些困惑，但是馬上就從困惑變得冷漠，「你知道什麼了……？」

尹伊晟發現自己連嘴唇都要顫抖，「對不起，我去查了你在男一中發生的事。」他傾身向前，一把抱住邵雪，「對不起，我沒想過是那樣，我竟然沒發現你經歷過那種痛苦……」他幾乎要掉下淚來。

然而邵雪卻像自棄般的嘆一口氣，沒有回應他的擁抱，而是低聲說：「嚇到你了吧……我這麼髒。」

他一閉眼，淚就流下，「你一點都不髒，髒的是這個世界，是那些人，」然後是幾乎聽不見的聲音：「還有我，我竟然……」

邵雪冷漠的眼神倏地轉為心疼，伸手回抱他，「我想要你是因為我愛你，你跟他們不一樣。」邵雪嘴角揚起無奈的笑，伸手擦拭他的眼淚，說：「如果過去一切都是為了讓我來到這裡，和你相遇……怎樣我都甘願。」

尹伊晟感覺身體裡有什麼瞬間全部碎裂，片片尖從體內刺得極疼，他將邵雪抱得更緊，「一想到你那麼無助，一個人承擔那麼可怕的事，然後我什麼都做不了，就完全不知道該怎麼辦……」他從沒想過人生會有如此無盡的黑洞，無法補救，無法抹滅，更不可能遺忘。如果可以跟邵雪交換就好了，他是真心這麼想。

「如果你願意的話……」邵雪看向他，眼裡有萬分淒涼。

他似乎已經知道邵雪要說什麼，然而這只讓他更加憎恨自己起來。

「幫我忘了它，」邵雪開口說，「跟我做，幫我忘了它。」

尹伊晟怔怔看著邵雪，他不知道自己做不做得到，這不是邵雪的又一次測試，也不是另一種任性。他忽然如大夢初醒，那些主動的、熱切的過去，莫是為了要掩蓋一再襲來的痛苦噩夢。

他覺得邵雪看穿了他的心思，他流下今天最痛苦的眼淚，「你確定？你要我……」

「上我，」邵雪幾乎是想也不想就說，「上我，尹伊。」

為了撫平一個錯誤，需要再製造多少新的錯誤?尹伊晟解開上衣，傾身向前吻上邵雪的唇，輕撫他的背一齊往後躺下。木板地很冷，他能感覺邵雪的哆嗦，被他的炙熱撫平;他想要吻盡邵雪的人，讓邵雪的所有過去，都被他取代。

14 雲稜山

小男孩沉睡著。

搖搖晃晃，有人抱著他。很溫暖，他賴著不醒來。

他聽到海潮聲，他被放了下來，感覺到海水的冰冷。

他的脖子被人用力掐住。他大力地踢。

一滴滴水打在他臉上，掐他的人流著淚。

大大的淚珠打在他臉上。

他睜開眼，眼前是他美麗的媽媽。

邵雪睜開眼。花灑的水打下來。

「你是不是長高了？」尹伊晟在他眼前，很近很近地打量著他。

「有嗎？」邵雪轉轉眼珠，感受四周。

尹伊晟盯著他，笑著說：「臉都削尖了，我的男孩越來越成熟了。」

淋浴間很小，他吐出的氣息與尹伊晟的氣息混著白霧蒸升。熱水灑在身上，很溫暖，一點也不冰冷，他不知道自己為何會想起那個塵封的往事。

尹伊晟沒有撫摸他，只是專注地看著他。水的重量自髮梢一路下墜，在尹伊晟的下巴滴滴答答，從鎖骨流下緩緩清流。他順著向下看，尹伊晟的熱切顯然表現在其他地方，勃起的陰莖蹭著他的肌膚，激起絲絲電觸般的快感。水流不斷向下，蒸氣益發溫熱。

他仰起下巴甜笑，在尹伊晟耳邊低語：「做嗎？」

尹伊晟沒有回話就逕自吻上他的脖子。他放任尹伊晟擺布，發出微微低吟。

他不敢相信自己傷了尹伊晟的心。他以為尹伊晟說不會問，就也不會去查。他這時才懊惱萬分地發現，原來他們都一樣，分明在意到底了，只能敗給了不安。但是，不能讓尹伊晟知道更多了。若是太陽墜落，誰也擁有不了光。

尹伊晟近來很不一樣，對他十足溫柔，在學校裡也是，興許是要讓大家都看出來他們在一起。他卻也慢慢不在意了，就這樣吧，畢竟每天睜開眼醒來，就是又多活了一天。

尹伊晟以指尖輕觸他的背，在溫熱水流的相伴下激起細細涼意，他們肉身赤裸相貼，耳鬢廝磨，不管多少次都能讓他如初般熱切渴望。尹伊晟對他益發堅定的眼神，教他更加狂戀。

尹伊晟將他轉身背對，空間很小，他幾乎要貼在牆上。炙熱的硬挺從身後溫柔地插入，在他身體的溫暖裡填進更溫暖的存在，就像是為他而生、與他緊密相合、填補了所有空缺的存在。容不下一絲空隙，無論他的人，還是他的心，他擅自決定要自己對尹伊晟不留餘地。熱切的唇輕吻他的背，舒緩的酥麻快感讓他不禁挺直身軀，以更深的領域歡迎硬挺的探入。尹伊晟緊抱他，上身幾乎與他的後背完全相貼，他感受著熟悉的溫度、肌理，與充滿愛的撫觸。他偏過頭，尹伊晟自然地吻上他的唇，不需要言語，不需要眼神，他們心意相通。

輕柔的抽插將快感拉長，他無心思感受其他，世界只剩下鼓脹的慾望，一次又一次推升著原始的興奮。尹伊晟不斷向上深入，一手往前，也握住他勃起的陰莖上下套弄，湧出絲絲愛液。水的交融讓一切變得舒適，他感覺很溫暖，像是被一團棉花般軟綿綿的東西包覆。他很安全，這裡沒有人會傷害他，可以放心地釋放一切，在心愛的人溫柔的帶領下直至高潮。

他流下眼淚，他覺得與愛無關，而是活著的眼淚。

■

汪澤久違地捎來消息。他買了一台二手車，約他們兩人加上袁懿芯，四人一同出遊。尹伊晟提議到他家在雲稜山上的別墅，松林環繞，近處就有小溪，雖然許久沒人居住，但有水有電，房間夠，抵達後稍微整理就能住。袁懿芯跟汪澤並不知道尹伊晟是伊豐集團的繼承人，但似乎也認定了尹伊晟公子哥的身分，對於他家有一棟山間別墅，一點也不訝異。

「我們真是實實在在的尹伊晟護衛隊了。」袁懿芯在車上不知是揶揄還是感嘆地說。

邵雪不禁笑出聲。

汪澤看向副駕駛座的尹伊晟說：「帝北男神尹伊晟，很感動吧，誰比我對你更仁至義盡！連你男朋友都叫來了。」

「好好好，這裡有我最好的女生朋友、男生朋友，」尹伊晟轉頭看向邵雪，「還有我的最愛。謝謝你們陪我出來。乖喔，晚上不要殺起來。」

「要殺也是聯手把你殺了。」袁懿芯像是在抗議道。

深秋為葉子換上新衣，一路上告別新綠的夏色，石子路兩旁是整排蒼黃的落羽松。車子一路往上，空氣漸冷，渺無人蹤。邵雪打開車窗，任秋風放肆，音樂流洩而出，與風聲交響，彷彿天地都是他們的。

汪澤開車，指名尹伊晟陪坐，邵雪和袁懿芯坐後座。尹伊晟回頭向他伸出手，他便搭上，緊緊相扣。車內有時沉靜無語，有時大笑嘻鬧，此刻他們就是行星環繞太陽，順著軸心運轉，默契絕佳。邵雪喜歡跟汪澤還有袁懿芯在一起，他不介意分享太陽，因為太陽是為他而照耀。

一會兒，棕黑色小磚砌牆的別墅從一片樹林後現身，一棟兩層樓的西式建築，有著三角屋簷的閣樓。他們直接車停大門口，門前有一座無水的白瓷噴水池，裡頭已積滿枯黃落葉。汪澤將行李落下。他們只能待一晚上，東西不多，最占位置的是備好的晚餐食材、酒類，還有邵雪的吉他，暗示著今晚莫要徹夜無眠。

尹伊晟拿著行李走進大廳，老舊的木板地發出吱嘎聲響，地上鋪著紅絨地毯，延伸到大廳盡頭的一座壁爐前面。邵雪將吉他躺倒在地，把食材拿到廚房大桌放。袁懿芯則每間房一一打開門看，大聲問：「尹伊，我可以自己選房間嗎？」

「可以啊，但閣樓是我跟邵雪的。」尹伊晟回應道。

邵雪遠遠看了尹伊晟一眼，露出詢問的表情。

尹伊晟笑說：「我小時候都住閣樓。等會兒看看，說不定能找到一些以前的玩意兒。」

開放式的廚房牆上掛著許多家庭照，之中意外的也有尹伊晟母親的照片，是個端莊也看起來精明的女主人，一雙炯炯大眼與尹伊晟十分神似。此外還有更多尹伊晟小時候的照片，從嬰兒時期到國小。邵雪輕撫相框，在心裡勾畫著尹伊晟成長的軌跡。

汪澤走了過來，拿起一瓶啤酒打開，開口問：「吉他社還好嗎？」

邵雪點點頭說：「挺好的，韋安社長人很好。」

「她跟我不一樣，對學弟妹很有熱忱。」汪澤接著轉了話鋒說：「我看了你在吉他之夜的表演。」

邵雪有些羞澀地笑，「你就儘管虧我吧。」

汪澤笑嘆一聲說：「也只有你能那樣演出了，林韋安說現場簡直要瘋狂。」說完又咕嘟咕嘟喝了好幾口啤酒，「尹伊那個人……以前我都說他像個箱子，有個洞，別人丟什麼進去都掉出來。乍看裝了很多東西，其實什麼也沒留住。他是很寂寞的。」

「我知道。」邵雪知道，因為他也曾跟尹伊晟一樣寂寞。

「是你填補了他心上的空缺。尹伊對你有多認真，超乎我的想像。」

「我沒那麼大的能耐。」邵雪說。

汪澤看向他，「你別說你沒感覺尹伊有多喜歡你。你別讓他難過。」

邵雪不禁失笑，「你怎麼跟袁懿芯說一樣的話？」

「……你不知道，前陣子他有多傷心。」汪澤像是說了什麼祕密一般，不自在地飄忽著眼神。

邵雪內心一震。

「你們兩個，躲在這裡幹嘛？」尹伊晟忽地出現，左右看看他們兩人。

「才沒躲，我是來拿啤酒，順便問問邵雪在吉他社待得如何。」汪澤換上隨性的口氣說。

尹伊晟說：「我要去準備晚餐了，邵雪你吃魚吧，汪澤你要魚還是牛？」

「這麼好，你要做晚餐？」汪澤語氣驚異。

尹伊晟笑笑說：「對啊，今天我餵飽你們三個就是了。」

夜幕漸深天漸涼，即使披了外套，外出仍能感受到風寒。尹伊晟撿了一些柴火回來，丟進壁爐燒，熊熊烈焰劈啪作響，滿室火光通明。吃完晚餐，四人圍坐大廳，喝酒，聊天，遊戲。他們帶了幾手啤酒，加上三、四瓶威士忌，尹伊晟自然地遞了啤酒給邵雪，袁懿芯則喝低酒精飲料。

汪澤借邵雪的吉他來彈，盤坐在壁爐正前方，袁懿芯靠著沙發坐在汪澤左手邊，邵雪面對他們兩人看著爐火，尹伊晟枕在他的大腿上，正喝下第三杯兌冰的威士忌。

「你會不會喝太多了？」邵雪低頭看向尹伊晟，輕撫他的短髮。

尹伊晟仰頭看他，說：「不會，我能喝。別讓袁懿芯喝就好，免得她等下又要玩什麼怪遊戲。」

「那才不是怪遊戲！」袁懿芯抗議完，回到柔和的語氣說：「好懷念煙火試放喔……感覺已經是好久遠以前的事了。」

「嗯，那時……」尹伊晟像是在感嘆過去般看著邵雪說：「我們還沒在一起。」

邵雪輕笑，看向袁懿芯問：「那天你是故意找我去的吧？」

「是啊，我的失戀紀念日。」袁懿芯邊說邊笑了出來，「尹伊表現得太誇張了嘛！而且我覺得你那時候已經對尹伊有點意思了，不然不會問那個問題。」

「什麼問題？」汪澤提問。

趁著袁懿芯與汪澤對話的空檔，尹伊晟伸手撫上邵雪的臉，輕聲說：「對不起，那天問了你轉學的事。」

邵雪搖搖頭，握住他的手，「沒關係，都已經過去了。」

尹伊晟的眼裡滿是心疼。有可能過去嗎？邵雪至今仍常如此自問。但是他知道必須跨越過去。他想跟尹伊晟在一起，多一天也好，多一天就好，沒有悲傷過去的時間。

「我常想，如果你轉學過來的那一天，袁懿芯沒有要我帶你去逛校園，我們現在會怎樣？」尹伊晟說。

「我們還是會在一起吧，我們可能是注定要在一起。雖然你說，未來是我們自己撰寫的，不可以推給命運。」邵雪說。

「是啊，從那天開始，我就一直在撰寫屬於我們的未來。」尹伊晟笑笑闔上眼，「總覺得只要閉上眼，就能看到那天你坐在高一穿堂牆邊，被夕陽的餘暉籠罩的模樣。」

這一說讓邵雪想起來了，尹伊晟先前的通訊軟體頭像，就是他們第一次見面那天的天色，粉橘光芒，夾雜著一點紅、一點紫。他沒想到尹伊晟會對那天的事留下印象。

「你這是記憶力特別好嗎？」他開玩笑地說。

尹伊晟緩緩睜開眼，「你的事，我都記得。煙火試放那天，你是不是對煙火許願了？」

「你看到了？」邵雪小小地驚訝。

「可以告訴我你許了什麼願嗎？」尹伊晟看著他，迷濛的眼神裡有光。

那個願望還沒有完全實現，但此時邵雪卻覺得，它已經足夠實現了。

「我許願能在帝北待到畢業。」

「一定可以的。」尹伊晟看進他眼底說：「我們會一起從帝北畢業，然後，一起去更遠的地方。」

回憶的時間如流沙，不經意就帶走太多未來。有時邵雪不禁要覺得自己很傻，真的聽信他們能夠擁有未來這種話。或許就是聽聽，當作一場夢。然而如今他已經投入得太深，無法再只當那是一場夢。夢會醒會碎，他無法承受。

夜色降臨，柴火快要燒盡，尹伊晟起身說：「我去後面再拿點木柴過來。」

看著尹伊晟離去的身影歿入外頭的黑暗中，袁懿芯像是鬆了一口氣說：「他今天看起來好多了。」

「嗯，比我想像的好。」汪澤接話道。

邵雪沉默著，想起晚餐前汪澤說的話。

袁懿芯看向邵雪問：「邵雪，你還好嗎？」似乎認為他應該知道她在說什麼。

「……尹伊都告訴你們了？」他覺得尹伊晟不會說出去，但又有些遲疑。

汪澤嘆口氣說：「沒，問他他死不說，還說什麼多一個人知道只是多一個人傷心，聽得我都緊張了。」

「我們不會問你的，只是關心一下，看看你們好不好。」袁懿芯說。

邵雪突然感到自責，「我還好，但是尹伊……」他知道尹伊晟很受影響。

「他就是那副逞強到不行的模樣，讓人看了很不爽。」汪澤說。

「你又不是第一天認識他。每個人都依賴他，他不逞強撐得到現在嗎？」袁懿芯神色愧疚，看向深棕色的木板地，「真要說的話，我們都是害他變得如此的共犯。」

是我害的，邵雪心想，是我害他變成這樣的。

汪澤緘默，片刻才說：「我是第一次看他那樣。我以為他跟邵雪在一起開心得很，成天邵雪東邵雪西。」

「你吃味什麼，上大學了快去找你的新對象吧。」袁懿芯調侃汪澤。

但汪澤還是那副淡漠的神情，說：「我喜歡尹伊晟，想找對象哪有那麼容易。」

汪澤這話太誠實，讓他們三人又沉靜了下來。

「如果我沒有轉學過來，沒有認識尹伊，是不是一切都會比較好……」邵雪開了口。

袁懿芯生氣地說：「你不准再說這種話。尹伊喜歡你，他跟你在一起很開心。他開心的話，我就開心。」

汪澤也看向邵雪說：「尹伊就不是個普通人，但你也不是普通人。如果他喜歡別人，我們才不會這樣，早滅了那個人。」

袁懿芯笑說：「就是啊，我都想喜歡你了。邵雪就是一副讓人很想疼愛的樣子。」

「……就是這樣才痛苦。」邵雪說。

就在袁懿芯與汪澤同時露出疑惑的神情的時候，尹伊晟回來了。

「痛苦什麼？」尹伊晟看向邵雪問。

「沒有啦，他只是說去吉他社教社課很痛苦。」汪澤即興應道。

「那就別去了。」尹伊晟把木材丟進壁爐，「就跟你說不要那麼累。」

「我跟汪澤開玩笑而已，」邵雪順著說，「我早答應韋安社長了，而且學弟妹都很熱情。」

尹伊晟瞥了他一眼不悅的眼神。

自從尹伊晟知道他轉學的真相之後，就對他益發不放心，什麼事都想陪著。好在尹伊晟也真沒那個時間。邵雪不喜歡自己像個累贅，他知道尹伊晟也懂，只是一時間沒辦法那麼瀟灑脫。而他自己一想到尹伊晟知道了他在男一中發生的事，就覺得對尹伊晟萬分歉疚。

袁懿芯突然胡謅說：「邵雪剛才說轉學過來帝北很開心，謝謝我介紹你們認識。」

尹伊晟瞇起眼睛看向他，不太相信的模樣。

邵雪跟上這陣胡謅，「對啊，我要謝謝你們。謝謝班長上學時陪我，謝謝汪澤帶我進吉他社——」他看向尹伊晟，卻什麼也沒說，只是笑笑而過。

尹伊晟眼神閃爍。邵雪覺得，無論他怎麼想都好，這樣就足夠了。

謝謝你愛我。

酒精催眠了夜晚，也催眠了談笑聲。袁懿芯倒在沙發旁側睡在地上，汪澤則躺在單人沙發上睡著了，吉他立在一旁，就連尹伊晟也靠著邵雪身側闔上了眼。邵雪輕輕將外套鋪地，放尹伊晟睡在上頭。他裹起一條黑色小毯，起身往外頭走。

外頭是一整片落羽松林，蒼黃色的葉子在黑夜中看不出淒美，就是整叢整叢的灰黑。邵雪往別墅後頭上山的小路走。月色清白，穿透樹蔭映在地上成交雜繁複的剪紙畫。夜半溫度驟降，透心般冷。

邵雪緩緩向上爬，除了夜蟲細細的鳴叫聲，再無其他聲音。萬物皆靜，一片寧寂。他走到半山一塊趨緩的林區，地上是一落落水灘，遠處傳來汩汩的水流聲。再往前走，一條小溪乍現，一人越不過去，溪間有斷木與鵝石作橋。落羽松在溪邊拉開天窗，讓月色穩穩地投射進來，在他身上打下白色的光芒。他站在溪旁，仰頭望天，即使想要放空什麼也不想，往事卻不禁在心頭翻飛。

一個腳步踩到樹枝的聲響讓他回過頭去，是尹伊晟。

「這麼冷，你出來要多穿一點。」尹伊晟拿著一件毛料外套走來，站在他面前，為他披上。

邵雪怔怔看著他，沒說話，又或者是太多話想說。

尹伊晟說：「小時候我常來這裡，但是只到這裡，就沒再往上走了。我媽總說上頭的路很危險，雖然不知道是真是假，我就從沒上去過。」

邵雪向月色散開的林徑看去，問：「要上去看看嗎？」

尹伊晟看著他，表情從有些訝異轉為期待，牽起他的手就往林徑走去。

說是林徑，正因為沒有一條真正的路，只有不知多久之前的前人留下的，落葉較少的小徑。穿越松林，空氣漸顯清冷，一會兒，眼前出現一道通天階梯，似乎已達盡頭。階梯旁有一柱傾倒的危木，上面標示著殘破的字：雲稜山際。

邵雪逕自往上走。階梯越往上越破碎，改由一塊塊大石接起，最頂上是一塊獨大的壁石。他踏上壁石，蹲坐下來，俯瞰底下的松林，可以看見他們棕黑色砌磚的別墅屋頂。尹伊晟也走了上來，站在他身後。遙遠的視平線前方是一整道夜雲積起的軟綿城牆，雲稜山，正得名於此。

「原來是這樣的景色嗎……」尹伊晟低聲說。

「如果再晚幾個小時上來，日出一定很美。」邵雪也眺望遠方說。

「明明是曾經離我這麼近的地方，我卻花了這麼多年才看到。」尹伊晟感慨地說。

「……時間是相對的。」邵雪直覺就脫口而出。

「別人一光年才到得了的地方，有人只需要一秒鐘就能抵達。」尹伊晟沒有多想就接了下去。

「不過我已經，不需要再前往下一個地方了。」邵雪站起身，仍望著遠方。

曾經他以為自己無處可去，即使擁有再多時間，無根最苦。他轉身看向尹伊晟。

「你的終點，就是我身邊。」尹伊晟說。

15 情人

「尹伊會長，我們可以問你跟ｘｘ的事嗎？」

『欸……不能講出他的名字。』

「你這是承認了的意思嗎？」

『哈哈哈，你們這樣太奸詐了。』

帝北高中學生會在新年一月即將展開的新活動，是每週一次的線上節目。一集三十分鐘，由學生會成員輪流主持，以師生訪談為主。這是十三班班花，也是宣傳組組長林心岑的主意。第一集自然要會長尹伊晟親自上陣，這支十五秒部分消音的短預告已經傳遍學生各版各群。

「他們真的很不聽話，叫他們不要播這段，還播。」尹伊晟不悅地說。

「大家想聽啊！又沒有真的公開，」袁懿芯笑說：「你們還藏什麼？網上都傳遍了。」

「是我不想公開。」邵雪看看尹伊晟，自己先開了口。尹伊晟是伊豐集團的繼承人，即使其他人不知道，他還是覺得不能冒著風險公開他們的關係。

尹伊晟明白他的堅持，說：「我已經跟林心岑說了好幾次不能播，她也是很胡來……」

「美女都是很胡來的，就跟你們兩位帥哥一樣啊。」袁懿芯揶揄道。

「好啦，我先去學生會了，你們兩個自己聽吧。」尹伊晟在邵雪額頭上飛快一吻，匆匆離去。

邵雪覺得這陣子日子真實得令他很不習慣，他幾乎要忘記曾經那麼痛苦，就像個普通高中生一樣，現在才剛要開始背負人生的必然。他知道這一切都是因為尹伊晟，尹伊晟對他毫不保留的愛與信任，伴他走過回憶的低谷，走出對他們關係的遲疑，他今天才能這樣平靜地過上從沒有過的日子。儘管只是平凡的每一天，都那麼不容易。

清晰的人聲從耳機裡傳來，他與袁懿芯一人一耳，聽著節目的開篇——

「這是學生會第一集的節目，我們早早就決定一定要找尹伊會長來，讓我們審問一下。」

『審問是什麼意思，我平常對你們不好嗎？』

「沒有沒有，會長你對我們最好了啊。其實我們上個月先做了一次網路問卷調查，大家都對會長超級好奇，募集到了很多問題，所以今天一定要請你親自來解答。」

『好啊。』

「聽說你是單親家庭？看到這個的時候我很驚訝，因為你的形象就是那種完美家庭培養出來的完美小孩，結果竟然是單親家庭耶。」

『我家應該說不上完美。父母在我很小的時候就分開了，我跟著父親，家裡只有我一個小孩。父親工作非常忙碌，所以我從小都是自己一個人。真要說的話，我家應該算是有點距離的家庭。』

「不過會長你確實很有獨生子的感覺。」

『獨生子是什麼感覺？』

「嗯……就有種霸道，集萬千寵愛於一身那樣。」

『也不是每個獨生子都受人寵愛，畢竟家庭的樣貌有很多種。但是我父親確實給了我很多自由，我很感謝他。』

「聽說你家裡非常嚴格，每天放學後還要再去上課？」

『對，每天放學後都要上晚課。外語、體能之類的，還有一些大學的專修科目。』

「週末也要上嗎？」

『週末也要。而且家裡活動不少，所以每天都很忙。』

「這樣你怎麼約會？」

『哈，你一定要這樣佈局嗎？』

「當然要引導一下啊。」

『約會喔……很少耶，沒時間約會，都待在家裡比較多。』

「待在誰家裡？」

『哈哈哈哈哈，你不會現在就要切進這個話題了吧？』

「那是當然的啊，大家都很想知道你跟另一半的事情啊！」

『好啦，我也知道會這樣。』

「就是嘛，會長你這麼聰明，不會不曉得這是我們今天的重點吧。我們募集到的問題幾乎都跟你們有關，像是：尹伊會長的另一半到底是不是ＸＸ，跟他在一起什麼感覺，平常都去哪裡約會，最常一起做什麼事，最喜歡對方哪一點，是你先追他的嗎……我也都好想知道喔。」

『要說開始的話，是我主動追他的。應該只有高一不知道吧，就是去年下學期校慶的畢業舞會上。』

「我記得！那時覺得會長實在帥慘了，公開告白，MAN到不行！」

『不過那天後來其實我被拒絕了。』

「可是現在你們感情超好的，他常常來我們學生會啊。」

『有嗎，什麼時候？』

「呃……你去忙的時候。他要我們不能告訴你。」

『等等，我不在他去幹什麼？他去找誰？』

「會長你不要這麼急好不好，他能找誰？他就是幫我們做些事……」

袁懿芯偏過頭給邵雪一個疑問的神情，邵雪笑笑無語。他知道尹伊晟很忙，加上大部分的事情尹伊晟都會告訴他，包括有些煩惱或抱怨，事情沒做好的或者來不及做的，所以他就偶爾趁著空檔去幫忙。

『你們實在是……以後不准再這樣麻煩他。』

「好啦好啦，會長你不要生氣嘛！是說，你的項鍊是你們名字的英文縮寫嗎？」

『喔，這個……對，是我們名字的縮寫。』

「欸，這樣算不算你自己招認了？」

『其實我也沒有刻意要隱瞞。』

「大家都聽到了，會長沒有要隱瞞，就是你們想的那樣！就是那個人！不能說的名字！」

『也不用特別強調啦，他比較低調，不喜歡被注目。』

「可是大家都好喜歡他耶，他真的好迷人、好溫柔，我也是他的小粉絲。」

『嗯，謝謝大家喜歡他，希望大家都能好好地喜歡他，開心地喜歡他。』

「天哪，會長你這樣講好大器喔，你不怕他離開你嗎？」

『當然會怕啊。』

「哈哈哈，會長你終於也像個普通人了耶，但你是尹伊晟，沒有人是你的對手啊！」

『也不是有沒有對手這件事，就……你有沒有過這種經驗？得到了一個很想要的東西，不能帶在身上，不想隨便放著，收起來又覺得看不到不放心，不知道該怎麼辦。大概就是這種感覺。』

「那你當初不要拿不就好了？」

『不行，他已經是我的了。』

「好狂妄的言論！好啦，那跟我們分享一下，跟他在一起是什麼感覺？」

『剛才說過我沒有兄弟姊妹，從小都是自己一個人。跟他在一起之後就覺得，他很像我想像中的家人。好像家人就應該是這樣，讓人很安心，可以放鬆下來的存在。』

「這個答案好特別，讓人感覺很溫暖。」

『嗯，有他在我就很放心。而且，大家可能會覺得平常是我在照顧他，但其實相反，我非常依賴他，沒有他我真的不行。』

「我覺得我好像懂耶，他每次來學生會的時候，光是看到他在那裡，就覺得很安心。所以，你會怎麼形容他？私底下的他跟平常在學校有什麼不一樣嗎？」

『其實他……就是一個普通人，跟我們大家都一樣，只不過比普通人多更多的溫柔，然後還多很多很多的堅強。他是我認識最堅強的人，即使受傷，還是繼續包容、接受這個世界，我覺得這只有擁有最溫柔、最懂得原諒的心的人才做得到。所以跟他不熟的人也會說他看起來很溫和、很好相處，事實上就是這樣。然後，遇到真正在意的事物時，他會比任何人都更不計一切代價地投入，讓人覺得很可愛，但有時候也會很心疼。』

「會長你也是啊，很堅強，遇到在意的事情就不顧一切地投入。」

『是嗎？所以我覺得我跟他還滿像的。』

「可是你們的形象完全相反耶，哈哈哈哈哈。」

『你們不要把他想得太無害……他也是很壞的，壞起來比我更勝千萬倍。』

「那是因為他喜歡你，才會對你使壞啊。天哪，使壞這個說法讓人各種聯想耶。」

『好啦，他使壞也是挺可愛的。』

「會長你再這樣閃，我可能等下就會吐血身亡。既然這樣，我看我們乾脆一次閃完好了，他做過最讓你感動的事是什麼？」

『感動啊……很多耶，其實都是一些日常小事。像是他會幫我吹頭髮，我好喜歡他幫我吹頭髮。』

「吹頭髮！那畫面也太美好了，超級閃耶。可是你那麼忙，你們平常在一起的時候都做些什麼啊？」

『也沒做什麼，因為真的沒時間，通常就各自念各自的書這樣。』

「就這樣？」

『嗯，吃個飯，念點書。』

「然後吹個頭髮……欸，我現在覺得吹頭髮聽起來好像有種弦外之音。」

『沒有啦，哪有什麼弦外之音。我今天說的太多了，他會不高興。』

「他不高興的話會怎樣？」

『不能再說了，時間也差不多了吧？』

「好啦，那會長你要不要趁這個機會跟大家說一些話？」

『希望大家都能繼續follow學生會的活動，然後也靜靜地幫我一起守護他，遠遠地祝福我們。不要打擾他，他真的很不習慣太多關注。』

「會長你很誇張耶，最後還要幫他說幾句。好喔，我們來聽這首歌，尹伊會長要點播給我們大家最愛的XX，〈因為你所以我〉。」

人群煙火　香檳和氣球
是你帶我　從派對逃走
逃離人間　耳語和騷動
這裡只有　你我和星空

你將你的　翅膀給了我
讓我能夠　品嚐片刻自由
是你幫我　停下了沙漏
是你讓我　活得與眾不同

■

放學路上學生來來往往，紛紛向他們打招呼道再見，十分自然，不像先前總是充滿破碎耳語，暗暗窺視。在尹伊晟近來的默認與提點下，現在他們可以輕鬆地在學校面對人群。

「該說這是好現象嗎……」邵雪猶豫地說。

「當然是好現象啊，你就大方點謝謝我吧。」尹伊晟笑著說。

邵雪瞇起眼，淘氣地問：「怎麼謝？」

尹伊晟猛地將他拉向自己，他感覺一瞬心跳在耳邊怦然作響，抱怨道：「不是說了不要在學校——」

「有車子。」尹伊晟輕聲說。一陣車聲從他身後呼嘯而過。

他向一旁退開，還是拉出了自己與尹伊晟之間的距離。

「你就繼續躲吧，看你要躲到什麼時候。」尹伊晟笑笑看著他。

他們已經抵達停車棚。今年過年特別早，下學期早早開學，明天就是西洋情人節。因為寒假短暫，尹伊晟沒有出國研習，前陣子都待在伊豐集團幫忙，他們因此得到了更多一起相處的時間，是邵雪現在心裡唯一的競爭者。

袁懿芯靠在邵雪的腳踏車旁等待，看到他們便向他們招手。尹伊晟還要回去學生會開會，只是先送邵雪過來。邵雪今天要和袁懿芯一起回他家做明天情人節的巧克力。

「你們兩個，別把家裡燒了。」尹伊晟笑著摸摸他的頭，不捨地目送他們離去。

一會兒，兩人結束超市採買，回到邵雪家中。邵雪將材料與器具放上大桌，袁懿芯是第一次來他家，新奇地到處看。

「這是尹伊的東西吧？」她指著房間衣櫃上未整裡的衣物說：「他還真的住在這裡啊。一個大少爺，霸占別人家，我看你要跟他收點房租了。」

邵雪笑笑說：「我媽現在什麼大事小事都找他幫忙，算是扯平了吧。」邵雪其實挺訝異尹伊晟可以處理那些日常生活中瑣碎的事情。看來身為伊豐集團的繼承人，真是什麼都要會。

袁懿芯像是自覺有些失禮的模樣，突然小聲問：「你媽看你們在一起……不奇怪嗎？」

「不奇怪啊。」邵雪直白地說，「我沒有爸爸，小時候一直很想知道爸爸到底是怎樣的形象，後來慢慢發現自己開始只關注同性。我是無所謂啦，但我媽一直覺得就是因為我沒有爸爸才會這樣，有些自責。不過久了她也接受了。可能她不覺得需要後代吧，她應該很後悔生下我。」

袁懿芯皺皺眉，說：「其他人大概都不曉得你有這麼陰暗的一面。好啦，明天是情人節，今天開心點。你媽後悔就讓她去吧，我們可是很開心她生下你。」她拍拍他的肩膀，蹦跳著去廚房準備。

那就是一段往事，邵雪現在已經不覺得自己會被往事影響了。一切都過去了，他的心情很平靜，他起身也往廚房走去，打開尹伊晟前幾天請李管家帶來的蘭姆酒，與袁懿芯開始邊玩邊做巧克力。

這是他們的第一個情人節。雖然尹伊晟晚課請假，但他們離開學生會辦公室的時候也已經晚上七點了。離開時，林心岑直接打開不知是誰準備好的行李箱，大家一起把尹伊晟跟邵雪收到的巧克力全部裝進去。

林心岑關上行李箱說：「很剛好呢，估計尹伊可以吃上一個月沒問題。」她笑笑將行李箱推出門，「這麼晚了，趕快去過你們的情人節吧！」

尹伊晟拖著行李箱，走到校門前沒有轉進停車棚，而是逕自走了出去。

「要去哪裡嗎？」邵雪碎步跟上。

「你說不用特別慶祝，所以我想就去那裡吧。」尹伊晟給了他一個神祕的微笑。

沒有空調的小店裡，總是發出隆隆機械聲響的風扇冬季休工。邵雪一看到店門口就笑了，那是他跟尹伊晟第一次一起吃晚餐的那家小店，他們已經很久沒來了。這天他們抵達的時間也跟那天差不多，店內客人寥寥，老闆娘熱情地招呼他們。

尹伊晟與邵雪在一張四人桌對坐，外頭小巷人家的室內燈光點點亮起。

「快一年了吧。」尹伊晟看著他說。邵雪是去年三月轉學過來帝北的。

「是啊，時間真是過得很慢又很快。」沒有你的日子很慢，有你的日子很快，邵雪心想。

「如果可以活到一百歲，我們已經一起度過了百分之一。這樣想的話，就覺得人生好短。」尹伊晟撫摸他的手說：「我想跟你在一起，很久很久。」

「我們才十六歲，你的人生還長呢，感嘆什麼。」邵雪笑說。

「感嘆接下來的時間會過得更快啊。升上高三，就是真正不見天日的日子了。」

邵雪倒不覺得，說：「高三你不用去學生會，也不必太費心準備考試吧，應該會比較輕鬆。」

「我就陪你啊。終於可以做我真正想做的事情了。」尹伊晟一手搖晃著半水的水杯，眼神溫柔地看著他，問：「大學你想考什麼科系？」

這似乎是他第一次跟尹伊晟談論與未來有關的話題。

「我想當心理治療師。不過有病的人想當治療師，好像不太好……」

「才不會，而且你也不病了。」尹伊晟露出心疼的神色，說：「再說，你的成績要上心理系太容易，要不要去考T大的醫學系？精神科醫師也是一個選項。」

「T大醫學系是第一志願，我要是考得上，考完都病了。」邵雪笑著說。

「我陪你啊。你是帝北前五名，努力點要考上不難吧。到時候我們就可以繼續一起上學放學。」尹伊晟笑笑地說，好似看到了未來的藍圖。

「你要繼承伊豐集團，不會選醫學系吧。」邵雪說。

「我啊……」尹伊晟頓了頓，眼神一瞬有些閃爍，「我應該會選電機吧，因為我家集團最重點的核心是這個。之後可以再繼續念商研，或者管理研究所。」

「被你說的好像都不用考試，已經可以去念了的樣子。」邵雪說。

「備考的日子過得很快，每天就是念書。下次我們再來這裡，說不定已經在念研究所了。」

邵雪不禁要想像起尹伊晟成為大學生的樣子，還有他們從高中畢業之後，可以越來越自由的日子。他從沒想過的未來也許會成真。光是這樣想，就覺得往後再忙碌都值得。

「對了，」他從書包裡掏出一個透明方盒，遞給尹伊晟說：「雖然你已經拿得夠多了，但袁懿芯說一定要我做一份巧克力給你。」

「謝謝。」尹伊晟接過巧克力，嘴角揚得更高了，「可是我應該會捨不得吃。」

「等下就逼你吃掉。」邵雪調皮地說。

「好啊，」尹伊晟傾身向前，低聲說：「跟你一起吃掉。」

邵雪從桌子底下輕踢尹伊晟一腳，以示抗議。尹伊晟邪邪地笑，邵雪覺得他今天看起來特別開心。

尹伊晟看向那一箱行李，說：「我本來以為今年巧克力會少一點，怎麼好像反而更多了。欸，會不會是報復巧克力？」

邵雪忍不住笑出來，說：「有可能喔。不過也有很多是合送給我們兩個人的，帝北的人真好。」

尹伊晟默默看著他，眼神暖暖地說：「我說過了，我會幫你實現你的願望。你不想要遮遮掩掩，我們就不遮遮掩掩。我希望我們在一起，你是真的感覺安心，就像我感受到的那樣，你是我想像中的家人。」他停頓片刻，又說：「不對，你就是我的家人，所以——」接著從褲子口袋裡拿出一個藍絨小盒，放到邵雪桌前。

「不是說好不送禮物了？」邵雪說。

「上次去雲稜山的時候找到一些小時候的舊銀飾，靈機一動就拿了一點去銀樓重新熔製。」尹伊晟看似十分滿意地說：「你打開看看。」

邵雪打開盒子，是兩只素面的銀戒，和一條細銀鍊。和他剛才一瞬間預想的差不多。

「銀樓一直要我刻個日期或名字，但我就覺得那樣挺傻的，所以就刻成這樣。」

邵雪往裡頭看，兩只銀戒內裡是一樣的一行英文小字：Terminal, YS。他的心非常震動，幾乎要覺得永恆就在眼前。他看著尹伊晟，尹伊晟神情隆重，但有更多喜悅。

「我怕你不習慣戴戒指，就幫你加了一條鍊子當項鍊。」尹伊晟拿起銀鍊，將兩只戒子穿過去，起身給他戴上。「我的這只，就先交給你一起保管。將來有一天，我會為你套上戒指。」

這是距離事件發生的倒數89天。

16 決心

距離事件發生，倒數51天。

尹伊晟自詡自己對邵雪百分百誠實，也覺得他們早該談談未來，但是一直拖著沒說就是因為，他還沒想到解套未來的方法。

這個寒假大把時間他都在伊豐集團度過，父親卻常出國不在，因此他們沒怎麼見到面。這天他早早與父親約好。細想起來，這應該是他第一次主動約父親談話。父親沒有表現出好奇，父親總是對任何事都游刃有餘。那麼，父親能為他解套嗎？尹伊晟對於自己竟然萌生這個想法感到十分詫異。

三十三樓的高度並不常見，他還沒習慣這樣的風景，天際線在眼前拉出城市高低起伏的稜線，從上俯視，底下人群都變成一粒粒圓點，在早晨車水馬龍的大道上聚出一塊塊奇形。

如果他不是站在這裡，而只是底下奇形中的一顆小點，他的人生會如何？尹伊晟過去從沒想過這個問題。他從小被灌輸的人生主旨就是繼承家業，他很有能力，對於這個未來也毫無遲疑，甚至沒有排斥過這樣被安排好的人生。

而現在，比起集團裡其他長輩常對他施予懷疑的口氣，或者年輕員工聽似覺得他沒有自己人生的可憐話語，邵雪總是支持他，鼓勵他一切都會很好，相信他的努力會有成果。去年他在英國參與的最後一個企劃案，如今已進入運作施行的階段，他在研習結束後仍常與主事者電郵聯繫，對方十分期待他能再去英國加入團隊。

約定的時間未到，尹伊晟走向父親的大辦公桌，桌上立著一只水晶電子鐘，電話旁是兩個相框，一張照片已經有些陳舊，是一歲的他與父親的合照。另一張則是他國中時參加小提琴比賽的照片，照片中的他看起來仍有些稚氣，自信的笑臉卻頗神采奕奕。偶爾這麼一看，他能感覺父親真的愛他。

「等下要派車送你去學校嗎？」父親沉穩的聲音從他身後傳來。

他立刻轉過身，微微躬身後說：「謝謝。不用了，我今天有騎車。」

父親往他的方向走來，邊說：「時間過得真快，你今年就要升高三了。你看，我桌子上的照片都那麼舊了，等你明年畢業，再給換上新的。以後要見面就沒那麼容易了。」

尹伊晟覺得這時候應該要接著回應些什麼，但不知為何他一句話也說不出來。

「今天有什麼事嗎？」父親在辦公桌前入座，看了他一眼說：「邵雪，真是個特別的名字。」

聽到邵雪的名字令他有些心驚，卻也不意外。

「那孩子的評價很好。他在A市的時候就很出色了。A市不大，稍微打聽一下就知道。」父親再度抬眼看他，這次沒有轉開視線，說：「怎麼，你不會為了一個男孩而不出國念書了吧？」

他的思緒頓時凍結。對，他不會，尹伊晟不會。就是這樣讓他什麼都說不出口。

「我不反對你們在一起。只要你記得自己的責任，我說過我不會干涉。」父親這番話威嚴也慈愛，令人完全無法反駁。

尹伊晟沉默無語。每次跟父親談話，他就不禁有股自己實在太弱了的懊惱感。雖然他只是個高中生，父親也僅期望他做得比一般高中生更好一些，但他天生就是這副輸不起的性格，更不喜歡什麼事情都被父親一眼看穿。

父親接著說：「你應該知道吧，出國念書的話，不是幾年就回得來的。無論你最後決定去哪裡，畢業後都要進入當地的分部研習，加上研究所，這是非常長的一段時間。」

至少十年。尹伊晟再清楚不過。

「你是為了這件事來的吧。我就說到這裡。還有一年，要分開的話，足夠長了。我也做過這樣困難的決定，我想告訴你的是，分開並不可怕，可怕的是你自己的執著。」

尹伊晟不怕時間，即使十年也不怕，而這正是因為他夠執著。他怕的是邵雪禁不起時間。他知道邵雪的時間感跟他不一樣，這也是他遲遲沒問邵雪對大學想法的原因。這些日子他非常努力地才把邵雪的時間感從過一天算一天，拉長到未來有一個月、半年，甚至可能一年後、三五年後。

可是十年後？思緒走到這個點上，他停了下來。他知道再往後便不是可不可能的問題，而是他與邵雪之間信不信任的領域。他想要相信邵雪。

「我知道了。」他徐徐地說，「我有一年的時間。」

父親像是釋出最後一個讓步，「對，或者你可以用這一年，讓我看看你的決心到哪裡。」

■

一年，三百六十五天，說起來也不是那麼長。在命運之輪的加速運轉下，日子越跑越快，快到尹伊晟幾乎要感受不到時間的流逝。四月末油桐花開的一個週五放學，他如常地前往學生會辦公室，因為太過習慣，他甚至沒有發現——

「生日快樂！」

一開門就是漫天的禮炮齊響。

「生日快樂，尹伊會長。」

「會長，生日快樂！」

儘管學生會辦公室已經十分寬敞，但是全部成員都在的場面倒很少見，室內被擠得滿滿。

大桌上有一個裝飾得十分浮誇的三層蛋糕，邵雪靠坐在蛋糕旁，微笑看著他。在他眼中，邵雪總是那麼耀眼，穿越人潮，他的視線只落在邵雪身上。

他笑著說：「你們真的嚇到我了，很厲害嘛，把這麼大的蛋糕都搬來了。」

「今天人多，這樣才夠吃啊。」袁懿芯理所當然也來了。

「謝謝大家，我很開心。」

林心岑拿著紙盤跟蠟燭過來，說：「要謝的話就謝邵雪吧，這是他的主意。」

尹伊晟看向邵雪，一陣感動湧上心頭。邵雪還是那副笑笑的模樣，退身在人群中，不想張揚地淺笑著。

「邵雪現在已經快要變成我們的地下會長了。」林心岑追加道，大夥兒跟著點頭稱是。

「是是是，我這個會長太失職，讓你們都走心到邵雪身上。」他笑看邵雪一眼。

「我們只是跟著會長你的腳步而已啊！」後頭有人叫道，把大家都惹笑了。

「尹伊，你是不是要誠心地感謝一下邵雪？」旁邊有人起鬨道：「親——一——個！」

他忍不住失笑，「你們真的夠了喔！」

「親——一——個！」林心岑鼓掌跟上。不虧是宣傳組組長。

他看看邵雪，說：「那也要他願意才行。」

邵雪微勾的嘴角笑笑，給了他一個「好啊」的嘴型。

他真的沒想到。

他一個箭步向前，偏過頭吻在了邵雪唇上。他感覺四周的喧騰到了極致，愉悅而甜美的喧騰。邵雪就是他的全世界，他十七年的人生，彷彿是為了抵達這一刻而存在。

「尹伊，我覺得你的人生已經太完美，不需要許願了吧？」林心岑笑鬧著說。

「當然要。」他轉向人群，「我的願望會分給你們啊。」

「耶——尹伊會長最好了！」大夥兒開心地哄鬧。

邵雪在一陣吵鬧中已經將蠟燭一一插上蛋糕，十七支鮮豔的紅色短燭，關上燈，就是綻放的十七盞希望。

尹伊晟在簇擁的人群中走近蛋糕，倏地認真起來，感慨地笑了笑說：「接下來的一年就是我們高中生涯的最後一年了，雖然有升學的壓力，但是希望大家都能沒有遺憾，開開心心地過完這一年。」

十數雙目光專注地聚集在燭火上，四月已經吹起夏風，帶來一股溫暖的感動。

「第二個願望呢，就祝福大家有情人終成眷屬吧。」

最後一個願望，他看向邵雪，我想要永遠守護你。邵雪沒有看著燭火，而是從頭到尾都看著他，他知道邵雪已經明白他的心。尹伊晟，十七歲的生日願望，不是得到，也不是冀求，而是對他所愛的承諾。

「好了，大家一起吹熄蠟燭吧。」他低聲說完，所有人都搶著圍上來，呼地一齊吹滅蠟燭。殘殘燭火燒盡，也像是燒熄了他過去十六年的孤獨，如今他再也不寂寞。

學生會辦公室裡燈光亮起，成員們分工切分蛋糕，一一傳遞給大家。傍晚天色霓虹，辦公室大門敞開，成員進進出出，流洩著愉快的聊天聲、嬉鬧聲，這對於總是忙碌不停的學生會來說，是一年難得一見的光景。

邵雪在辦公室裡被成員們團團圍住，尹伊晟拿著蛋糕走到走廊上，袁懿芯正倚著欄杆吃著蛋糕。

「你應該幫了邵雪不少忙吧，謝謝你了。」尹伊晟說。

「沒什麼，我只是做些小事。邵雪他啊，如果一開始就在帝北，估計現在的會長可能是他。」袁懿芯說。

「別了吧，他開開心心輕輕鬆鬆的就好。」尹伊晟也靠向欄杆，與她並肩，望著辦公室裡頭的邵雪。

袁懿芯看了看他說：「可能我原本只知道一直看著你，沒有好好看過邵雪，近來才覺得，他真的非常非常喜歡你，比你更不惜一切地喜歡。」

尹伊晟瞥了她一眼，沒有回應。

袁懿芯接著說：「你應該知道邵雪跟你很不一樣吧？雖然你們在彼此心中都是第一位，但是你除了他，還擁有其他很多東西，而他除了你之外，就沒有其他東西了。」

「我知道。他就是這樣，什麼都不要。」尹伊晟靜靜地說。

「明明可以擁有很多，為什麼都不要？」袁懿芯邊思考著邊說。

「他不敢要。」尹伊晟說，就像邵雪一開始對他的想法一樣，「他怕一但要了，總有一天會失去。」

「……可是他還是接受了你。」袁懿芯淡然地說。

「我本來也常想，他擁有我就夠了，我就當他的唯一，好好地愛他，保護他。可是現在偶爾卻會想，我喜歡他，對他來說真的是好事嗎……」尹伊晟一點也沒有辦法想像自己有一天會讓邵雪心傷，但他還是會怕。就像邵雪害怕失去，他現在也有了令他害怕的事情。

「被你喜歡，怎麼可能會是壞事？你看他多開心，跟以前多不一樣了。」袁懿芯說。

尹伊晟忽然有種罪惡感，坦白道：「我還沒有告訴他，我大學要出國的事。」

「你大學要出國嗎？」袁懿芯也很驚訝。

他點點頭說：「出國是一定的，雖然還沒有完全確定要去哪裡。」

袁懿芯偏過頭看他，彷彿理所當然般的說：「這有什麼問題，你告訴他，帶他一起走就好啦。」

帶邵雪一起走，真的可以嗎？他不知道，但這確實是他現在唯一的答案。

學生會辦公室裡頭傳來叫喚袁懿芯的聲音，邵雪跨出門檻，走上長廊，對袁懿芯說：「林心岑在找你喔。」

袁懿芯拍拍尹伊晟的肩膀，給了他一個「放心啦」的眼神，就蹦跳著往裡頭去了。

邵雪側身倚向欄杆，自然地牽起他的手，眼神沉靜地眺望遠方的天空。天色漸變，今天的魔幻時刻調色盤裡有粉、橘、紫，還有永恆不變的藍。

「謝謝你，把大家找來幫我慶生。」尹伊晟說。

邵雪轉頭看他，笑著說：「平時都我們兩個人，所以想說這天把大家一起找來，難得聚一聚。」

他伸手撥齊邵雪的瀏海，想將他的眉眼看得更仔細。這一年真不是一場夢。一年前的今天，他在舞會上跟邵雪告白，緊張萬分，原本想點播的是另外一首歌，他想問邵雪May I Love You？但他根本知道自己已經打從心底愛上邵雪了。

「可惜今年沒有園遊會。」邵雪開口，像是也憶起了曾經。

「你想玩啊？」他想起爆米花、糖葫蘆、烤玉米和數不盡的熱狗，還有射氣球攤位的七彩繽紛。

邵雪牽著他的手搖啊搖，「想啊，想跟你一起去玩。你都不知道，去年校慶我一整天超級緊張。」

「緊張什麼？」

「跟你在一起啊。」邵雪勾勾嘴角可愛地笑。

一陣風吹過，吹散他眼前一瞬就浮上心頭的記憶，片片晶晶成雪。抓不住的碎片，背景是那個始終教他心動的人。

「我可以抱你嗎？」他忽地問。

邵雪抿抿嘴，看著他的眼神情深，向他靠來。

他伸手環住邵雪的腰。涼風輕輕，嗚鳥嚶嚶，世界無聲旋轉，此刻他們止步中心。

「你不躲啦？」他再問。

邵雪傾身，貼向他的耳朵說：「我好愛好愛你，愛到快要發瘋。」笑靨嫣然。

他感到一陣甜。不知是混了方才蛋糕上草莓的甜，還是邵雪的笑容裡散發的甜，甜得讓未來更顯晶亮。

「我也好愛好愛你。」他說。

他們在四起的嬉鬧人聲中低語，邵雪的手貼著他的制服襯衫，隨著話語輕吐的氣息，牽起嗅神經裡淡淡的甜蜜果香。他想要未來一年在帝北最後的日子就這樣度過。

片刻，越過邵雪的肩，遠遠一個人影走來，是許久未見的方筱青。

「方姐，今天什麼風把你吹來？」尹伊晟笑說。

方筱青卻神情嚴肅地看向他們說：「抱歉，我有點事要單獨跟尹伊談。」

「你們談吧，我先進去了。」邵雪識相地說，鬆開他的手。

「沒關係。」他拉住邵雪，「方姐你說吧。」

方筱青沒有露出為難的眼色，他認為應該不是跟邵雪有關的事。

「有人在帝北的版上留言，揭發你是伊豐集團的繼承人。」方筱青把手機遞給他看。

他接過手機問：「知道留言的是什麼人嗎？我整個寒假都在公司幫忙，真的被人看到也不奇怪。」

「不知道是什麼人，但看起來不是學生。」

他看向方筱青，「你的意思是……」

「你爸沒有告訴你嗎？你家裡的網路最近有被人駭入的跡象。」方筱青說。

他瞬間起了防衛心，回道：「他沒說，我跟我爸很少聯絡。不會是其他企業想要盜取伊豐集團的商業機密吧？」他直覺這麼想。

方筱青強調說：「不是伊豐大樓的網路，是你家的，你爸住的地方。你爸還請資安部的員工去提升了家裡網路跟監控的安全等級。說實在的，你的身分就算公開也不會出什麼大問題，而且你也沒有住在家裡了。我只是覺得這整件事有點怪，應該要讓你知道。」

「嗯……謝謝。那帝北版上的留言，資安部可以幫忙刪掉嗎？」

「等會兒就會刪掉了。不過不知道已經有多少人看到，如果有人問你……」

「如果真的有人問，我就承認吧，也不是什麼不可告人的事。」

他看了邵雪一眼，邵雪也定定看著他，兩人心裡都浮上了一絲不安。他覺得自己的身分若真曝光只是小事，相較起來，他比較擔心父親是不是出了什麼問題。即使父親在業界的風評很好，也不與人交惡，但人生什麼時候會吹起意外的風，是誰也料想不到的。

這是距離事件發生倒數25天的事。

17 一次如果

尹伊晟閉著眼，枕著邵雪的背，側坐在腳踏車上。這天一早陽光燦爛，照得滿地白晃晃的。邵雪不時回頭偷瞄尹伊晟，他不知道尹伊晟是昨晚沒有睡好，還是只是想賴著他的體溫。這天他放學不去吉他社，所以是他騎腳踏車上學。路上有些坑坑洞洞，輕微的震盪也沒有把尹伊晟喚醒。邵雪刻意放慢了速度。

在帝北學生即將開始密集出現的路段之前，尹伊晟輕手環住他的腰身，在他的制服背後蹭了蹭才緩緩睜開眼。尹伊晟一鬆開環著他的手，馬上就有一個小學弟騎車而過跟他們打招呼，接著是更多熱切的問候。

五月的天氣已經微熱，邵雪的後頸冒著細細汗珠。他們駛進校門。他先放下尹伊晟，將車停進停車棚，兩人接著往高二大樓的方向走。

他跟在尹伊晟身後一個跨步的距離，眼前那副身影尤其能令他感到安心。尹伊晟有時會面對著他倒退走，像是要抓緊能看著他的每一秒似的。他們談論著班上學校的大小事，時而微笑，時而喧鬧，身邊投來許多欣羨的目光，和著玩鬧的話聲，尹伊晟都大方接受。

步上邵雪班上那側的樓梯，他們在七班後門分手，他望著尹伊晟離去的背影，直到那背影轉進十三班教室，消失在視線，回到他心裡。他們之間隔了五個班的距離。

上午兩堂數學課，一堂輔導，最後一堂在藝術大樓的音樂課結束後，邵雪與袁懿芯穿越球場上躍動的人群，往高二大樓走回去。籃球場已經修繕完畢，復古紅綠色的油漆地被太陽光曬得熱氣蒸騰，這個學期恢復球類比賽，袁懿芯也重回女籃校隊的練習日程。

十三班剛結束體育課，還有許多同學留在球場上打球。邵雪不經意要往球場上看，尹伊晟果然也在。但尹伊晟似乎比他更早發現了他，已經離開球場往他們的方向走來，身後是此起彼落呼喚著尹伊晟的聲音。

「下次再約打球！」

尹伊晟往聲音的方向回應，揮手再見，接著走到邵雪身邊，拿起瓶裝水猛灌，腰際掛著擦汗的毛巾。

「五月就這麼熱，下個月的籃球賽要怎麼打……」袁懿芯一手遮著太陽光，懶懶地說。

「在體育館裡打啊，你傻啦。」尹伊晟笑道。

邵雪想像起自己與尹伊晟作為對手班級比賽籃球的情景，不禁失笑。他們偶爾會打打排球、羽球，但好像沒有一起打過籃球。他抽下尹伊晟腰際的毛巾，輕輕幫他擦汗，問：「你今天晚上可以不上晚課嗎？」

尹伊晟的神情一時有些疑惑，卻又馬上說：「好啊，那放學去買點東西，我回家煮吧。」

「不要那麼累。我媽這幾天不在，我們兩個人簡單弄個火鍋就好了。」他知道尹伊晟絕對不會隨便，即使只是弄個火鍋。

「好，都聽你的。」尹伊晟在他髮上飛快一吻。

「尹伊晟——」袁懿芯的聲音從後方傳來，「在學校別太誇張了你。」

他們兩人談論私事的時候，袁懿芯總會識相地後退幾步，讓出空間給他們。尹伊晟平時總說袁懿芯沒神經，邵雪卻覺得她比尹伊晟想的還要為他著想。

度過飽餐安睡的中午，下午接著是兩堂英文課，再物理生物各一堂，一天的課程就告結束。放學後邵雪留在教室跟同學討論了一會兒試題才準備離開，即將升上高三，面對未來大家都更顯認分。

他往十三班的方向走，遠遠就看到尹伊晟在走廊上跟學弟妹談話，是他沒見過的學弟妹，其中一個女孩子相當漂亮。他想起那個自己始終沒有告人的心事，自從知道尹伊晟是伊豐集團的繼承人之後，他就常想像尹伊晟應該過上的正常人生的模樣，裡頭必定有這些那些，包括一個美麗又有能力的女朋友。

他忽然有點想去吉他社看看。他不打擾地靜靜走到尹伊晟身旁，低聲說：「我還是去一下吉他社。」尹伊晟悄悄拉了一下他的手，如電流般的指尖相觸，然後是一個「知道了」的微笑。

邵雪往藝術大樓禮堂的方向走去，初夏傍晚，背光的路上，藍藍綠綠紫紫紅紅盡閃金白，一切都刺眼得疼。身邊大多是跟他相反方向、往校門離去的學生。他從藝術大樓二樓的小門進入禮堂座席區，學弟妹們看到他都充滿驚喜，高興地喚他：

「邵雪學長，今天不是不來嗎？」

邵雪笑笑走過去說：「突然想來看一下。」

「耶——lucky！」

學弟妹們吵鬧著要他彈奏一曲，這時林韋安也從一樓上來，見他便問：「邵雪，你怎麼來了？」

邵雪接過一位學妹的吉他，靠坐在二樓前排的椅背說：「就來看一下而已。」他笑笑轉向學弟妹們，「只能彈一首喔。」

「好！」大家開心地圍上來，很快地在他身邊聚成一圈圓。

他稍微試音調整了一下，就輕輕撥起吉他弦，近乎無伴奏的清唱。

Don't wanna feel another touch　我不想再感受其他人的撫摸

Don't wanna start another fire　不想再燃起新的愛火
Don't wanna know another kiss　不想再接受另一個人的吻
No other name fallin' off my lips　也不會再輕喚另一個名字

他的眼角餘光瞥見尹伊晟正從樓梯緩緩走下來，向著他的方向。尹伊晟以一向深情的微笑注視著他，他卻感覺雙眼已噙滿淚水。他原本打算在六月的吉他社成果發表會上表演這首歌，歌詞替他訴盡心中最深的愛與預言：他不會再與另一個人相戀。他忽然有種心願達成的感恩。

When we first met　我們第一次相遇時
I never thought that I would fall　我從沒想過自己會愛上你
I never thought that I'd find myself lying in your arms　從沒想過有一天我會躺在你的懷中
Cause my world keeps turnin', and turnin', and turnin'　因為當世界不停止旋轉
And I'm not movin' on　而我在此止步不前

Don't wanna give my heart away to another stranger　我不想再交出我的心給另一個陌生人
Or let another day begin　或者看太陽再次升起
Won't even let the sunlight in　不讓陽光照射進來
No, I'll never love again　我不會再墜入愛河

騎車回家的路上很沉靜，沒有人打擾，邵雪從背後抱著尹伊晟，像是要睡著一般，隨著尹伊晟的呼吸起伏。傍晚最後的夕陽灑在身後，而他們漸入夜色的灰黑之中。抵達邵雪家樓下的超市，買了簡單食材，尹伊晟挑了許多邵雪喜歡的，露出甜滋滋的可愛神情。

打開燈，滿室乍亮，他們每天從這個早晨白亮的家裡離開，再從外頭回來，將同一個家以燈照亮。不知為何，邵雪就覺得這很浪漫，很像他真的帶著太陽，世界永遠天白，不必再怕黑。

尹伊晟在調理台清洗食物，已經換下制服，穿著輕鬆的居家短T。邵雪將下巴靠上尹伊晟的肩膀，從後面輕輕環抱，一股熟悉的洗衣精香襲來。他喜歡這樣抱著尹伊晟，感受他結實的背肌，在衣背留下輕觸的撫痕。尹伊晟磨了一點白蘿蔔泥，蘸一滴新開的日本醬油，以指尖挑起一撮放上邵雪舌尖，問：「喜歡嗎？」

邵雪眼神笑笑，點點頭。

尹伊晟滿意地笑，說：「就覺得你會喜歡。」

邵雪備好碗盤，將鍋子與食物擺上桌，他們在小小的四人桌對坐。

「對了，」尹伊晟又起身走去房裡，一會兒拿著一瓶白酒出來，說：「這是昨天剛來的新酒。李管家特地為你留了兩瓶，他說是你喜歡的。」

邵雪一眼就認出酒標，確實是他喜歡的，「我以為李管家已經把我列入黑名單。」

尹伊晟笑了出來，說：「有誰會把你列入黑名單？李管家可想念你了，一直問我什麼時候能再見你。」

「他不想要我們分開了嗎？」邵雪怯怯地問。

「他被我說服了吧，知道我不能沒有你。」尹伊晟的神情有些得意。

邵雪感覺內心一緊。

尹伊晟繼續說：「他還想再帶我們出去玩呢。說了好幾次，要去這要去那，真不知道是誰跟誰約會……」

邵雪不太能想像已經頭髮灰白的李管家是以什麼神情說這些話，但能感覺李管家十分疼愛尹伊晟。他知道還有更多人疼愛著尹伊晟，他一點也不忌妒，反而很欣慰，喜歡太陽的人，比他想像的還要多。

尹伊晟忽地問：「你今天怎麼突然又去吉他社？我到的時候你已經開始唱了，錯過了前半段。」他撒嬌般的嘛起嘴，像是在向邵雪抗議。

邵雪笑說：「你錯過的可多了，我上社課的時候你也都不在啊。」

「就覺得你今天唱得特別好。我想聽。」尹伊晟說。

邵雪微勾嘴角，低聲清唱：「Don't wanna feel another touch，Don't wanna start another fire，Don't wanna know another kiss，No other name fallin' off……」眼眶逐漸矇矓，他努力壓著情緒。

「你怎麼啦？」但尹伊晟就是看得出他內心一絲波動。

邵雪擺上笑容說：「我沒事，是這歌詞讓人想著難過。對了，今天放學跟你講話的小高一是誰啊？」

尹伊晟拿大杓盛了幾匙湯到邵雪碗裡。他們今天加入了昆布作底，還有十數顆紅棗調味。

「喔，那是下學年準備要接手學生會的學弟妹。我怕他們到時候手忙腳亂，所以先請下一任會長找人。」尹伊晟說。

「有一個學妹很漂亮。」

「許允兒，她就是下一任的會長。她父親是我家集團的董事之一。」尹伊晟淡淡回應道。

「聽起來很門當戶對。」邵雪邊說邊沒事般的把杯子推向尹伊晟。

尹伊晟睨了他一眼，幫他斟滿白酒，說：「什麼門當戶對？我就喜歡你，你別想推給別人。」

邵雪輕笑說：「我說說而已，她真的滿美的。」

「再美也比不上你。」尹伊晟看著他，有種感嘆，有種憐惜，也有種得意，「我真的好愛好愛你。」

邵雪的心不斷束緊，鍋裡沸騰的水發出咕嘟聲響，房內僅有陽台門邊照進的一條細瘦月影。他向尹伊晟伸出手，尹伊晟以十指緊扣回應他。客廳電視以幾乎無聲的小音量播放著，尹伊晟的手機震動，顯示不知名來電，他沒有接。

吃完飯整理完，因為今晚尹伊晟沒上晚課，多了些時間，他們難得在沙發上膩著看書。邵雪側坐在沙發扶手上，背靠著尹伊晟右身。尹伊晟只要一看起書就神情認真，十分投入，像是聽不見一絲聲響。邵雪感覺有些累了，伸個懶腰直接往後倒，躺在尹伊晟身上，仰頭看著尹伊晟。

尹伊晟仍看著書，輕聲說：「I tried to love you less. I couldn't.」

邵雪瞇起眼，「幹嘛說這個？」

「不是我說的，是西蒙　波娃說的。」尹伊晟伸手撫摸他的臉。

「Je t'aime,」他定定看著尹伊晟說：「toujours.」（我愛你，永遠。）

尹伊晟把書闔上，放到沙發另一側，認真地看著他，彷彿從沒看過他，也彷彿要把他看穿了一般。

邵雪對尹伊晟是心領神會了。他一手支著沙發微微起身，給了尹伊晟一個吻。尹伊晟也回給他一個吻。

他坐起來，再次輕吻。尹伊晸也再次回應，眼神閃閃。邵雪一腳跨上另一側的沙發，坐到尹伊晸腿上，與尹伊晸面對面。他不再輕啄，而是實實在在地吻上尹伊晸的唇，熱切的，深情的，潮濕的，不間斷的吻。他感覺彼此逐漸漲大的慾望隔著衣褲摩擦，一股極具挑逗的興奮感從體內竄起。但尹伊晸沒有離開他的唇，也沒有探索其他，只是持續深長地吻著，像是要這般吻到天明。

一會兒，尹伊晸看著他說：「我要你。」

話一出口，邵雪馬上感覺壓抑的慾望被釋放，尹伊晸直接抱他起身，將他放倒在沙發上。他們很久沒有在沙發上做了，他倏地回想起他們的第一次，就是在此刻這個場景這個地方。

尹伊晸為他褪下底褲，他羞澀地看著勃起的陰莖袒露。他知道這讓尹伊晸興奮異常，尹伊晸喜歡一直注視著他，像是欣賞著僅為自己所有的一身赤裸；他卻覺得一生的不潔都被看透似的，羞恥萬分。指尖滑下肌膚，從鎖骨中心、胸間、肚臍到下腹，尖刺的觸感令他一陣哆嗦。顫抖之後，尹伊晸分開他的雙腿，讓勃起的陰莖更加袒露，接著埋進他的雙股之間，以冰涼的舌尖觸上炙熱的勃起，從根部細細輕舔，牽引出一絲絲愛液。邵雪不由得抓緊沙發，耐著興奮緊咬下唇。空氣的寒冷交織細緻的快感讓他不禁弓起了背，他莫名地想起從前，不敢直面尹伊晸。

尹伊晸看著他說：「放輕鬆。你很好，我愛你，你只要享受我的愛就好了。」

尹伊晸與他十指交扣，他感覺力氣得到了釋放，嬌喘出聲。溫潤的唇舌含上他的慾望，深深淺淺地含吐，在前端以舌尖畫圓，一圈，再一圈，而後緊緊吸吮漲大的硬挺。快感如溫暖的漲潮一波波推升，激情湧動，他再也無法忍耐，試著交出自己，仰頭發出真實的完美呻吟。

尹伊晸往上貼近他的側臉，感受他呻吟的氣息，輕咬他的耳朵說：「……我還要聽。」

邵雪總是順應尹伊晟的要求。他好愛他，他想霸占他整副身軀整副心思整個人，他聽從身體的本能，放浪的呻吟自口中流瀉而出。尹伊晟像是被灌注了精神，將他翻身背對，從身後緊緊貼上，濕潤的唇齒在他身上留下占領的記號。他喜歡尹伊晟吻他、咬他，每一個地方，他能感覺自己存在、自己的慾望，以及自己有多想要——想要尹伊晟，想要活著。

他從小就是他人洩慾的工具，如今因為尹伊晟愛他，他還抓得住最後一點對自己身體的掌控。他以炙熱的勃起、甜美的呻吟，與彷彿每一寸肌膚都要融進尹伊晟火熱身軀裡的緊密，接收尹伊晟對他永不止熄的愛火。

熟悉的硬挺進入他。他感覺尹伊晟試著不疼痛地抓緊他，讓慾望的插入更加柔和。但柔和不可能綿長，因為尹伊晟是王，而他們無法克制要試探彼此在對方心裡的底；也因為慾望終究無底亦無邊，很快地抽插就變得狂暴，益發劇烈，他還無法思考就已經叫出聲來。

他趴倒在沙發上，像隻翹著尾巴發情的貓，任隨尹伊晟恣意妄為。

片刻，尹伊晟抽身。髮根微濕，汗濕的手心一遇空氣就冷，在邵雪身上激起一陣哆嗦。尹伊晟再次將他翻身，讓他躺臥在沙發上，抬起臀部，從正面進入。快一年了，他們絕對不只歡快三百六十五次，尹伊晟知道這是最令他們感到興奮的姿勢，他可以每次都如此將邵雪幹到高潮，射精在他們緊密交合的慾望上。那是生而為人千萬種感官中最原始的一種：想要與另一個人永恆延續下去的渴望。

只有愛能無法無天。

以前邵雪面對坦然的興奮總有股怯怯，但今天不一樣，他與尹伊晟燃燒的雙眼對視，任由強烈的撞擊引領，在陣陣毫無留白的酥麻快感中，抑制著最後的噴發。尹伊晟傾身吻他，輕撫他一頭栗色短髮，在他耳邊低聲說：「一起去吧。」他像是得到了王的許可，獻上甜美的愛液。

邵雪維持著歡愛後的姿勢趴臥在沙發上，以最後一絲餘光看著尹伊晟在浴室的白瓷浴缸裡放水。尹伊晟走了回來，坐在他身旁的地上，一絲不掛。潮濕的唇吻上他的，再吻，像是不捨得一次吃完蛋糕上鮮奶油的小孩，分次舔食著最愛。邵雪靜靜闔上眼，長長的栗色睫毛低垂，他感覺尹伊晟的吻在他臉上游移，最後又回到少年鮮紅的唇。

「水要淹出來了。」他輕聲說。睜開眼，眼前是尹伊晟疼惜的笑。

泡進白瓷浴缸，他們在同一側落座。邵雪躺靠在尹伊晟身前，讓他從背後環抱，他時而側著臉看向尹伊晟，時而迷濛地望向天花板。熱氣蒸騰，他感到一股舒緩的性愛後動物感傷。

「這浴缸真是太小了。」尹伊晟感嘆地說。

邵雪笑了出來，「這浴缸可沒預期有兩個一百八的人要一起用。」

「以後我們的浴缸一定要大一點。」尹伊晟信誓旦旦地說。

以後，這兩個字再次在邵雪心中迴響。一聲響便是一根刺。

邵雪看著浴室牆面的天藍瓷磚，此刻從浴缸蒸升的白色霧氣就像雲。

「你想過未來嗎？」他開口問。

尹伊晟笑著說：「當然想過。以後我們會住在能看見山也能看見水的房子，大房子。不過不要離水太近，冬天很冷，也不要太靠山，山上潮濕又多蟲子，住起來不舒服。」

「想這麼多……住在城市裡不就好了。」邵雪笑說。

「我不想住城市，我想就跟你兩個人一起，離其他人遠遠的。然後房子最好要有……」尹伊晟像是在腦海裡明確地盤算，「七、八個房間才夠。你一間，我一間，我們一間，書房一間，健身房一間，客房一間，還要有小孩的房間。」

「幹嘛要你一間我一間？」邵雪疑惑地問。

「我是可以不必啦，但就想說給你一個私人的空間。」尹伊晟從身後膩著他的脖頸低語。

「那小孩又是從哪裡來的……」

「當然要有小孩啊，你這麼可愛，不去弄兩、三個小孩出來怎麼行？」尹伊晟語氣非常認真。

邵雪忽然覺得那個畫面有點可愛，尹伊晟抱著長得像他的小男孩的畫面，太過耀眼。

「然後呢？」他轉頭看向尹伊晟。

「然後我們每天開車一起去伊豐集團上班。我繼承我爸的工作，你的話，就看你想做什麼都行。」尹伊晟益發抱緊他，「我就覺得你什麼都能做，不要當什麼董事長先生、董事長秘書這種，做些更有實力的。然後……」尹伊晟的目光放遠，彷彿真的在藍瓷白霧間看到了什麼，「有一天我們都老了，就搬回城市，每天去公園牽手散步，會有人把我們的樣子拍下來放上網。」尹伊晟邊說邊笑了起來。

邵雪沒有回應，只是微微揚著嘴角。熱氣緩緩上升，蒸得他眼眶泛熱。

「你呢，你有想過未來嗎？」尹伊晟問。

「有啊，跟你一起的未來。」

「等等等等，」尹伊晟忽然急促起來，「你別講，你別講喔。」

「幹嘛？是你自己問的。」邵雪故作生氣。

「我一定會聽你的啊，你一講我的夢想就要幻滅了。」

「那我偏要講。」邵雪得瑟說道。

「不要啦。」尹伊晟笑著說。

「我偏要講，以後呢，我要——」

尹伊晟瞬時吻上他的唇，像是直接接收了他的以後。

他臉上不知是淚是汗亦或水氣的細珠被拭去，尹伊晟定定地說：

「什麼樣的未來都好，只要是跟你在一起就好。」

夜很深，邵雪緩緩睜開眼。尹伊晟面對他，睡得很沉。他怔怔看著尹伊晟，尹伊晟在他身邊總是睡得很熟，總是面對他，好似完全把自己交給他一般。他們同蓋一條被子，邵雪輕輕掀開，移身到貓腳矮桌前面，伸手往矮桌下方的夾層摸，拿出日記本，打開，無聲地翻閱。一會兒，鹹鹹的水從他眼眶流下來，在死白的紙頁上暈出大大小小的圓，他拿起夾在側邊的筆，開始寫：

五月十三日

這是最後一天了。

18 再見

尹伊晟醒了。他的生理時鐘非常準，無論前一天多晚睡，都會在上學的固定時間醒來，通常比邵雪早。為了應付一天不夠用的二十四小時，他們早餐吃得很隨意，大多在準備出門的混亂中吃完便趕著上學。

他輕手輕腳地走出房間，去浴室洗漱。邵雪有設鬧鐘，不必由他喚醒。他邊刷牙邊想著一天的行程時，有人從身後靠了上來，是邵雪的氣味。他沒聽見鬧鐘聲響，可能是太過專注而忽略了吧。邵雪從背後輕輕抱住他，在他敞開未扣的白色制服背上蹭著，沒有說話，一會兒親了他的後頸一下才離開。

他以餘光看著邵雪走出浴室的身影，邵雪還披著睡袍，有些慵懶的模樣。他沒看清楚邵雪的臉，但不知為何覺得邵雪的神情有點倦，不似平常朝氣。整理完畢，再走出去時，邵雪正打開房門對著長鏡穿衣，制服褲還沒繫上，隱隱露出裡頭黑色的底褲。

尹伊晟感覺一絲興奮湧上。至今他仍為邵雪著迷，他內心深處完全明白那些覬覦邵雪的目光，甚至有時都會為自己的瘋狂感到可怕。他走向邵雪，幫他拉上拉鍊，繫好皮帶。「不要一早就誘惑我。」他在邵雪耳邊低語，邵雪微微勾起嘴角，有些挑逗地笑。他覺得自己真的好愛好愛他。

這天早晨有股莫名的清爽感，因為昨天沒上晚課，東西都收拾好了，他們在新聞的陪伴下，吃完早餐才踏出家門。尹伊晟不喜歡看國內的新聞台，邵雪家裡裝了電視盒，他們平常看的都是外國頻道。

「我們各騎各的吧。」邵雪走到腳踏車停車處時說，「今天我想早點回家。你放學要去學生會吧。」

他們很少分開騎車，如果其中一人放學有事，也會等彼此結束再一起回家。不過邵雪看起來有些疲累，尹伊晟點點頭回應：「好。」

邵雪摸摸他的頭，給他一個厚實的擁抱。他在心裡計算著，有一分鐘那麼長。

「這樣夠了嗎？」邵雪笑笑看向他，他感覺自己像個被寵溺的小孩。

每天出門前，他都不禁要膩著邵雪一會兒，因為進入校園後就無法這樣隨心所欲了。他在邵雪額頭輕輕一吻，兩人分別騎上車，往學校的方向駛去。

春夏交替之際，晨風徐徐暖暖，邵雪騎在前面，一頭栗色短髮被早晨的風吹散，在斜斜的太陽光下照出金黃折射。他跟在邵雪後頭，迎接身旁滿滿向他們問早的人聲。只要看著邵雪，他就感到內心圓滿，真真實實的歲月靜好。

進入校門，一個熟悉的聲音叫喚邵雪，是袁懿芯，林心岑也在她身旁。邵雪跟她們打招呼後便轉往停車棚的方向，尹伊晟也跟上。袁懿芯跟林心岑什麼時候變得這麼要好？他默默心想。他自己是高一下學期為了尋找新任的學生會成員才開始注意林心岑，林心岑很漂亮，個性活潑，在女生間很有人緣，是標準的好學生。

今天的校園也一樣哄鬧，他與邵雪經過的地方更是哄鬧。他們並肩而行，令人無法忽視。

「你們班真厲害，這次期中考就有兩個全年級前十名。」邵雪說。

一個自然是尹伊晟，另一個則是林心岑。

「我們班本來就是頭腦比較行。你才是吧，下次就要考贏我了。」尹伊晟說。

「怎麼可能？我就這樣了吧。」邵雪笑說，他這次是全年級第三，「我是跟著你才能這樣。」

「我平常又沒什麼在讀學校的書。」

邵雪看著他說：「你讀你的，我就讀我這些。你那麼多時間在忙，我總要跟進一點。」

尹伊晟自覺說錯話，讓邵雪聽來像是在抱怨他沒有時間陪他。他心情有些複雜，不想邵雪太辛苦，又很高興他們距離他想像的未來越來越近。

他隨口一問：「袁懿芯跟林心岑，怎麼突然變得這麼要好？」

邵雪笑了出來，說：「你真的不知道？」

尹伊晟偏過頭問：「為什麼？」

「林心岑喜歡你啊。」邵雪說，笑得很開心。

尹伊晟實在看不懂邵雪，邵雪從不忌妒，「別人喜歡我，就你最開心。」

邵雪定定看著他說：「我很開心啊，有大家一起守護你。」

「……我怎麼覺得都是我在照顧大家？」他微微抱怨道。

「被愛是很幸福的。」邵雪以極輕的聲音說：「謝謝你愛我。」

尹伊晟聽見了，但也好像聽到邵雪一聲輕嘆。他們已經走上高二大樓三樓，來到每天分手的地方，七班後門。

他看著邵雪說：「我永遠都愛你啊，你會永遠都很幸福的。」這很不像一大早會說的話，他說著有點想笑，「好啦，我走了。」

他如常地轉身要走，邵雪卻抓住了他的手。他回頭看向邵雪，少有地看不出邵雪的表情，他覺得自己從沒見過邵雪這副神情。「怎麼了嗎？」他問。

邵雪沒有回應，仍緊緊抓著他。而只要邵雪沒有放手，他也不會自己鬆手。

片刻，彷彿束縛的魔法褪去，邵雪緩緩鬆開手說：「再見，尹伊。」

他感覺邵雪眼神閃閃，於是摸了摸邵雪的頭說：「下課就來找你。」便轉身往十三班的方向去了。有時候他走到一半會回頭看看邵雪是不是進教室了，但今天他沒有這麼做。

十三班早自習沒有安排，期中考剛結束不久，大家都閒閒散散。女同學熱烈討論近來剛上架的古裝言情韓劇，男同學則研究著最新發布的熱門手遊攻略，其中也有少許繼續認真念書的人，班上箇中生態一眼閱盡。

尹伊晟先去導師辦公室領回大家的週記本，之後在班上與同學討論專題，慶幸難得有如此清閒的早晨，一切都塵埃落定般平靜。他在心裡盤算著放學後的學生會會議應該能很快結束，就有時間回家跟邵雪一起快速吃個晚餐，再出門上晚課。他總是如此，明明才剛分開，就已經忍不住要想念邵雪了。

他也想起昨晚浴室裡藍瓷白霧間的未來，其實他心裡十分好奇邵雪對他們未來的想像，但就想鬧著邵雪玩，跟邵雪撒嬌，他知道邵雪才是這段關係中總是依順著他的人。不如今晚再來問問邵雪吧，他心想，未來無論怎樣都好，只要邵雪開心就好了。

兀自沉浸於思考時，林心岑忽地擠進人群，靠到他身邊，拿出手機問：「欸，尹伊，這是邵雪嗎？」

螢幕上是一則即時新聞。手機畫面不大，新聞照片中的人像挺小，穿著灰藍格紋制服的男學生被打上馬賽克，但尹伊晟還是一眼就認了出來，那頭栗色短髮與修長的身形就是邵雪沒錯。

「這是他吧，」林心岑面露難色地說：「但這新聞……」

尹伊晟順著林心岑的視線往下看，斗大的標題倏地教人心驚：

自民黨主席驚爆私生子　母子尋死身世悽苦

明年將代表自民黨出任候選人的鄭民成（64），今天被《星娛週刊》踢爆有一16歲私生子。其母邵女為知名酒店小姐，年僅三十多歲，過去曾密集出入自民黨活動範圍，與多位政界人士關係匪淺。鄭民成太太林秀惠與女兒鄭雨辰一家今日神隱。自民黨辦公室媒體發言人則回應會積極配合檢警調查，不會迴避。

據週刊報導，鄭民成與邵女多年前達成協議，由邵女獨立扶養其子，其餘皆不過問，亦不給予金援。但據悉邵女曾於兒子6歲時帶他至海邊，殺之後自殺，幸而被路人救起，逃過一死。傳言因其子容貌俊美，長期受侵擾才決心尋死。

知情人士亦透露，邵姓母子長年漂流各市，受惠於各地政治與文化人士所助，本以為能平靜度日，但週刊再爆案外案，前年其子進入X市男校後，遭師生——

尹伊晟沒看完報導就把手機還給林心岑，林心岑的表情從遲疑變得驚異。他什麼也沒說，即刻衝出教室，直往七班的方向跑去。他從沒覺得五個班的距離如此遙遠，他聽到身後傳來林心岑叫喚的聲音，除此之外，旁邊的班級都仍波瀾未驚。

七班早自習在小考，非常安靜，他急匆匆的腳步聲劃破寂靜，同學們紛紛轉頭看向他。他不顧目光地往教室裡張望，邵雪的位子空著。

班長袁懿芯聞聲走來，疑惑地問：「尹伊，怎麼了？我們還在考試——」

「邵雪呢？」尹伊晟發現自己竟喘著氣。

「邵雪今天請假啊。」袁懿芯理所當然地說。

他的心跳開始加速，「不可能……我們剛剛早上才一起來的。」

「可是他今天一早就傳訊息說今天不——」

袁懿芯還沒說完，尹伊晟已經往樓梯衝去，極速步下。他內心湧上一股很不好的預感，他想起邵雪早上對他說了再見。莫非，邵雪已經知道今天週刊會爆料？但邵雪是什麼時候知道的？為什麼沒有告訴他？為什麼還若無其事地陪他來學校？然後，那聲再見是什麼意思？他極力回想，所有聲音在耳邊化散為風，只剩下心跳急速的怦怦聲，像是心臟就要蹦出胸口，一動念就一陣顫動。他感到恐懼。

他打開手機，按下快速撥號鍵打給邵雪，沒人接聽。再打，沒接；再打，沒接；再打，沒接，他按下自動重撥，便往校門的方向奔去。他能感覺周圍益發壯大的人聲轟隆作響，但是除了心跳，他已經什麼都聽不見了。停車棚裡留著他的腳踏車，邵雪的車已經不在了，他踏上車子就急往外騎，往家的方向駛去。那其實不是他的家，是邵雪的家，而如今也就是他的家了。

翻尋記憶，這幾天邵雪沒有收拾東西，如果邵雪要離開，應該也需要回家一趟，這點時間還走不遠；也或許邵雪真的臨時有事，再見僅是隨口一說，畢竟邵雪早上看起來精神不好，說不定根本還不知道新聞爆料，只是回家休息之類的。然而，他心裡同時也隱隱升起了其他他一點都不敢想的念頭——

他不再想，只是急速往前騎，祈禱一定追得上。

輕暖的晨風此刻吹得他頭疼，熟悉的沿街不再是鳥語花香，而是一秒秒無法倒回的後悔。他後悔自己再次對邵雪的過去一點都不知情，只知道沉溺於邵雪愛他的每一個當下。

抵達每天相依的磚紅色公寓，他三步併作兩步往上跑。門沒鎖。推開門，房裡寂靜無聲，裡頭邵雪房間的門也沒關，看得見東西都還在。淨白的手機放在客廳的茶几上，螢幕漆黑，看似關機了。他鬆了一口氣，但很快的，另一股一切都不對勁的感覺猛地湧上：沒上鎖的門，關著的手機。接著，他就聽見一滴很小、很小的水滴聲。

從浴室傳來，很小、很小的第二聲水滴聲。

世界像是靜止了。時間的沙漏被掌管命運的神推倒，不再能判斷誰勝誰負。

他的心跳蹦得快到連他自己都無法計數，喘不過氣，無法呼吸。他緩緩推開浴室的門——

地上有水，濕濕的，從白瓷浴缸底邊蔓延開來。水不透明，混著一絲紅。映入眼簾更多的紅，是鮮血沾上白瓷的畫面。死亡的畫面。邵雪躺在浴缸裡，滿池水，鮮紅的水，而邵雪蒼白的臉已經沒有半點血色。

他感覺像是有人從背後朝他開了一槍，胸口被子彈貫穿，心跳就要停止。他踉蹌地衝進浴室，跪在一地血水中，「邵雪！邵雪！誰來救——」他滑開手機，按下緊急通話鍵，擴音播放，雙手劇烈顫抖。手機掉落在地時，傳出接通的聲音，他反射般的通報地址狀況：「十六歲男性，還有呼吸，割腕——」但他說不出那兩個字。為什麼會變成這樣？他無法思考，必須做最重要的事。

環視四周，他勉強拿了一條大浴巾放在洗手台上，再拿一條小的咬著。他把邵雪從水中抱起，夏日水涼涼的，但邵雪已經十分冰冷，水沾濕他一身制服，在白襯衫上印下淺淺的紅色。他放下邵雪靠著浴缸，以大浴巾從身後包覆增溫，再將流血的那隻手舉起，以小毛巾綁裹住傷口，放上浴缸側沿施壓止血。

這些年的人生訓練讓他面對摯愛置身血泊，仍能全力依靠自動運轉的腦袋即刻處理。他將注意力完全集中在止血上，原本因刺激而飛躍的時間瞬間慢了下來，連同心跳，也在一片寂靜中逐漸趨緩。四下靜得他幾乎能聽見手上電子錶裡運轉的機械聲，踢，踢，躂，躂，如今每流逝一秒，邵雪就離他越遠。他凝視著邵雪，輕聲喚他，但無論怎麼喚，邵雪都沒有回應了。

那個明擺在眼前的未來終於浮上腦海——

邵雪可能會死。

世界崩塌，陽光閃滅，空氣抽盡，萬物瞬亡。

他連害怕都感受不到，只剩下每一次心跳時撕心裂肺的痛，以及在無盡的等待裡流下的眼淚，再無法停止。

為什麼……為什麼！

不知過了多久，像是經歷了一萬年向天祈禱的時間，樓下傳來救護的聲響。醫護人員來到他身邊，帶走了邵雪，問了他很多問題，但是邵雪一從他的視線離開，他就又聽不見任何聲音，回到無聲的、毀滅後的世界。他跟著上了救護車，腦中一片空白，邵雪重回眼前，一切卻像是一場夢，而他只能旁觀。他從沒覺得自己離邵雪這麼遠，什麼都不能做，他知道死亡對一切不屑一顧。

抵達急救室門口，邵雪消失在紅燈亮起的另一端，尹伊晟突然失去力氣，一陣癱軟，雙膝跪地，終於嘶喊出聲。

「你有想過未來嗎？」

「有啊，跟你一起的未來。」

19 謝謝你愛我

五月十三日

這是最後一天了。

他父親說會給我三天的時間，沒有食言。父親看起來是個很好的人，我安心了。

距離第一次見到他，已經一年多。

我從沒想過自己會這樣愛上一個人。

我好愛他。愛到忘記了時間，忘記結局會來得如此倉促，讓人措手不及。

但今天就是最後了。

我以為自己早已沒有心。因為他的出現，我不知道從哪裡挖出了，深愛他的心。如今已經漲大到占據我全身，很脆弱，只要一刺，就會死。

或許一開始就不該碰觸他，不該吻他，不該與他相識。

我一無所有，連愛都給不起。怎麼可能……追上太陽。

媽媽要殺我，老師要殺我，同學要殺我，世界要殺我。

我以為我只要為他而活。

事實卻是，他擁有那麼多，沒有我，也沒關係。

是我需要他。沒有了他，我就無法獨活，畢竟我本來就沒有活著。

心一再被撕裂，再撕裂。很痛，痛得無法再看他一眼。

不能讓淚流下來，不能告訴他我就要離開。只能在最後祈求，看一眼他想像的未來。

不能再美好的未來，對我來說，卻是無法實現的未來。

謝謝你愛我。

如果能再見，如果下次你還愛我，我一定，不會離開你了。

對不起。

我愛你，真的好愛好愛好愛你。

紙上的字被大大小小的圓暈開，像是融化了的粉雪。任何人都能看出，寫字的人一定流了很多眼淚。方筱青說警方沒有找到類似遺書的東西，但是找到了日記，就放在矮桌的夾層裡，她當然要拿來給他。尹伊晟闔上日記，眼淚早已潰堤，彷彿十七年的眼淚一次流光，卻又怎樣都流不盡。認識邵雪之後，他已經流了好多眼淚，因為邵雪愛他，光是這樣就令人心疼，讓人難受到疼痛。

邵雪從沒告訴他過去的事。尹伊晟現在終於明白，沒有人會想再憶起那樣的過去。然而，如今一下子全部在他眼前攤開，加上邵雪自殺，他第一次覺得自己再也撐不下去。只要一個念頭眼淚就掉下來，牙齒顫顫發抖，嘴唇咬出血，雙拳緊握。

如果邵雪怎麼了，以後人生要怎麼過？他會痛苦一輩子。他們不是才十幾歲嗎？未來那麼長，怎麼可能他已經要失去他。

下午邵雪被送進了加護病房。醫生說這兩天是關鍵期，如果醒來最好，也可能再也不醒來。

——邵雪自殺。我在醫院。前幾天你為什麼見他？請告訴我。

尹伊晟按下傳送鍵。邵雪不會因為爆料就自殺，肯定別有原因。

記者很快就要包圍醫院，他們不能在醫院相見。初夏深夜，他與父親在醫院外的河堤私會。

走在暗黑的高堤防上，夜風徐徐。他以前從未認真感受過風，此刻卻因為邵雪生命一秒秒的消逝，他像是要抓住最後一點什麼，感受著世界；那個邵雪說要殺了自己的世界。

「對不起。」父親開口竟是這三個字。

他沒有回應，只是繼續往前走。堤防有盡頭嗎？黑壓壓的遠方什麼都看不見。

「週刊已經跟了我很久，包括你。因為這樣，他們才會發現邵雪。」父親停頓了一下，說：「邵雪太特別，讓人無法忘記。我也是前幾天被告知時才知道，他竟然是鄭民成的兒子，說真的，我也嚇到了。週刊本來要揭發我多年前的舊事，我拜託他們不要。我必須保全事業，這樣你懂的吧。」

「所以你就去找了邵雪。沒有告訴我，反而去找他？」尹伊晟幾乎是質問的語氣。

「……爸爸不得已，只能這麼做。我告訴他週刊會爆料，他們很殘酷，什麼都會寫出來。如果他們哪天又突然想把你們的關係和我的舊事一起爆出來，一切就太遲了，所以我拜託他離開你。」

尹伊晟忍了一天的神經終於斷裂，發狂似的脫口而出：「邵雪自殺了！自殺！他真的想死！這樣夠了嗎？他只是一個被害者，他比誰都痛苦，你們利用他的痛苦，再把他推進地獄！你們還是人嗎？」

他感覺一陣暈眩，雙腿一軟，屈膝跪下。堤防凹凸的細石子地被水打濕，他像是要將出生以來從沒訴說的所有憤怒一齊宣洩，緊握的拳猛地朝石子地打，「為什麼！」一拳，「為什麼！」一拳，「為什麼……」

一拳再一拳。他感到雙手劇痛，痛到身體阻止他繼續打下去。

眼淚不禁又滾滾流出，他不懂，為什麼全世界的殘忍會發生在那個他深愛的，他覺得是這世上最善良、最美好的人身上，他甚至聽不到自己如野獸般的撕心吶喊，被水矇矓的眼也好似再看不見。他的心並非關上，而是已經消融在所有的痛苦裡。

他再清楚不過，這一切都是他造成的。如果他沒有喜歡邵雪，邵雪今天就不會自殺。即使邵雪說媽媽要殺他、老師要殺他、世界要殺他，甚至他自己殺了自己，尹伊晟仍知道，真正把邵雪推向死亡的人是他。他好後悔，但是又後悔不起來，他那麼愛邵雪，他們那麼相愛，怎麼會令人後悔。

邵雪是如何度過最後這三天的？他無法想像，在千刀萬剮的痛苦中，對人生真真切切的倒數計時。他以為自己全心全意守護著邵雪，但其實他正是那把往邵雪身上不斷割劃的刀。與他分離的痛椎心蝕骨，連邵雪那樣堅強都無法忍受，只能求死。他知道，邵雪是以死來跟他分手，因為邵雪不可能離開他。他想起邵雪最後看他的那一眼，現在他終於看出邵雪眼裡是沉痛到無望的哀傷。

有人從背後抱住了他，他往後跌坐在地，看不清手上的血，世界失去了顏色，只感覺奔流的眼淚，以及從喉嚨持續發出的狂吼。但是只有感覺，彷彿這個發了瘋似的人不是自己，卻真真實實是他。他染血的雙拳緊握，傾身跪地，將身蜷成一塊鵝石般，臉頰貼上冰冷的石子地，淚流不止。

護士幫他包紮了傷口，手上是一捲捲白。「這幾天行動會不太方便，但是一定要忍耐，不能再傷得更深了。」護士叮囑著說，「我去拿一些藥給你。」離開了診療室。

尹伊晟坐在黑色旋轉椅上，看著白亮的診療室，很像另一種死亡的光景。他身旁的救護推車上是各式器具、藥品、紗布棉花，還有細細的刀。刀。再回過神時，他的右手已經拿起其中一把，因為指關節很痛，疼痛讓他回過神來。然後，他看向左手腕，準備劃下刀子——他知道自己的意識非常清晰。

「你在幹什麼！」一個尖聲叫喊，他的手被抓住，刀子墜落在地，沒有劃著手。落地的刀身折射出日光燈銀閃閃的倒影，裡頭彷彿有惡魔的笑聲，笑他心裡還有別的東西，不可能真的尋死。

「尹伊晟，你瘋了嗎！」袁懿芯一雙大眼腫腫的，抓住他的手用力過猛，讓他又感覺到了疼痛。他嘆一口氣，覺得敗給了魔鬼，敗給世間真有毫無道理的惡。

「你瘋了嗎！你也想死嗎！」袁懿芯幾乎是哭喊出聲，拉著他的手緩緩蹲坐下來，低聲啜泣起來。

他說不出話。

他感覺身處沙漠，漆黑無月，極地般冷，身旁什麼也沒有。他聽得見，但只有風；他可以看，但只是灰黑一片；可是他說不出話。沒有水，口很渴，他像是要留住身體裡的最後一點水，不能說話，無法思考，因為一思考就流淚，水就又少了一點。他怕是再也沒有水了，他就會因枯涸而死，因身體裡燃燒不熄的火，要燒透骨頭，燒到最後一絲灰燼才肯罷休。

如果沒有了水，火會吞噬世上一切。

袁懿芯搭著他的膝蓋抽泣著說：「我都知道了，你是伊豐集團尹立人的兒子。你爸說他去找過邵雪，要他離開你，他才因此……」她抬起潮濕的眼看向他，斷了話語。

他垂下視線，但是一垂下視線，眼淚就流下來。

袁懿芯又啜泣起來，而後放聲大哭。診療室門外有另一個等候許久的身影，他知道是林心岑。林心岑應該都聽到了，她的背影抽動，傳來細細的嗚噎。

歡樂趣，離別苦，就中更有癡兒女。
天也妒，未信與，鶯兒燕子俱黃土。
問世事，情獨此，莫教人生死相許。

又一天過去。時間像是靜止了，無論是他身為學生的時間，還是身為伊豐集團繼承人的時間，全都靜止了。毀滅後的世界一片死寂，他也跟著沉靜下來。應該要進病房陪著邵雪，可是——殺人兇手是不可能跟被害者同處一室的。他已經近四十個小時沒有闔眼，也沒有進食，他記得聽過人不吃不喝還能撐上十些天，死不了。

他挺倦了，拖著步伐去洗手間洗臉，清醒清醒。洗手台前的寬鏡潔淨，僅周圍有些躲在視線角落的污漬。反噬著一切美好的污漬，不知為何此時顯得分外刺眼。他精神十分恍惚，朦朧中好似聽見最熟悉的那副聲音，帶著微微的怒氣問：「為什麼不過來陪我？」

他整個人搖搖欲墜，險些支撐不住，低頭杵著洗手台沿。即使知道那個人根本不可能在那裡，但他就是無法抬眼望進鏡子；他每天都從家裡鏡中與身後那對栗色瞳眸相視而笑，如今那抹微笑也將成絕響。他頭痛欲裂，搖搖晃晃地走回病房外的等候鐵椅坐下，很冰冷，和他從水中抱起的邵雪一樣冰冷。

深夜的醫院已經熄燈，巨大且黑漆的死寂密室裡，遠遠一個約略五十多歲的女士走向他。

「你是尹伊晟吧？」

他抬頭看，女士穿著像醫師袍的白服。

女士遞出名片說：「我是邵雪的精神科醫師，我姓潘。」潘醫師在他身旁坐下。「邵雪出事前寄給我一封信，拜託我有時間就來看你。他說你很逞強，一個人肯定撐不下去，不知道會做出什麼事來。」

他以空無的眼神看向她。他更感到絕望了，邵雪畫下的未來，是知道他會因為他的自殺而徹底崩潰。他不懂，那個總是告訴他一切都會更好、相信著他擁有美好將來的人，那個讓他對未來充滿無限期待的人，竟捨得從他的明天永遠缺席。

潘醫生自顧自地說：「我跟邵雪偶爾會通信。他轉進帝北之後就幾乎沒來看過診，但是有寫信給我，跟我說你的事。他跟你在一起非常開心，我從沒看他這麼開心、狀況這麼好過。雖然只是聽他片面地說，但我相信你是真心喜歡他，想要跟他在一起，不會傷害他，這讓我很放心。我只是沒想過還會有別的威脅。」

不是別的威脅，威脅邵雪生命的人就是我。尹伊晟心死地想著。

潘醫師繼續說：「我在邵雪很小的時候就是他的醫生了。他的求生意志很強，即使上天那麼不公平，讓他經歷那些事，他也從沒被擊敗過。他有一股想要跟這個世界對抗的韌性，就算是最糟的時刻，我都覺得他沒有放棄。」

「他放棄了……是我害的。」尹伊晟像是耗盡了最後一滴水。

潘醫師看向他，說：「你在說什麼？你救了他，一次又一次拯救了他。在他眼中這個完全沒有善意的世界裡，你是第一個，也是唯一一個能夠走到他身邊，跟他一起面對這個世界的人。你看了他的日記了吧，他不是寫了嗎？如果再見面，就不會再離開你了。」

尹伊晟抬起視線，看向潘醫師，他發現世界有了顏色。

她緩緩地說：「邵雪在等你啊。」

20 歸來

邵雪感覺很溫暖。
一切都不痛了。心不痛了，手不痛了。
他被一股軟綿的溫暖包圍，一切都很好。
但不是他想要的。
他想要一個名字。
他想不起來。

他被帶離了溫暖。
抱著他的一雙手，
比溫暖更熟悉的溫度。
男孩在哭，哭得好傷心。
肝腸寸斷的傷心。
他想了起來。

邵雪微微眨動眼皮。眼球感覺有光，外面的世界白亮亮的。栗色的瞳眸緩緩睜開，眼前還是同一個世界。他沒有離開。

他的手被握著，稍微一動，就喚醒男孩。

他想起來了，那個名字，「尹……伊……」

尹伊晟揉揉眼，看到他醒來，像是猛地驚醒一般，雙手握得更緊，眼淚立刻就掉了下來。

「尹……伊。」他像是要確定這個名字般複誦著。

尹伊晟張開嘴，但是沒有聲音，眼淚直流，沿著臉龐滴落在他手上。

他想要動動手，卻沒有力氣，費盡了勁也只能輕輕回握。尹伊晟的手裹著紗布，不知道怎麼了，他感到一陣憂心。憂心讓他瞬間活了過來，這是只有活著才有的感受。

接著是死亡如倒帶般在心裡重播。

他對尹伊晟說了再見，一切就結束了。還沒死，但已經結束。他逆反人群離開校園，騎車回家，騎得很慢，不是因為害怕即將到來的事，而是因為他的世界已經終結，在空無的領域裡，一切都緩了下來。他回到家裡，沒有開燈，家不再是家，而是他最後的歸處。他原本不想死在家裡，怕會被那些熟悉的場景牽制，走不了。但是唯有在這裡，才能像是放下了一切、又被一切所擁抱而死。他不怕死，他怕的是離開尹伊晟。他內心搖撼，他將親手送自己走上離開尹伊晟的這條路。刀子對他並不陌生，他不是第一次起心動念，但這次就是最後了，如果還有一絲力氣，就把所有剩餘的心一股氣倒盡。他將閃著來電訊息的手機關機，不能再看，不能留戀與尹伊晟的一切，他已經說了再見。走進浴室，在浴缸放水，溫熱的水，水能帶走他的生命。他沒有換裝就坐進水裡，很溫暖，內心生不如死的痛被溫暖撫慰，他平靜地在手上劃下刀子，很疼，但是再疼也不堪心傷。強烈的痛楚讓眼前一黑，他閉上眼，像是安撫著自己睡去一般，在心裡描繪尹伊晟的臉，許願不管到了天堂地獄，永不相忘。

而此刻既非天堂，亦非地獄，他從沒見過尹伊晟如此憔悴不成人形的模樣，他的心又一陣痛。

「你終於醒了……你不能再離開我了。」尹伊晟開口說。

他感覺眼眶濕熱，跟著流下眼淚。

他知道是尹伊晟再一次從絕望中拯救了他。

護士圍了上來，醫生也來了，尹伊晟退到後頭。邵雪的視線追著尹伊晟，尹伊晟臉上掛著清淚，但看他的眼神萬分情深，是他再熟悉不過的眼神。醫生與護士接連說了些什麼，他一句也沒記得，只覺得孤冷。從死亡的領域回來，他更感覺自己僅是孤身一人。

接下來的幾天，他在睡睡醒醒之間沉浮，男孩似幻似真，唯有眼淚不停。尹伊晟請了許多天假，陪在他身邊。但他們很少交談，就是單純的陪伴。病房裡黑夜白晝的切換，讓他忘了時間，無論何時醒來都是尹伊晟握著他的手，坐在他身旁或睡或醒的景象。世界朦朦朧朧，死亡的陰影仍飄散不去。

他還記得，不能跟尹伊晟在一起。他的手又開始痛，他的心起了變化。看到尹伊晟還在，心就很酸，懼怕何時又將別離。他覺得自己已經碎碎片片，無法再承受一次敲擊，他一再又一再地流下淚來。

尹伊晟總是輕抱他，拍撫他的背，彷彿世界只剩下他們兩人，再無其他。其實他們的世界一直就是他們兩人，他不知道為何自己到了此刻才明白，這不單單是愛，他們就是彼此的全部，不可分離的雙生。現在尹伊晟回來了，他也被帶了回來。

窗外透進一絲光線，他分不出時間，與尹伊晟相依的時間裡，真實的時間不再重要。

「尹伊。」他輕喚，坐起身。

尹伊晟正在病房窗台邊，整理玻璃花瓶中一大束白色滿天星，很像雪，夏天的雪。聽到他喚他，急步走到他的床沿坐下，憂心地問：「怎麼了，哪裡不舒服嗎？」

「對不起。」他輕聲說。

尹伊晟皺眉，輕撫他包著繃帶的手腕，像是在耐著心疼，「不要說對不起，你沒有對不起任何人。」

「可是我……」我離你而去。他說不出口。

尹伊晟垂下眼，說：「你不相信我嗎？我說過要你永遠陪著我，我會永遠愛你，你不相信嗎？」

邵雪看進尹伊晟的眼底，是痛徹心扉的傷。他傷了尹伊晟，比傷了自己更痛苦。

「我沒有不相信你……」他又要流下淚來，「我只是希望你擁有更好的未來。」

「沒有你，我還談什麼未來。」尹伊晟字句顫抖。

邵雪的心莫名震盪，轟停時間的鐘擺，他低聲說：「如果我死了……總有一天，你會忘了我。」

「不准你說死！」尹伊晟定定看著他，如誓言般說出：「我不會離開你的，絕不會。這一生，無論發生什麼事，沒有人能拆散我們。包括你。」

他感覺淚水又盈滿眼眶，不禁就滾滾流下。

他們靠得很近，只有一個傾身的距離。他對上尹伊晟滿是疼惜的視線，像是被一股軟綿的溫暖包圍，他靜靜地閉上眼。一個吻落在他的額頭，尹伊晟擦去他的眼淚，讓他偎在肩窩，與他分享更多體溫。

片刻溫存，邵雪抬眼看向尹伊晟，傳遞只有他們兩人能懂的訊息。尹伊晟心疼的眼裡終於有了笑意，側過頭吻上他的唇。好幾天了，他們在一起之後，他從沒這麼久沒吻尹伊晟。一股熟悉的氣息勾起沉睡許久的感知，那是秋天的最後一片落葉，冬天的最後一絲殘雪，春天的最後一聲雷，而如今已是他們的第二個夏天。

尹伊晟今天也是一身素白的短袖T恤與牛仔褲。他伸手撫上尹伊晟的前胸，感覺他瘦了。他好心疼，他的身體深處湧上一股欲望，想要好好安慰，想要與他緊緊相交，真真切切地成為一。

尹伊晟看透了他的眼神，乾咳兩聲，敗給他似的說：「這裡是醫院，而且你是病人。」

他知道這很荒唐，又很任性，但是他現在就要確定他們真實相依。

他眼神閃閃，堅定地說：「你不讓我死，就讓我感受活著。」

尹伊晟的神情有一絲遲疑，卻仍再次吻上他的唇，輕撫他的背，彎身與他一齊躺下。

他的手很疼，頭很暈沉，但是感覺活著。

他流下被救贖的眼淚。

「我愛你。」

「不夠。」

「我要你。」

「不夠。」

「我是你，你是我，我們共死共生。」

■

事發三週後，學期接近尾聲時，尹伊晟決定重返校園。邵雪轉進了伊豐集團合作的市內綜合醫院，住進特殊病房。邵子惟則在尹立人的協助下，暫時住到他市的臨時租屋處。其實邵雪已經可以回家了，但尹伊晟不放心他一個人待在家裡，病房外也一直讓人守著。潘醫師說自殺未遂的人一年內再次自殺的死亡率很高，她每個禮拜來看邵雪一次，也要他不能大意。尹伊晟不認為邵雪會再次自殺，可是他不可能放心。

他在病房裡換裝，一套新制服。舊的已經洗淨，但他不想再穿。邵雪坐在床上看著他，神色若有所思。

「怎麼了？」他走過去，握上邵雪的手。

邵雪頓了頓說：「我可能無法回去帝北了。」

尹伊晟早就想過這件事，他也是同樣想法。他不覺得邵雪的過去曝光後，還能再回到同學面前。這太殘酷，他不想要邵雪再去面對那些同情、擔憂、或者關心的眼神，無論好壞，都是折磨。他搓搓邵雪的手說：「沒關係，不用勉強，不去就不去吧。」

邵雪的眼神有些哀傷，像是還有話想說。

尹伊晟說：「我會幫你想辦法的。現在可以在家自學啊。等你好一點之後，我們再來想以後的事。我會陪著你的，我們會一起從帝北畢業。」

邵雪抬頭看他，顯然是被看穿了心思。他拍拍邵雪的頭說：「我們可以的。」

可以的，距離畢業還有一年，邵雪曾許願在帝北待到畢業，尹伊晟當然記得，當時他覺得這是如此容易的事，如今卻變成一條漫長的路。每每一想，他都不禁覺得難受，為什麼上天對邵雪這麼壞？連一個簡單的願望都不讓他實現。

「謝謝你，尹伊。」邵雪靜靜地說，「對不起，給你造成這麼多麻煩，讓你這麼……」像是找不到合適的形容詞，邵雪說著停了下來。

尹伊晟不忍看他如此自怨，索性低頭吻了他一下，說：「以後你只要說一次對不起，我就要親你一下。」

邵雪仍無血色的嘴角細細牽動。尹伊晟太懂他，知道他喜歡他的吻。

「好了，我要去學校了，下午就回來。」他又抱抱邵雪才離開。

他現在很怕離開，他會想起邵雪自殺的那天早上，他離開時竟然沒有發現任何不一樣。

他在病房外多待了一會兒才走。

醫院離學校很遠，他沒讓李管家開車載他，而是搭公車到最近的公車站，再走路去學校。他想在路上靜一靜。他很久沒有一個人靜一靜了。陪著邵雪，一刻都鬆懈不下來，從邵雪自殺起算已經過了二十天，他的世界走走停停了二十天，而他一直沒有時間靜下來想想自己。

還有出國的事情擱著，但現在已經沒辦法思考得那麼遠，連自己都顧不上了，只能先專注最重要的事，再把其他事情都往那個方向導去。他知道，最重要的事從沒改變過，就是跟邵雪在一起。為了這個目標，跟邵雪一起從帝北畢業，走向更遠的未來，他必須比過去任何時候都更堅強，更努力地捍衛自己的選擇。

一想起邵雪，思緒就無邊無際。遠遠的，帝北高中的紅白磚牆映入眼簾，吸引他目光的是早晨的校門口聚集了一大群學生。他認出是學生會的同學，明顯是來等他的，他已經先告訴林心岑他今天會回去。若是平常，這樣像是歡迎的場景都充滿興奮，但他們沒有，取而代之的是心疼、鬆一口氣卻也非常開心的少有氛圍。

尹伊晟走了過去，微微揚起嘴角說：「我回來了。」

同學們一團圍上，一行人在校門口忘情擁抱。太多話說不出口，也太多話想說，還有更多無法表達的心情，在這一刻化成一句問候、一個微笑、一行淚，與熱切的緊緊相擁。所有悲傷幻化在擁抱裡，那不是安慰，而是互相打氣。他曾說帝北像家，他是真心這麼覺得。

走往高二大樓的路上，他與袁懿芯和林心岑並肩同行。

「邵雪還好嗎？」林心岑問。

「還過得去。現在轉到特殊病房，可以自由活動了。」他說。

雖然這麼說，但跟拍的記者仍追得勤，且邵雪狀況很不穩定，所以也沒有外出。

「大家都很想他，很關心他，可是實在不知道要怎麼開口。」袁懿芯說。

「我明白。」尹伊晟嘆一口氣，說：「關於這件事……」

「怎麼了？」袁懿芯的眼神流露出不安的預感。

「邵雪他應該不會回來了。」尹伊晟覺得還是必須告訴她們實情。

「什麼？」袁懿芯很震驚，而後馬上變成傷心，「怎麼會……現在才高二下，還有一年的時間……」

「沒那麼容易。大家都知道他的事了。你看到他能不想起他那些過去嗎？我不想他還要面對別人的目光，那是很大的壓力。」說起邵雪的事，他仍不免有些激動。

林心岑看了看他，拍拍袁懿芯的肩膀說：「尹伊會陪邵雪一起好好決定的，我們只要支持他們就行了。」

「我知道。只是想到以後邵雪都不回來了，就覺得很寂寞。」袁懿芯說。

「一年很長，什麼事都難說。」尹伊晟這話也像是在說給自己聽，「現在他需要的是安穩和平靜，如果有一天他想回來，我們就陪他一起。」

袁懿芯點點頭，這才勉強露出了笑容。

尹伊晟跟林心岑在七班後門與袁懿芯分手，一起走向十三班。過去他們很少這樣兩人獨處。

「你還是這麼令人感到安心。」林心岑默默地說。

「我沒有你想的那麼好。」尹伊晟望著前方許久沒去的班級教室，淡淡回應道。

林心岑看向他，「你知道了？」

「邵雪告訴我的。」林心岑喜歡他。

「邵雪那傢伙……真是看不透他，跟大家都好，對喜歡你的人更好。怎麼會有這種人？讓人想怨他都沒辦法。」林心岑感慨地說。

「要怨就怨我。我喜歡他，不關他的事。」分明是自己喜歡邵雪，卻讓邵雪接收了無數他人的敵意。尹伊晟已經十分深知自己為邵雪帶來多少苦。

「我沒怨他，也不怨你。你喜歡他，我反而鬆一口氣。喜歡一個人，與其因為不知道他的心意而難受，知道他永遠不可能喜歡自己，好好當朋友，輕鬆多了。而且，邵雪人真的太好，不可能會有人討厭他。我們都會幫你一起守護他的。」林心岑說。

他抬起眼，非常真誠地說：「謝謝。」

「你呢，你還好嗎？」林心岑問。轉眼他們已經來到十三班外頭，停下了腳步。

「勉勉強強吧。」尹伊晟倚著外牆，教室內外盡是或問候或打氣的聲音，他淺淺微笑回應。

「之前在醫院碰上你父親，所以我跟袁懿芯都知道了，你是尹立人的兒子。」林心岑的聲音很輕，「雖然有些訝異，但想想也確實，如果不是尹立人的兒子，根本不用做到這種地步，什麼都要會。」

「我從小就這樣，已經習慣了。」尹伊晟說。

「學習可以鍛鍊，體能可以鍛鍊，但性格是鍛鍊不來的。你就偶爾放下吧，不必這麼堅強，太陽也是需要休息的。」林心岑看著他說。

尹伊晟望向遠方。這天初夏的太陽難得被叢叢雲層遮住，少了光芒。一般人大概不會懂，堅強對他來說，反而是最容易的。只要設定好目標，不顧一切地往前，頂上堅強兩個字，就能忽略所有感受，假裝心底沒傷。因為傷得太重，重到脫不了鎧甲，怕一卸下整個人就要散架，其實裡頭早已失血將亡。

「或許只有你能幫助邵雪，但是你別忘了，你還有我們啊。」林心岑定定地說。

你們是幫不了我的，即使如此心想，他仍反射般的點點頭，轉了話鋒說：「我等下會去跟老師談，以後要減少來學校的時間。這段期間我會先把學生會交接給允兒學妹，這樣就能稍微安心了。」

這是他今天來學校最重要的目的。他堅強的計畫是，以後早上上學，下午上家裡安排的外課，傍晚過後就能回家陪著邵雪，並且等邵雪睡下之後，還能再讀點書。必須這樣，他想盡量陪著邵雪，讓邵雪好起來。

林心岑顯然沒有預料到這個發展，眼神閃過一絲失落，卻說：「你就去做你覺得該做的事情吧。是你的話，一定沒問題的。」

他沒有回應。不知為何，此刻他深深覺得，這一局，所有人都輸給了宿命。

這天他只待過中午，與七班及十三班班導分別會談，定下後續規劃便提早離校。校門外一個熟悉的身影，高䠷瘦削，微捲馬尾的男子倚著圍牆抽菸，見他走來，掐熄殘火。他們沿著紅磚外牆走，沒有招呼，沒有交談，繞到一個人少的路口就地停下。汪澤又點一根菸，開口說：

「幹，當初就問你邵雪會不會是哪個政治家的私生子，你還說不會！」

尹伊晟一瞬間竟然覺得想笑，面對汪澤，總算能放鬆下來了。是他放出了求救訊號，找來汪澤，因為有些話無法跟袁懿芯或林心岑說。女孩子比較多情緒，要人護著，而他已經沒辦法再承接更多情緒。

「要是讓我遇到邵雪，我一定罵死他！」汪澤忿忿地說，一點也不像偽裝，「他瘋了要死在家裡，還讓你看到！他到底想怎樣？死了還一輩子不讓你忘了他嗎？我是沒看過人家自殺，但那種場面誰忘得了，幹！」

尹伊晟沒回話，靜默著。午後雲層散開，太陽爬升，現正是最炙人的時刻。

「早跟你說了，別那麼投入，你那麼愛他幹嘛？他最後死給你看！活著的人比死的更痛苦，他會不知道嗎？」汪澤急急吐一口煙，在行人道沿蹲坐下來，說：「我知道……我也看了新聞，看到他那些破事。幹！幹幹幹！他不都撐下來活過來了嗎？結果卻這樣？」

卻因為我而尋死，尹伊晟心想。

汪澤看了他一眼，嘆一口大氣，像是在試著平復情緒說：「邵雪有多愛你，我們都很清楚，他也就只有你了。他跟我說過，沒有你他就什麼都沒有了，只要一想到你竟然出現在他的生命裡，他就覺得自己很幸運。幹！他媽的，咒死他媽，咒死那些人！」汪澤突然大罵出聲，仰頭抬手擦拭眼周，「你知道我最氣的是什麼嗎？他一心就只有你，可是他不知道，你早就沒有心了。你把心都給了他，一點也沒留在身上。今天要是他死了，你就真是跟他一起死了！他到底要你以後怎麼活？」

尹伊晟知道汪澤說得一點也沒錯，他就是在等一個人替他說出來，他無法面對這樣的自己。

「邵雪那麼聰明，明明最了解你的，他會不知道嗎？如果他真的死了，不管原因為何，你都會把責任歸咎到自己身上，痛苦後悔一輩子。他還真要你一輩子忘不了他啊？你已經這麼愛他，對他這麼好了，他真是瘋了才想死！」

寧靜的午後，孩童耆老都睡下，路口人煙寥寥，汪澤的聲音迴盪。麻雀停在高高的電線杆上，像是聽膩了也不敢再聽，雙雙成對，匆匆來去。陽光燒開一地柏油，害人的熱氣蒸升，尹伊晟有些意外，自己平靜如止水，恍若真的再也沒有心。

「你罵夠了嗎？」他終於開口。

「還沒！」汪澤啐了一口，繼續說：「我剛是罵他，現在要罵你！你什麼都賴著他，賴著他愛你，什麼都給你、什麼都為你做，賴到你要把整個人整顆心都放他那裡，要他守著護著。欸，你知不知道那樣有多累人？而且，幹！你是尹立人的兒子！真的瘋了我。他知道你是尹立人的兒子，還跟你在一起！」

半燒的菸掉到地上，汪澤又點一根。尹伊晟只是怔怔地看著他。他知道這世上除了汪澤和他自己，沒有其他人會責備他了；尤其邵雪，邵雪從沒責備過他。

「你以為他真的什麼都不在意嗎？他皇天聖母、觀音菩薩啊！他只是把每一天都當作最後一天，每天都看著盡頭，這你不是最明白的嗎？你為什麼會這樣任著他，任他沒有明天地愛你。他是你的誰啊？你還真當他沒心沒眼，什麼都不想要，什麼都不在意？」汪澤睨了他一眼，眼裡有萬分忿恨，「對，你說得沒錯，就是你把他逼上死路的，就是你。」

尹伊晟也蹲坐下來，頂上從校內伸出的高遠枝葉斷續遮去熾日，行人道石板地坐著冰涼。

他默默開口：「你只說錯一件事。幸運的人是我，他出現在我的生命裡，是我太幸運。」他頓了頓，虛無的眼望向遠方，不知該看著什麼，「你可能不只愛過一個人，但是，你曾經交出過自己嗎？……沒錯，我什麼都給了他，因為我是沙，沒有水就無法成型。你遇過嗎？一個眼神你每天都想看，一個碰觸你每天都渴望，閉上眼是他，睜開眼也是他……沒有他，我就只能像個假人那樣活著。我需要他對我笑，需要他撫摸我，讓我真實地活過來。」

這些話，他從沒對任何人說過，連邵雪都沒有。他以為他們擁有很多時間，他以為他們會一直在一起，根本不需要多說這些。

「對，我賴著他對我好、什麼都順著我，讓他一個人承擔了一切，他自己的一切，還有我的一切，所以他這麼痛苦……而我甚至連他那些過去都不曉得。可是，我在他眼裡看到自己，那麼陌生、卻是那麼好的自己；跟他在一起儘管平凡，但我從沒那麼快樂。所以，我忘了有多沉重，不經意就把全部的自己都交給了他。」

汪澤呼著圓圓煙圈，消散在白熱的一道道天光裡，他沒有回應，也望著遠方。市內高樓林立，即使遠眺，也只是一片映了城市倒影的玻璃反光，而裡頭不過是跟他們一樣困頓的芸芸眾生。

尹伊晟懺悔般的說：「是我不對，我一直以為只要我愛他，他就會依著我，陪我到永遠……即使知道我是尹立人的兒子，他也沒有離開我，一句也沒有怨。或許那時候他就知道會有這麼一天，但是他沒有放棄，直到最後一天，他還愛著我。」他看向汪澤，「你遇上這樣一個人，他打開你的心，接受你的人，比你還了解你，比你更在意你，而且他還那麼好……我什麼都可以不要，但是我真的不能失去他。」

汪澤掐著菸，神色已經平緩下來，「我知道。我就是來聽你說出這些話的。」

尹伊晟垂下視線，石板地的縫隙裡生著不屬於此地的細瘦野草，掙扎著仍長得青綠。

「如果……他沒有回來，總有一天，我會忘了他嗎？」

汪澤看他一眼，「他回來了，你問這個幹嘛？」

「他醒來後這麼說的。那一瞬間，我竟然不知道該如何回應……」因為他從沒想過邵雪會離開他的這個可能性。

「我們還這麼年輕，以後一定會再遇到下一個人，愛上下一個人，最後跟某個人在一起。」汪澤將菸踩熄，說：「可是，曾經這麼愛過，忘不了吧。再說了，離開的人，往往會在心裡留得最久。你不想忘，即使過得再好也忘不了。」

不知為何，尹伊晟竟覺得安心了，「上天沒有帶走他，把他還給了我，就代表上天成全我們了吧？」他默默地說。

汪澤安撫似的搔搔他的頭，「那當然，有些人一輩子沒人愛，有些人一生都不知道別人愛他，你們能遇見彼此，已經太過幸運。」汪澤頓了頓，像是不甘心，也像是萬分真摯地說：「你啊，再難遇到比他更愛你的人，不要再讓他離開你了。」

白亮亮的街口沒有一個人影，似死亡，似天堂，也似重生。汪澤輕拍他的肩，眼淚不禁又從他的眼眶流下。尹伊晟點點頭。他知道不容易，但是悲傷到此為止，從今以後，他要再次撰寫屬於他們的未來，這一次，他會全心寫到永恆。

21 剝洋蔥

死亡的陰影離開得很慢。

尹伊晟再沒熟睡過。

一開始邵雪只是恍恍惚惚，時好時壞。然而，隨著時間過去，卻像是益發清醒般，幾乎無法入睡。即使睡了，也總是夜半醒來，流淚，需要他抱著，看著，牽著手。感受邵雪從陣陣顫抖到平緩了呼吸而入夢，他不必問邵雪在害怕什麼，那答案，他比誰都更清楚。

在病房牢籠裡過了近兩個月，迎來邵雪的十七歲生日。尹伊晟早早給他心理建設，說生日這天要帶他出門，去哪裡都好，李管家已經打包票送他們到天涯海角。可是邵雪狀況不好，白天不敢靠近窗邊，覺得陽光都像在窺視。尹伊晟問他有沒有想去的地方，也只是一樣的回答：「我跟你在一起就好了。」聽似仍懼怕他會被誰帶走一般，讓人很心疼。

天黑了，生日這天他們用完晚餐才出門。邵雪現在吃得少，常是尹伊晟在餵他，一口一口慢慢吃進活著的生氣。車子起起伏伏，尹伊晟握著邵雪的手，輕撫他的栗色短髮，讓他躺在腳上睡著。車內的世界很安靜，甚至比病房裡還寂靜，他沒有告訴邵雪要去哪裡，哪裡不重要，重要的是他們在一起。

車子來到白霧繚繞的群山之間，山中大湖在眼前開闊，四處山壁閃爍著零星燈火。車在湖邊草坪上一棟挑高的別墅前停下，青草依依，螢火蟲在沉寂的黑暗中閃著一明一滅的小光芒。

下了車，尹伊晟注意著邵雪的神情，邵雪眼神飄遠，一會兒才淺淺地笑了。尹伊晟拿一件毛料外套給他披上，牽他的手，往湖的方向走。天很黑，看不盡綠草與水藍的分界，但是夜空晴朗，看得見群星一閃一閃。

越靠近水越冷，他們在湖邊棧道前的草地上坐下，李管家離他們遠遠的，被黑暗籠罩，幾乎看不見身影。尹伊晟在地上鋪一塊厚毯，開一盞小露營燈，照亮一方只屬於他們的世界。邵雪靠著他，躺在他身上，他伸手環抱邵雪，柔柔的毛料很溫暖。

邵雪仰頭看他，說：「藍眼湖，你怎麼知道我來過？」

「我問你媽媽的。」尹伊晟覺得這答案真是很不浪漫，「她說你們以前在山下住過一陣子，她覺得湖很大很危險，但你就喜歡上來這裡。」

邵雪握上他的手，看向映著淺淺月光的湖面，波紋如鱗閃閃，「嗯，小時候我很喜歡來這裡。那段日子很平靜，沒有人——」邵雪說著停了下來。

尹伊晟抱緊他，將他環得更緊，眼淚像是又要掉下來。

「不會再發生了。我保證不會再發生。」尹伊晟說。用想的都很痛苦，何況親身經歷。

邵雪點點頭，彷彿沒有情緒地說：「以前很長一段時間，我每天都要吃鎮靜劑才能入睡，轉進帝北之前也是。可是後來，」邵雪看向他，「我遇見了你。睡不著的時候，我就在心裡描繪你的樣子，想著你的臉，你的臉越來越清晰，然後我慢慢地就睡得著了。」

尹伊晟輕閉上眼，覺得連幸福都很酸，「你不想講沒關係，我不要你再想了。」

邵雪卻看似堅定地說：「我想講，我想告訴你。你可以跟我一起分擔嗎？」

「當然可以。」他將下巴靠上邵雪肩膀，感受彼此相貼的體溫。

「你父親來找我的時候，老實說我真的嚇到了。他說得很真誠。我知道他沒有別的辦法，只能這麼做。伊豐集團那麼大，他要守住那麼多人，那是很重的責任。」邵雪靜靜地說，「你不要怨他。」

尹伊晟說不上話，緊咬下唇，他當然知道父親是不得已的選擇。

接著邵雪卻細聲顫抖起來，「可是我聽到他說，要我離開你的時候……」眼淚瞬間就掉了下來，一顆一顆，斗大的淚珠滑下邵雪臉龐。

「沒事了，現在都沒事了。」尹伊晟將他抱得更緊。

「我就覺得……我就覺得我會死，這次我真的活不了了。」眼淚沾濕尹伊晟的手。邵雪像是打開了悲傷的龍頭，淚水怎樣都止不住，「離開你，我就什麼都沒有，什麼都不是了。只要一想到要離開你，我就……」邵雪轉身向他，淚水盈滿栗色的雙眼。

「我不會離開你的，我說過，我會永遠陪著你。」他伸手擦去邵雪的眼淚，再次緊抱。

邵雪貼著他的側臉，話語悲淒破碎，「我努力忘掉過去，每次都想重新來過，可是最後只有越來越破碎。我就是一個沒有人要的……破碎的娃娃。我好害怕離開你。我不想離開你。我以為只要你愛我，我就可以活下去，可是……」邵雪噙著淚水的眼神空無，湖岸林間靜得沒有一絲聲響。

「我會陪著你，絕對不會離開你的。」尹伊晟捧起邵雪淚濕的臉，以額頭輕抵他的，望著那雙哭紅的、很受傷的眼。

「我以為可以忘記，我媽掐著我的脖子要殺我，老師拿著刀威脅我……可是新聞出來之後我就發現，忘不了，什麼都忘不了，我一輩子都要這樣了。一輩子，一輩子都要活在噩夢之中。如果沒有了你，我會比死更痛苦，所以我……我只能……」

只能死。每次一想起這個念頭，都會讓尹伊晟感到窒息。他介入了邵雪的人生，介入到邵雪要為了失去他而死的地步。

「可是你救了我，竟然是你又救了我。」邵雪垂下眼，栗色的睫毛低垂，被眼淚沾濕結成一落落尖，「你知道嗎？你是我遇過最執著、最堅強，雖然也是最不可理喻的人。」他含淚說著輕笑起來，「只要有你在，我就感覺太陽沒有偏心，它有照著我，甚至像是只照著我。我從來沒有過過這麼好的日子。我知道你太好，而我……我什麼也不是，我只是貪戀你的其中一個人，一粒沙，我只是想要依賴你而活，這麼自私的人……」

尹伊晟以再堅定不過的眼神看著邵雪說：「你一點都不自私，你是我見過這世上最無私、最善良的人。要我說幾次，我就能說幾次，我會一直說下去。我就是那個最執著、最不可理喻、最瘋狂的人，為了你我什麼都做。即使要救你千次萬次，我救；要痛苦千次萬次，我都甘願。只要你不離開我，什麼我都接受。」

邵雪抬眼看向他，滿眼心傷，「你不必這麼做……我不要你這麼做。」

「我要，我就要這麼做。」尹伊晟定定地說，「我保證，我們不會再分開了。直到最後之前，我絕不會再讓你離開我。」

邵雪整個人瑟瑟顫抖，眼淚好似再也無法抑止，比湖邊吹來的風更令他感到冰寒入骨。他抱緊邵雪，很緊很緊，只要他們相擁，便不再需要其他。

「你可以相信我嗎？」

「我相信你。」

挑高別墅只有一樓，室內寬廣，擺設清簡，沒有人味而顯得空蕩。全室地板都鋪了短毛地毯，很舒適的觸感。他們進門後，邵雪就逕自往裡頭走，面湖的一整片落地窗起著白霧。邵雪在玻璃上輕輕劃開一絲白，以指尖寫上大大的「YS」，轉身看向尹伊晟，婆娑的眼裡終於有笑，說：

「這裡很像你說的，未來能看見山也能看見水的房子。」

尹伊晟輕輕揚起嘴角。他的完美人生，沒有一件事是剛好，都是他的精心計畫。

「據說這裡以前是我爸私會的地方，所以我也是第一次來。」他看向走道兩旁掛著的國外插畫作品。

「私會？」邵雪偏過頭問，「是你之前說的……」

「我爸大概也沒想到，兒子會跟他一樣。」尹伊晟竟然有些想笑。

邵雪說：「我覺得你跟你父親很像。其實當初他根本不用來找我，但是他來了。而且我知道，他是深思熟慮後才來的。他很誠懇地跟我道歉，請我離開你。雖然很殘酷……但是在他眼中，我看見跟你一樣的執著。」

尹伊晟一直覺得自己與父親離得很遠，此刻邵雪這麼說，卻似乎一瞬間就把他與父親連結了起來。

「週刊要爆料你父親的舊事，就是這件事嗎？」邵雪問。

「我沒有問，但應該是吧。畢竟那時候我爸跟我媽還沒分開。記者最喜歡這種新聞了。」

邵雪的視線穿過落地窗上兩個英文大字，看向外頭的一片深黑，「那我們……」

「我不管別人怎麼說，也不會讓你等那麼久。」這對尹伊晟來說，只是未來藍圖裡的其中一小個環節，「正式進入伊豐集團之後，我就會公開跟你在一起。」他走向邵雪，牽起邵雪的手說：「走吧，今天是你生日，我們來這裡，是為了讓你看一樣東西。」

短毛地毯在露天浴池的木板地前劃下句點，尹伊晟帶邵雪走出浴池外的小木門，眼前是另一片無垠夜空。隨著時間老去，星星益發晶亮。

尹伊晟看看錶說：「等下會有夏季的英仙座流星雨。英仙座流星雨的數量很多，肉眼就可以看得很清楚。」他看著邵雪問：「你去年生日許的第三個願望，實現了嗎？」

邵雪輕笑，有點害羞的、可愛的笑。尹伊晟很久沒看他這樣笑了。

尹伊晟望向夜空說：「我很少許願。但是我想讓你看看，希望的模樣。」

邵雪越過他，踏上草地走了出去，又回頭看了看他，俯身輕觸青綠正放的長草，再望向天空。他看不見邵雪的臉，但希望邵雪是安心的神情。

因為，不能說的是，他內心對邵雪有太多虧欠，無法不去想自己與那些侵犯邵雪的人根本上相同。他一直都想要邵雪的人，為邵雪的身體、神情、喘息瘋狂，他不可能忽視這股罪惡感。他一邊愧疚地，一邊著魔般的沉溺於邵雪愛他。

這天邵雪睡著了，與他赤裸相依，睡得很沉，一覺到天明。

■

高三前的最後一個暑假，尹伊晟自然不可能出國，於是把暑期輔導的時間換成了繼續去伊豐集團研習。暑假很快地結束，邵雪在幾乎是高三開學的同時，離開了市內綜合醫院，與尹伊晟一起回到久違的家。他媽媽還待在外市沒有回來，這個家現在切切實實就是他們兩個人的了。

回家之前，尹伊晟請人重新裝潢浴室，換了一個更大的浴缸，也改了牆面的顏色，換成邵雪喜歡的深灰。尹伊晟說怕他觸景傷情，但邵雪知道真正會觸景傷情的人，是尹伊晟自己。他的自殺重重打擊了尹伊晟。

比起尹伊晟，邵雪覺得自己漸漸好些了。幾個月來，他從回憶的深淵裡一次次煎熬地爬出來，越來越少回去。這很不容易，他還是偶爾會作噩夢，有被侵擾的幻覺，想要再拿刀割腕，直到看到手上未痊癒的傷疤而扔下刀子。這些全都沒有消失，傷痛仍在，但是能撫平傷痕的解藥積得越來越厚了。

除了浴室換新，尹伊晟在他不注意的時候，默默藏起了家裡所有利器；與週刊爆料有關的一切，也盡數消失在他們的生活裡；甚至家裡所有物品，都是成雙成對地放著。尹伊晟完全明白他還在害怕什麼，他將一切看在眼裡，看盡世上有一個人真心愛他。他知道自己依賴著尹伊晟的一切，像隻吸血蟲般的活著，然而現在他只能這樣活著了。活著，等待有一天將碎碎片片拼出新的自己。

另一面，他也感受到自己的過去完全曝光後，尹伊晟對他的慾望改變了，看他的眼神益發炙熱，像是在努力壓下想要與他親熱的念頭。他們每天更長時間的相處，無形中嵌合得更加緊密的關係，在在讓尹伊晟更想要他，也更畏懼想要他。他想要安撫尹伊晟，告訴他沒有關係，他不在意一次次獻出自己，像是要滿足尹伊晟的所有慾望，主動與他交合。

就這樣消磨著彼此無止境的愛，也堆疊著因彼此而不斷增生的痛苦，彷彿兩條吞噬對方生命、又再次自生的蛇。邵雪清楚再沒人能像尹伊晟這般與他契合，再沒有愛能如此猖狂。我是你，你是我，我們共死共生。

而日子必須繼續。

高三課程開始後，邵雪主動聯繫袁懿芯，請袁懿芯借他上課的筆記與試題。一整天待在家裡，他開始想要做些事情，第一個進入他腦海的，就是回復正常的學生生活。袁懿芯接到他的聯繫欣喜若狂，每天都纏著給他發訊息。而尹伊晟知道他想自己學習後，雖然有些憂心，卻也開始利用晚上回家的時間陪他一起念書，並且幫他向學校提出在家自學的申請。對他來說，尹伊晟絕對是比學校老師更好的老師，他喜歡看著尹伊晟認真的神情，那裡頭有他的全世界，而他身在那個世界的中心。

在日復一日的相伴中，日子過得飛快，一年又來到尾聲，邵雪有了一位突然的訪客。

一個寒冷的冬日早晨，尹立人在隨侍的陪伴下來到他們的住處。尹伊晟去上課了，只有他在家。從自殺前第一次見到尹立人之後，已經過了大半年，邵雪沒有驚訝，而是覺得這一天終究還是來了。

「請用。」

他遞上熱茶，穩穩放在尹立人面前。他們在四人桌對坐。尹立人的隨侍留在樓下，家裡只有他們兩人。

「你看起來恢復得不錯，這樣我就放心些了。」尹立人啜了一口茶說，「你現在在家自學嗎？」

邵雪點點頭。

「不退步的話，以你的成績要上T大沒問題。」尹立人看向他，說：「不過，人生還有很多其他選擇。」

邵雪聽不懂尹立人的意思。

尹立人自顧自地繼續說：「伊晟是一個非常有定力的孩子。小時候無論要他做什麼，喜歡不喜歡，他都能做上好幾天，直到做好。也可以說，他是一個很重視誓言的人，只要答應的事，他從沒讓我失望過。」

邵雪在尹立人眼裡看到一絲驕傲，令人開心的驕傲，卻也是他一直以來感受到渺小的根源——尹伊晟太好。太陽太遠。怎樣也追不上。

「所以，您今天來是為了同樣的事情嗎？」邵雪問。

他本來就不是樂觀的人，他比誰都知道世事劇變的突然。

尹立人環顧四周說：「可以說是，也可以說不是。今年春天伊晟跟我談過你的事，我告訴他，他可以用未來這一年的時間來跟我展示他的決心。」他的視線回到邵雪身上，「現在過了快一年了，我看到他的決心，也看到你的。你知道他大學要出國念書嗎？」

邵雪點點頭，「他沒跟我說，但是我大概猜到了。」

邵雪已經發現很久了，尹伊晟總是趁他休息的時候，準備並處理國外大學的申請事務。邵雪沒有揭穿，因為他在等尹伊晟親口告訴他。尹伊晟說不會再離開他，他想相信真是如此。

「出國的話，少說要十年的時間。我會讓他待在國外的分部開始工作，直到需要他回來的一天。」尹立人又啜一口茶，說：「我沒有要幫你們做決定。我只是來告訴你，這是他既定的未來，至於你們要怎麼做，我想，就由你們自己決定吧。」

片刻沉默後，邵雪開口：「謝謝。」跟半年多前一樣的兩個字，現在卻是完全不同的光景。

尹立人似乎沒料到他會這樣回應，神情有一絲訝異，但很快又轉為柔和。

邵雪接著說：「我可以當作，這是您認可我跟他在一起的意思嗎？」

尹立人看著他，感慨地說：「你是一個不簡單的孩子。跟伊晟在一起，不會是一條容易的路，你已經經歷這麼多，還想跟他繼續走下去，這已經不是我認不認可的問題了。」

邵雪感覺眼眶濕熱，他從一開始就知道不容易，但不僅是因為他深愛尹伊晟，而是因為尹伊晟也同樣愛他，更重要的是，尹伊晟讓他看見了未來。

「我要謝謝你。」尹立人說著竟輕笑起來，「伊晟能遇見你，應該是他的幸運吧。他對很多事物都很執著，但這是第一次，我看到他這麼執著。如果年輕時我能像他這樣，或許現在很多事情都會不同。既然以後他要繼承家業，那麼我也希望他能擁有自己想要的幸福。」

這樣就夠了，邵雪心想，「我不會讓您失望的。」

22 小團圓

「你是左手撇，就用左眼看，單眼就好。像這樣——」尹伊晟握上邵雪的手，把手槍調正，「前面那三個點要對準。手，不能歪。」他退開一步說：「我們先試試七公尺的吧。」

邵雪眼神炯炯地直視前方，扣下了扳機。射擊的一聲鳴，將尹伊晟這幾個月的旋轉打停了下來。邵雪的狀況慢慢好轉，袁懿芯和林心岑都要他別那麼擔心，但他不允許自己放鬆下來。近程目標就在前方，他不接受任何閃失。

教練從遠處走來，對著邵雪說：「打得不錯啊。你就是邵雪？」

「陳教練好，我是邵雪。」邵雪笑笑回應。

「我去年才開始幫伊晟上課，也聽了好多你的事了。」陳教練打量他們兩人一番，又說：「伊晟這麼忙，你跟他在一起，不會無聊啊？」

邵雪看向尹伊晟，說：「不會啊，還可以來打靶，很有趣。」

「感情這麼好。」陳教練笑了起來，「伊晟上課很久了，我也不必教。你們就當作來玩，放鬆一下挺好。」

一起上打靶課是邵雪主動提議的，尹伊晟有些意外。說不上明確是何時，但似乎從某個時間點開始，邵雪變得積極，想要參與更多他的生活。他當然不反對，即使有些擔憂，仍開心歡迎。

今天是他們第一次一起上課，等下結束打靶，要再去溫水游泳池。以邵雪的狀況來看，體能恢復得不錯，這要歸功於事件發生前他一直有在鍛鍊，並還年輕；否則受傷加上休息半年多的時間，對人的生理很傷。尹伊晟知道不只要邵雪心理上安好，生理上安好也同樣重要。

邵雪與教練在一旁逕自聊了起來。尹伊晟戴上隔音耳罩，將人型靶推得更遠。還有什麼要擊倒的東西呢？每次扣下扳機前他都會想著這個問題。那麼，姑且就是天意了吧。他毫無遲疑地扣下了扳機。

■

高中生涯即將邁向最後一個學期，尹伊晟在學校、家裡、伊豐集團與邵雪之間輪轉，從沒如此忙碌。寒假他決定去伊豐集團幫忙，沒能待在學校上考前輔導，為此接收到了許多失望的抗議。

「你現在把學生當兼職了吧。」林心岑語氣難得的酸。

「我不參加大考，不上輔導課很正常吧。」尹伊晟回道。

「高三已經夠苦悶了，你跟邵雪都不在，更加沒趣了啊。」林心岑抱怨道。

「我們可不是你們的樂趣……」他微微抱怨道。

林心岑有些不好意思地說：「哎呀，不是啦，大家都很想看到你們嘛。」

他忽然起了個念頭，說：「不然下次模擬考結束，約大家一起來我們家吧。你們跟邵雪很久沒見面了吧，他現在好多了，也很想念你們。」

「好啊，那太好了。」林心岑這才愉快起來，「話說，你們兩個都不考試的話，我終於可以拿第一了。」

不只同學，想見邵雪的還有其他人。

一天，尹伊晟結束早上在伊豐集團的研習，一個沉穩莊重的聲音叫住了他，是父親尹立人。父親平時很少在公司其他樓層出沒，加上他也在，辦公室裡一陣騷動。

「如果邵雪願意的話，你帶他來公司看看吧。」尹立人提議道。

尹伊晟懷疑自己莫是聽錯了，重複確認般的說：「帶邵雪來公司嗎？」

「對，你不願意嗎？」父親看著他問，眼神裡像是有什麼他不知道的事情。

「好，當然好，我回去問問邵雪。」他覺得頭腦昏昏脹脹的，父親竟然要他帶邵雪來公司看看。

同樣超乎他預期的是，回家詢問邵雪時——

「好啊。」邵雪窩在沙發上看書，頭也沒回地一口答應。

尹伊晟倏地更有種被蒙在鼓裡的感覺，「你……是不是跟我爸見面了？」他這麼猜想，又覺得不大可能。

邵雪眼神笑笑地說：「去年底的事了。」

「什麼？」他快步走到邵雪身前，「我爸去找你，然後你又沒告訴我？」

邵雪像是要安撫他似的說：「不是什麼大事，他只是來關心我的狀況。」

「就這樣？」尹伊晟知道依據父親的個性，不可能這麼簡單。

邵雪看著他，一副在思考什麼的模樣，卻說：「嗯，就這樣。」

他見邵雪笑笑的，沒有不開心，既然如此，就不打算追究了。邵雪想說的時候就會說，他不再逼迫邵雪做任何事，只要相信邵雪就好。

寒假最後一個星期三，邵雪第一次來到伊豐集團。尹伊晟這幾天待在新聞公關部見習，入門比較容易，便讓邵雪一起跟著。這天剛好也是公司的休閒日，氣氛輕鬆，中午大家會叫外送一起聚餐，不失為與集團首次見面的好時機。

身為伊豐集團未來的繼承人，尹伊晟平時都是一身正式來公司，但邵雪不必。這天邵雪穿著簡單，T恤休閒褲，就像個實實在在、卻也同時過分耀眼的高中生。快兩年了，從他們第一次見面到現在，模樣都有些改變。邵雪益發成熟，臉角的線條、五官相對比例、身型的肌理，和兩年前都大不相同了。即使每天見面，尹伊晟仍覺得邵雪越來越迷人。

「這位是邵雪。他是伊晟在帝北的同學，今天來公司參觀。」為大家引介的是公關部A組的小組長，進公司三年的顏少宇。雖然很年輕，但已經是公關部部長的愛將。

公司裡的同仁大多知道尹伊晟跟邵雪的關係，特別是他先前跟過的部門，大家都很期待看到邵雪，加上邵雪本身自帶金光，一進辦公室就引來一片注目的視線。

「我是邵雪，請大家多多指教。」邵雪一點也沒有不自在地笑笑回應。

尹伊晟今天要跟顏少宇這組開年度企劃的小型發佈會，邵雪則跟另一組做發佈會的會後簡報。看著邵雪被B組組長簡怡璇帶開，同事們紛紛圍上去攀談，十分熱絡，尹伊晟心裡竟有種說不上來的奇妙感受。他們以後會是這樣嗎？一起在集團裡做事，為同一個目標努力，踏實得令人期待。

一早上的忙碌後，中午時分大夥兒才回到辦公室聚首。休息室裡已經擺滿食物，像是要慰勞小週末來臨前的辛苦一般，各色餐點應有盡有。

邵雪似乎對公司裡的一切都感到新奇，在長桌落坐後就一個勁地講個不停：「公關部那些人真厲害，乍看不需要什麼技能，其實很需要應變能力吧。文字使用跟商業話術好複雜，不可以這樣講，不能用那種表達方式，還要對公司的產品非常了解。早上顏組長的報告好順暢，媒體應答也很自然，真是太厲害了。而且，沒想到伊豐集團光是公關部就這麼多人，每天都有這麼多事情要處理……」

尹伊晟看著邵雪，覺得邵雪這副模樣超級可愛。他搔搔邵雪的頭說：「你喜歡公關部啊？」

邵雪拿吸管啜著飲料，瞇起眼說：「沒有，要應付那麼多媒體，跟那麼多人交際，我還是算了吧。」

「也是，」尹伊晟笑著說：「你還是少拋頭露面的。」

顏少宇走近他們，將一盤蛋糕放上他們的桌子，說：「伊晟，你喜歡甜的吧，多吃一點。」接著看向邵雪問：「今天還習慣嗎？希望公關部沒有嚇到你。你喜歡的話，以後公關部很歡迎你喔。」

「謝謝。」尹伊晟接了話說：「邵雪個性比較內向，可能不適合公關部。」

「是嗎？我看他跟大家相處得很好啊，而且漂亮的孩子都適合公關部的。」顏少宇對邵雪眨眨眼，「好啦，你們慢慢吃。邵雪，下次再來玩啊。」說完便回去另一桌用餐了。

邵雪目送顏少宇離開，回頭看向尹伊晟說：「顏組長……明擺著對你有意思。」

「這樣你也看得出來？」尹伊晟笑了出來，確實顏少宇進公司這幾年跟他走得很近，近到公司裡確有傳聞，但他當然不會告訴邵雪，只說：「顏組長大我們快十歲，我對他來說就是個小高中生而已。而且，我是老闆兒子，誰敢動我。」他靠近邵雪耳邊說：「就只有你敢。」

邵雪眼睛笑笑彎彎，沒有反駁。

「感情這麼好啊。」另一組組長簡怡璇走來，拍拍尹伊晟的肩膀問：「早上說你們是同學，同班同學嗎？」

「沒有，我是轉學生，我們不同班。」邵雪順勢回應，轉眼已經吃掉兩塊蛋糕。

「熱戀期啊？」簡怡璇笑說：「現在高中生就談戀愛，不像我那時候，連談戀愛是什麼都不曉得。」

尹伊晟接話道：「簡姐你還說，你不是大學畢業就結婚了？我們在一起快兩年，應該不算熱戀期了吧。」

「兩年，這麼久！我以為現在年輕人都是速食愛情呢。」簡怡璇驚訝的神情一點也不假。

「跟尹伊在一起，就看不上其他人了。」邵雪看著他，像是宣告主權般的說。

尹伊晟看向邵雪，一時羞澀起來，同時也湧上一股甜蜜。這兩年發生了太多事，從他喜歡邵雪開始，他們一起經歷了太多，愛恨嗔癡，悲喜哀樂，他從沒想過邵雪會跟他一起坐在伊豐集團的休息室裡，自在輕鬆地吃著午餐，說著甜美的、充滿愛的話語。

邵雪以心領神會的眼神回應他。他眼前的這個男孩，為他生，為他死，為他走到了這裡。他彷彿已經看到他們步上通往未來的階梯，非常明確的，這是屬於他們的未來。

■

結束下學期的第一場模擬考，尹伊晟依約找了林心岑等人來家裡。家裡不大，所以只約了邵雪也熟的幾個人，自然有袁懿芯和林心岑，以及汪澤、林韋安、方筱青三位已經上大學的學長姊，加上他跟邵雪，剛好七個人。方筱青考上外縣市的大學，特地回來一趟，說一定要見見邵雪。

「現在的高一學弟妹沒見過邵雪，他在高一就是個超級傳說。」袁懿芯笑道。

「什麼傳說？」邵雪從房裡走出來，拿著毛巾擦拭一頭短髮，一副在家裡才看得到的慵懶模樣。雖然右手腕上留下了淺淺的傷痕，但尹伊晟就覺得這樣的邵雪非常性感。

「擁有驚人美貌，讓尹伊學長一見鍾情的邵雪學長。」林心岑一字一字清晰地說。

尹伊晟笑了出來，「你們到底都是從哪裡聽說這種事？」

「允兒會長啊，她說一年級對你們的事情可好奇了。不過沒看過邵雪，真是他們的大損失。」林心岑說。

「網路上一堆照片可以看。」邵雪倒是反應平靜。

「本人比照片好看千萬倍，連尹伊學長都被比下去。」袁懿芯接話道。

「是是是，我最幸運，每天都可以看到擁有驚人美貌的邵雪學長。」尹伊晟看向邵雪，一臉得意的笑。

林韋安接上話鋒說：「邵雪在吉他社也是個話題啊。他在社裡的兩次演出影片，觀看次數超級多。」

「邵雪第一次來吉他社的時候，就已經很多人注意到他了吧。」汪澤說完，又像是想起什麼似的說：

「說到這個，尹伊，你知道邵雪來找我和袁懿芯幫忙的那次，他跟我們說了什麼嗎？」

袁懿芯猛地大笑出聲。邵雪嘴角微揚，也笑了起來。

尹伊晟不解地看向他們，問：「什麼？我不知道。」

袁懿芯推了推邵雪，說：「你自己再說一次給尹伊聽。」

「好啦好啦，」邵雪輕咬嘴唇，有些羞澀地說：「我說：對不起，我喜歡尹伊，我要跟他在一起。」

袁懿芯馬上接話道：「我和汪澤當時就愣在那裡，想說現在是怎樣？」

汪澤說：「就是啊，我整個人都傻了。後來他才說是要我們幫忙伴奏。」

邵雪十分不好意思，「我只是覺得應該要先告訴你們兩個實情，這樣才有禮貌……」

「欸，尹伊喜歡你，你還像是要得到我們的許可似的，實在沒遇過這種人。」袁懿芯說，「不過那時我挺開心的啦，因為你要是再不答應尹伊，他不知道會做出什麼事來。」

「尹伊那副個性，應該會面對面直球告白。」林心岑笑說。

「對，我就在高一大樓穿堂貼一張告示，寫『我愛邵雪』這樣。」尹伊晟覺得自己頻頻中箭。

「那樣我就不會答應你了。」邵雪瞥了他一眼，但眼神是笑。

汪澤說：「我第一次在吉他社看到邵雪的時候，就覺得尹伊肯定喜歡他。」

「等下等下……我都被你們看透就是了？」尹伊晟說。

「是啊。」連方筱青都開口，「要不是你早就告訴我，後來大家也都看得出來吧。你喜歡邵雪，這麼明顯。」

邵雪一直微笑看著他，像是在暗訴自己有多了解他一般。他睨起眼，看著邵雪一雙笑彎的眉眼，裡頭盡是自己的倒影。

邵雪忽地說：「真要說的話，最初其實是因為我媽，我才有機會轉來帝北的。所以，要感謝她吧。」

尹伊晟與邵雪正對坐，沒辦法碰到邵雪，不然他現在就想立刻緊握邵雪的手。邵雪媽媽曾經想要殺了邵雪，正因此，邵雪才如此孤身一人。

「你就感謝尹伊吧。」林心岑圓了話說，「沒有比遇上尹伊更幸運的事情了。尹伊為了你，可說是做盡了一切。」

「說什麼感謝，我就是自願的，他不肯我也要做。」尹伊晟定定看著邵雪說。

袁懿芯在一旁倒是真的感動了，「幹嘛啦，說得我都想哭了。」

「是啊，邵雪能認識尹伊，真是太好了。」方筱青語重心長地說：「你們要好好珍惜高中最後一段時光，上大學後就完全不一樣了。」

「大家都各忙各的，不像高中這樣聚在一起，也沒有什麼團體活動。」汪澤說。

「說到團體活動……」方筱青忽然想起似的說，「尹伊，六十周年校慶那天，你跟邵雪去射氣球，采晴後來知道你們在一起，一直說一定要補送獎品給你們。」

「什麼，你們那天還去射氣球？」袁懿芯尖聲說。

邵雪笑答：「對啊，尹伊可厲害了。」

「什麼獎品啊？都兩年前的事了。」尹伊晟覺得這些學姊實在可愛得莫名其妙。

「在外面喔，聽說是你喜歡的，不過還真看不出來你喜歡耶。」林心岑說。

邵雪比他還好奇，起身走向門口，向外看了一眼，笑著回來說：「你一定要自己去看，自己拿進來。」

尹伊晟真想不出會是什麼。他從邵雪身後走過去，反手摸了邵雪的側腰一下。邵雪笑笑靠向他，在他臉頰印上一個飛快的吻。

「邵雪你真的完全好了耶，今天這麼調皮，還一直放閃。」袁懿芯說。

「因為這裡是我們家啊。」邵雪自然地說。

尹伊晟打開門，門外是一顆大大飄飄的氣球。

他不禁想到了開始。一開始，他只是想在邵雪身上找一個屬於他們的起點，現在卻像是已經找到了最終。

那是一顆白綠白綠的，巴斯光年氣球。

試音的吉他聲從裡頭傳來。他拿著氣球回到房裡，邵雪正撥著弦。邵雪很久沒有彈吉他了，他已經很久沒看到邵雪彈吉他的模樣。邵雪抬眼看他，輕聲唱出——

愛情好像流沙　我不掙扎　隨它去吧　我不害怕
愛情好像流沙　明知該躲它　無法自拔　oh baby是我太傻

只要一瞬間，他們就被帶回到開始。

23 王子與玫瑰

微微的白光從落地窗透進來，灰藍色的世界仍在做最後掙扎，夏日已到，即使夜色也沁涼。

邵雪的意識醒了，但懶懶地不睜開眼。他知道時間未到。不過，今天是大日子，身邊的人可能會提早起來。正想著，就感到一股溫暖，是尹伊晟從身後抱上他的熱度。熟悉的手感擦過肌膚，下巴靠上肩膀，在他的後頸蹭著。癢癢的感覺讓他往尹伊晟的方向翻身仰躺。一個吻落在耳鬢，尹伊晟與他貼合著身體，不捨得起來。

「你再睡一會兒吧，還早。」尹伊晟又在他臉上輕啄好幾下，才起身離開被窩。一陣早晨的冷空氣從縫隙探入，尹伊晟幫他把被子重新蓋得好好。他恢復溫暖，覺得非常幸福，陷入迷迷濛濛的淺夢。

他不再作噩夢了，近來也很少作夢，或者說，夢與現實，已經不再那麼不同。他的夢變得淺淺的，很舒適，像是在一片湛藍裡醒來，不必呼吸，目不見物，但是很溫暖，很安全。他心思平靜，這裡沒有害怕。他不再害怕。

遠遠地傳來細細水聲，夢斷斷續續，接著是小小轟隆的吹風聲。他的意識回到現實，睜開眼，天色已經完全清白。貓腳矮桌上擺著燙得平整，已經超過一年沒穿的夏季制服。一年，千百幅畫面在他心上翻飛，如今已全部翻篇。他從棉被裡起身，裹上薄袍，赤腳走了出去。

尹伊晟在吹頭髮，浴室鏡子裡映出邵雪的臉，尹伊晟對他安心地笑。他走上前，從身後環抱尹伊晟，剛盥洗後的身體熱熱的，散發一股早晨初生的慾望。吹風聲停止，尹伊晟放下吹風機，轉身與他相對。他們分享一個深長的吻，裡頭混著一絲薄荷味，尹伊晟抱著他，眼神是他每天都渴望的熱切。

「你真的要去嗎？」尹伊晟問。

邵雪點點頭，心裡還想要尹伊晟再抱他久一點。

「你已經通過自學的評鑑測驗，即使不去畢業典禮，也確實畢業了。不去沒關係的。」尹伊晟說。

邵雪不語，只是看著尹伊晟，他還想再感受尹伊晟的憂心久一點。感受尹伊晟愛他，對他來說，就是感受每一刻活著。

「我要去。」邵雪說，「我當然要去。」

尹伊晟猛地將他抱緊，輕撫他仍未整理、亂亂的短髮。

「我們說好了不是嗎？今天你是畢業生代表，我一定要去。」邵雪說。

尹伊晟仍沒有回應，只是很緊地抱著他。他知道尹伊晟一直在等這一天，他們要一起從帝北畢業，然後——尹伊晟說要和他一起走向更遠的地方。這個他曾許下的願望，尹伊晟一直為他守著，而今天就是那一天。

邵雪輕聲說：「你會陪著我，我們要一起從帝北畢業。」

尹伊晟放鬆他的人，微笑看著他說：「嗯，我會陪著你，我們要一起從帝北畢業。」

尹伊晟原本一直排斥當畢業生代表，他覺得高三很少待在學校，愧對代表這兩個字。可是不可能有第二人選了。高三十六班所有畢業代表共同發起像是在向尹伊晟抗議的連署，要他一定上畢業典禮致詞。

「到最後都不放過我……」尹伊晟穿上制服襯衫，不快地扣著釦子。

「我看你這輩子都逃不過這命運。」邵雪玩笑般的說，走過去幫他整裝。

「我需要安慰……」尹伊晟笑笑邪邪地看著邵雪。

「晚上再給你安慰。」邵雪平靜地說，「戴條領帶吧，我選嗎？」

尹伊晟笑了起來，又伸手抱他，「你為什麼這麼可愛，讓人這麼喜歡。」

邵雪看向全身鏡旁掛著的幾條領帶，挑了一條白金交織的絲質領帶，很氣質。

「戴這條吧，就當是我，跟你在一起。」他幫尹伊晟繫上。每次這個動作都會令他想起第一次幫尹伊晟繫領帶的場景。從那時到現在，尹伊晟看他，眼裡盡是熾熱的愛。

他們在家裡吃完早餐，樓下剛好傳來車子喇叭的輕鳴。李管家今天特地來載他們去學校，畢竟是一生一次的高中畢業典禮。尹立人原先說會出席，前幾天卻有事突然出國，讓尹伊晟從萬分緊張到鬆了一口氣。不過邵雪反而覺得，若是尹立人能來就好了，他認為尹立人一定很想看著自己驕傲的兒子畢業。

「少爺、邵雪少爺，恭喜畢業。」上了車，李管家笑笑向他們問候。

他們握著的手十指交扣，有種盛重異常的感覺。邵雪沒有刻意去想，但隨著學校越來越近，還是有些緊張起來。大部分的同學都有一整年沒見了，這些日子他也沒再進過學校。尹伊晟沒有告訴大家邵雪會出席畢業典禮，只有七班的班導知道，他不確定等下大家會如何反應。

車子在距離學校還有一段路的地方就停下。尹伊晟要李管家不必送到校門口，怕會引來更多目光。下了車，尹伊晟牽起他的手問：「你還好嗎？」

邵雪停頓片刻。他想起兩年前那個冷冽的初春早晨，經過地獄般的心傷，走進帝北的那一刻，與今天似乎沒有太多不一樣。唯一不一樣的是，他身邊多了一個人，他無軸人生的指北針。

他更加握緊尹伊晟的手，綻放淺淺微笑說：「嗯，走吧。」

通往學校的這一路不長，他們身旁陸續經過許多帝北的學生，紛紛向尹伊晟打招呼，更多視線看向他，尤其是沒看過他的高一學弟妹。

「那是誰？超級帥！」

「跟尹伊學長在一起的話……」

「難道是傳說中的——」

「邵——雪——！」走近校門時，袁懿芯幾乎是跳著衝過來，猛地一把抱住他，「你來了！你竟然來了！」

「我回來了。」邵雪笑著說。

袁懿芯與他不久前才見過面，但她的神情除了驚喜，更多說不出口的感動。「大家會開心死耶，」她擠到他們兩人之間，雙手分別挽著他們兩人，「走吧，趕快去給大家看看，我們的邵雪回來了！」

夏陽豔豔，青草依依，他們在帝北高中的最後一天，高中生涯的尾聲就這麼到來。林心岑已經在七班的教室門口等待他們。在他與邵雪同時出現的加持下，從校門口走進高三大樓的路上已經喧騰翻天，等待著他們的是更熱烈、更為激昂的歡迎，彷彿要將過去一年份的熱情全部傾倒，高三整棟大樓簡直瘋狂。

「你來了。」林心岑給邵雪一個安心的擁抱，「你好勇敢。」

邵雪笑笑看向尹伊晟，說：「總是要踏出這一步，何況今天是最後一天。」

「我們一直留著你的座位喔。」袁懿芯愉悅地說。

從七班後門望進去，窗邊是一組以粉筆與各式色筆寫滿字的課桌椅，上頭還畫了很多愛心、可愛的人像畫，更多加油的文字。

「尹伊你也實在是……竟然沒有告訴我們邵雪今天會來。」袁懿芯抱怨道。

尹伊晟回看邵雪一眼，「我擔心他會反悔，不過看來是我多慮了。」

「我真的沒事，」邵雪說，「有你們陪著我啊。」

「總之，你能來真是太好了。我看尹伊就是因為知道你會來，才接下畢業生代表的吧。」林心岑說。

確實是這樣，尹伊晟笑笑不語。

林心岑看向他說：「送來班上給你的畢業禮物跟花堆得太滿，已經堆到教室外頭了。」

尹伊晟往她手指的方向看去，遠遠的十三班教室外牆邊靠著許多束花，一包包禮物堆成小山。

他開玩笑地說：「如果我早說邵雪也會來，我們今天東西就要搬不完了。」

大考前高三學生還可以繼續來學校備考，但是尹伊晟不考試，自然是不會再來了。所以林心岑非常清楚，這就是他們與尹伊晟在學校的最後一天。

邵雪不知什麼時候已經被七班的同學帶開，袁懿芯陪著他四處拍照聊天，看起來十分安好。

林心岑嘆口氣說：「我還是有種不敢相信的感覺，明天開始，我們就真的要分開了。」

「只是從帝北分開而已。」尹伊晟說。

「你要出國，以後很難見面了吧。」

「也不必這麼常見面。你要是考上T大，找個好對象，以後歡迎你們來找我。」

林心岑不禁失笑，「好，我一定會找到一個比你更好、更帥、更不可一世的對象。」

「一言為定。」尹伊晟的眼裡是笑。有些人向來緣淺，奈何情深；有些人正正相反。在帝北這三年，他算是看得透徹了。

一會兒，邵雪與袁懿芯來到他們身邊，四人一同往典禮進行的藝術大樓禮堂走去。禮堂裡外人聲鼎沸，除了畢業生，也有更多家屬出席，袁懿芯跟林心岑的父母都來了，但尹伊晟和邵雪就只有他們兩人。同學們四散告別的時間，尹伊晟陪邵雪待在七班的座位區，邵雪輕拉他的手，姿態大方，毫不避諱。身旁的人來來去去與他們交談、拍照、簽名寫字，也有許多學弟妹來說再見，每個人眼裡都流露著不捨。

邵雪看看四周說：「我太久沒來學校，好像不太能融入這種離情依依的氣氛。」

「你就不必離情依依了。」尹伊晟看著邵雪，不禁要想起邵雪曾離開他的事。

邵雪大概是看出來了，開口說：「我不會再離開你的。」

「你要是再離開，我就再去追。你別忘了我是田徑校隊，很會跑。」他開玩笑地說。

邵雪笑了出來，伸手幫他調正領帶，「看到大家這麼傷感，我卻很開心。畢業這一天，我們在一起。」

「我說過，我會幫你實現你的願望。」尹伊晟瞇起眼，逗弄邵雪似的說：「倒是你，不准再來搗蛋。」

「好，我不搗蛋，我就玩點別的……」邵雪一雙栗色瞳孔閃閃，開心的聲音輕飄。

他不禁為邵雪這般調皮笑了出來，之後換上認真的神情，握住邵雪雙手說：「我們今天就會從帝北畢業。雖然之中有些波折，但我們一起達成了這個願望。等下致詞完，我——」

「尹伊學長！」他們身後傳來一聲呼喊。轉頭看，是現任學生會會長許允兒。

「尹伊學長，要去準備了。」她小跑步到他們面前，有些氣喘吁吁地說。

「你去吧。」邵雪使力握了握他的手，笑笑貼近他耳朵，輕聲說：「我愛你。你記得，致詞的時候，我就在你身邊陪著你。」

邵雪的笑容看起來很好，很甜，很圓滿。尹伊晟安心了，甚至感動，他鬆開邵雪的手，帶著不滅的餘溫，往舞台側邊的準備區走去。過去三年，他不只一次走上這舞台，在這裡比賽過、演出過、授獎過，也是在這裡，邵雪第一次回應他的等待、與他久別重逢。他所熟悉的每個地方，如今都多了邵雪的身影。

舞台燈光灑下來，他長吁一口氣，輕撫雪白交織的領帶，一步步踏著階梯走上舞台。他準備了很久，為了讓這一天，沒有遺憾。

一個世紀前，土耳其的天文學家，透過望遠鏡發現了一顆行星，將它編號為B612。當時他還不知道，這顆行星上住著小王子。B612很小，上面有一朵玫瑰、猴麵包樹，還有三座火山。小王子因為和玫瑰處得不好，決定離開，在星系中輾轉，最後來到地球。在地球上，他遇到了比之前人生更豐富的人事物。

我們也是這樣。

誕生在各自小小的、受保護的行星上，直到三年前，因為不同的原因離開原本的星球，經過命運的牽引而來到帝北這顆行星。不過，我們比小王子幸運，比他遇見了更多，讓我們成長，教會我們善、惡、愛、恨的人事物。

當然，這一路並不容易。成長的公路旅行，有美麗的風景，也就有分分鐘的孤寂。首先我們必然發現，自己那麼渺小、不足，還有更多缺陷，就像B612星球上的那朵玫瑰，只有四根刺，就想以此抵抗世界。但也因為如此，我們才有機會蛻變。小王子在地球馴養了狐狸，他要離開的那一天，狐狸告訴他：真正重要的東西，眼睛是看不見的；只有用心，才能看得清楚。

想要蛻變，就不能只用眼睛看。

真正重要的東西，可能是一個信仰、一種特質、一次事件，或者一個人。如果堅忍是你最重要的東西，那麼你就擁有天地不搖的意志，在任何時刻，比所有人更勇敢、更堅毅；如果付出是你最重要的東西，那麼你已經比其他人更懂得分享與放手的喜悅，你會因為付出而收穫累累；如果朋友是你最重要的東西，那麼我相信你已經在這裡得到了非常多，因為這正是帝北最榮耀的部分。

那麼，如果你至今仍迷惘，不知道自己真正重要的東西是什麼，怎麼辦？

愛麗絲掉入仙境，遇上柴郡貓，柴郡貓問她想去哪裡，她想不出個目的地，柴郡貓於是說：若是這樣，選擇哪一條路就都沒有問題了。是的，不會有問題的，我們已經走過這麼多，無論早或晚，重要的東西總有一天會來到我們面前。

在帝北，我找到了真正重要的東西。我會守護他，直到山稜、低谷都消失，直到最後一滴海水枯竭、天地相交再無界線——直到永恆的下一天。

帝北就是我們永恆的記憶。帶著我們所擁有的，今天就從這裡出發，一起前往更寬廣、更美好的未來。

掌聲未落，尹伊晟已經走出燈光，步下舞台。聽了十八年的掌聲，此刻他才真正感受，自己已經得到一切重要的東西。

他在所有目光與喧嘩聲中，直直走向邵雪，以始終堅定的聲音，說出他的決心：

「跟我一起去英國吧。」

「好啊。」邵雪眼底是笑，像是已經為這個回答準備了長久。

你在哪裡，我就在哪裡。我們是彼此的每一個明天，每一次永遠。

（正文完）

後記

十年後——

邵雪反手將房卡覆上感應處，門「逼」的一聲打開。尹伊晟蹭著他的脖子猛親，門打開讓他差點跌入房裡，尹伊晟順勢扶住了他，給他一個不好意思的笑。

「不要這麼急。」邵雪抱怨似的說。

「我們從出門到現在已經快二十個小時了。」尹伊晟笑笑輕咬他的耳朵。

「就跟你說在飛機上做一做就好。」

尹伊晟露出一絲不快，「做一做？現在只能做一做了？」

「我不是那個意思……」邵雪知道說錯話。但是經過十幾個小時的長途旅程，他已經十分疲倦。

「你是做膩了嗎？」尹伊晟絕不接受他這種語氣，繼續追問，直接扯開他的上衣。

他感到一股疲倦過後的興奮，半真半假地揶揄說：「你如果讓我上的話，就會新鮮一點。」

「你想得美。」尹伊晟將他推倒在床。白皙的床單，天澄飯店的床單。「這年頭大家都想被幹，我可是很搶手的，還是你要我去試試別人？」

邵雪一把把尹伊晟拉向他，反身將他壓到床上，傲氣地說：「我就怕你上不了別人，看不上眼。」

尹伊晟輕笑，「我是看不上眼沒錯。我就上你，幹你一輩子。」

邵雪脫下上衣，隨意扔到地上，解開皮帶，跨坐到尹伊晟身上。即使疲倦，他仍感覺非常火熱，可以做上幾天幾夜。他拉下尹伊晟的西裝褲，俯身往脹大的底褲探去，正想解放炙熱的硬挺時——

他忽然想到，說：「欸，這裡還有監視器嗎？我們好像沒在這裡做過。」

「管他的，」尹伊晟伸手輕撫他的臉，「我們現在是合法伴侶了。」

半年前他們已經在英國登記結婚。汪澤特地飛了一趟英國，做他們的親友證婚人，順便在倫敦開了一場小型樂迷會。汪澤現在是樂壇的注目新人了。而此刻他們兩人手上戴的戒指，正是高二那年情人節尹伊晟送給邵雪的那組對戒。

「合法伴侶就能做給別人看了喔？」邵雪質疑地說。隔著底褲，以手覆上尹伊晟興奮的勃起，逗弄著說：「這一切真像一場夢，從認識你開始，你帶我走了這麼遠。」

褪下底褲，含上熾熱的陰莖，尹伊晟以迷濛的眼神看著他，流露出一股無法抑制的愉悅。邵雪勾勾嘴角，舔拭脹大的慾望，想起了許多從前。回到熟悉的國度，熟悉的溫度，熟悉的濕冷，以及一直相伴的熟悉的愛人，現在的一切在他心中已是永恆。

因為突來的幾天空白，他們臨時決定回國一趟，在國內完成登記，也舉行一個小儀式。一切太過突然，來不及回到邵雪的舊家。邵子惟幾年前已經再嫁，轉居他市，但舊家還一直租著，沒有讓出。尹伊晟十分堅持，要留著他們相愛的所有物證。

這天他們從機場出來就直接前往天澄飯店。李管家已於幾年前退休，來接機的是一位年輕司機，看似對他們甚感新奇。十年過去，伊豐集團裡換了許多新血，就連顏少宇也已經離開自立門戶，而尹伊晟好幾年才回國一次，雖然平時常參與視訊會議，但傳說中的董事長兒子與他的情人一同出現，對伊豐集團的員工來說都是第一次。

他們明天不會在天澄飯店舉行儀式，因為這裡已經有些老舊。伊豐集團今年投資了一間與韓國合資的新飯店Skyline，前幾個月正式開幕，尹立人希望他們去做點新聞。尹伊晟倒是很樂意，馬上答應。倉促之下，他們只準備簡單行囊就出發，剩餘的一切事務，全部交給國內伊豐集團的企劃暨宣傳部及公關部處理。伊豐集團現在的企宣部新星，是一位他們很熟的人。

「我們在一起十二年，有小孩的話都小學畢業了。」尹伊晟睨了他一眼，不悅地說：「做就做，認真點。」接著猛地將他翻身壓制身下，舔上他的鎖骨、前胸、下腹一路往下，冰涼的舌尖帶來一陣刺激的快感。

邵雪伸手將尹伊晟的頭輕輕向下壓，貼近自己同樣炙熱的慾望，以歡愉的喘息回應他。十二年，如此長，他們日夜笙歌，分享私慾也分享愛，如今他已褪變。過去，就是與尹伊晟一起的過去；將來，也是與尹伊晟一起的將來。他們相識的那一天，就是他的重生之日。

■

Skyline飯店頂樓是一座三角天台，屋頂嵌著好幾道細長的透明天窗，從窗外灑進來的冬陽在室內映出一道道金光，照耀在藍白色的滿室滿天星上，呈現一片少見的和煦冷色。

儀式這天他們僅邀請少少親友，但因為尹立人會出席，此刻會場已聚滿了人，包含許多記者及攝影機。原本一向靜謐的場地，難得出現此般喧嘩。大門外立著斗大的伊豐集團標示，便再無其他裝飾，像是將父親的用意表明了一般，尹伊晟倒覺得他與邵雪無須再多張揚，畢竟尹立人的兒子與鄭民成的兒子結為伴侶，已經是這天最大的新聞。

鄭民成幾年前從政壇引退，他們於倫敦登記時，鄭民成就曾電賀尹立人，因此這天只有發布新聞稿祝福，算是表了心意。邵子惟與第二任先生聯袂出席，依舊靚麗動人。其他親友除了汪澤人在國外錄音，大部分都到了，細算起來，大家也已好些年不見。

等待的時刻，他與邵雪一人分處一間飯店客房——

「外面那些滿天星好漂亮，但是對伊豐集團來說不會有點樸素嗎？」袁懿芯不禁要點評一番。

「那是尹伊要的，他就喜歡滿天星。」邵雪說。

「因為滿天星是你啊，」袁懿芯看著他說，「像雪。」

邵雪當然知道，他點頭笑笑。

袁懿芯向他走來，幫他整整背心，說：「那你們幹嘛分開房間？」

「這也是尹伊要的。」邵雪回應。

「喔……」袁懿芯沉思著說：「沒想到他挺傳統。我以為他就喜歡死賴著你。」

「跟他同一間房，等下就不必進儀式了。」邵雪淡淡地說。

袁懿芯笑了出來，「拜託，你們都在一起幾年了，還打得這麼火熱。」

「你就別虧我們了，」邵雪也笑了出來，說：「我們好歹也才二十幾歲啊。」

「好啦，今天你們最大。你們在那邊還好嗎？什麼時候要正式回國？」袁懿芯問。

「可能還要兩、三年吧，我想先在醫院裡做一陣子。」

袁懿芯笑嘆口氣，說：「不是我說，尹伊實在對你夠好了。」語氣聽似有些感慨也有些欣羨。

「是啊。」他看向袁懿芯說：「我是修了幾輩子的福吧，才遇上尹伊。」

袁懿芯又嘆口氣，「你真是一點也沒變，誠實得讓人無法反駁。」

「我是真心要跟他在一起。」他說。從第一天開始，即使害怕，即使不安，邵雪知道自己對尹伊晟始終百分百認真。「只有他愛著真實的我，我也回應真實的他，我們在一起才有意義。」

袁懿芯看著他，眼裡有種酸甜，「我知道。你是唯一值得上他的愛的人。」

另一間房裡——

「你去哪裡挑的這套西裝？這藍色太好看了。」這是尹伊晟第一次試裝，非常剛好，完美地合身。

「你不用謝我，那是邵雪挑的。Tom Ford明年春季的新裝。他說只是進個儀式不必太正式，我也覺得挺好看的，很適合你。」林心岑拿著一台Pad，正在滑動確認現場貴賓的出席狀況。「尺寸也都是我跟邵雪要的，不然你以為我怎麼會知道你們兩個人的號碼。」

尹伊晟笑了，「說得也是，不過還是很謝謝你。我爸來了嗎？」

「剛到。A台已經在跑新聞了。公關部差點趕不上新聞稿，不知道在搞什麼，要是讓新聞台自己出稿還得了。」林心岑微微蹙眉抱怨。

「公關部剛換一批新人，需要時間適應吧。」尹伊晟雖然不在國內，也十分了解伊豐集團的瞬時變化。

「對了，會場布置你還滿意嗎？」林心岑站在他身後說，眼前的全身鏡裡也照出她的身影。「藍色滿天星真是考倒我了，差點訂不到這麼多。我也是第一次知道它的花語，本來還以為你只是隨便搭配。」

「我很滿意。交給你我很放心，除了你真不知道要拜託誰了。」尹伊晟說。

「不必拜託，有什麼需要就儘管跟我說，我現在是你爸的員工，所以你也算是我的小老闆了吧。」林心岑畢業後經歷幾家公司，兩年前進入伊豐集團，現在是企宣部的重要成員。

「你的未婚夫呢？」尹伊晟問，「上次回來時沒見到面，你們今年訂婚了吧？」

「我讓他晚點來。我要忙這忙那，把他晾在一旁不太好。」林心岑沒看他，默默地說。

「也是。這麼多記者，他應該不習慣。有機會再見面吧。」尹伊晟瞥了林心岑一眼，他們算是明白彼此的心意了。「袁懿芯說他人很好，一直誇獎。總之，恭喜你了。」

「也恭喜你。」林心岑揚起視線，透過鏡子與他四目相對，「答應我，你們要過得，比我幸福。」

「我們會的。」尹伊晟給她一個肯定的微笑。緣盡至此，再無奢求。

三角天台的燈光全亮時，邵雪已經在通往天台的走廊上等待。與尹伊晟不同，邵雪是一身和他十分相襯的白金色西裝，一頭栗色的短髮在陽光的照耀與衣服的折射下，閃著金黃的粼粼波光。一旁很多攝影機在拍，邵雪毫不介意，面對媒體答問如流，自然的神情裡透著一股成熟的歷練。

尹伊晟走向邵雪，向他伸出手，素銀的對戒微光閃閃。邵雪搭上他的手，沒有言語，嘴角是甜甜的笑。

牧師在天台的盡頭等候，今天他就是上天的化身，而他們已經向上天印證，不會敗給時間。

「你願意與尹伊晟成為一生的伴侶嗎？愛他，忠誠於他，無論他貧困、患病或者殘疾，直至死亡。」牧師看向邵雪說。

「我願意。」邵雪看著尹伊晟，一秒不差地接應道，語氣有萬分肯定。

尹伊晟覺得自己從沒看邵雪如此堅定過。邵雪一直是那個他付出全心守護的人，他所有的努力，只為了與邵雪在一起，讓邵雪能快樂、安好，再無恐懼地生活。如今邵雪已經翻越過去，甚至比他對人生更追求、更倔強，每一天他都更加愛他。

他二十八年人生的心願已了。從十六歲那年，邵雪走進他的生活開始，他體會到相愛的艱難，需要很多力量、很多堅持，更多愛，才能相信過去的每一步都走得值得。並且深知，無論苦難，只要他們擁有彼此，活著永遠勝過死亡。

牧師接著看向他說：「你願意與邵雪成為一生的伴侶嗎？愛他，忠誠於他，無論他貧困、患病或者殘疾，直至死亡。」

「我願意。」他注視邵雪的雙眼，覺得有淚。

「你們可以親吻彼此了。」牧師的眼神滿是笑意。

邵雪伸手拉住他的手，緊緊交扣，栗色的瞳孔眨啊眨，像是在等待一個永遠。

尹伊晟偏過頭，吻上邵雪的唇。

這不是他們的第一個吻，也不是最後一個，卻是千千萬萬的吻合為一。

人們都說，分手的理由有千萬種，那麼，在一起的理由呢？

只有這一種——

我愛你，你愛我，我們的愛，十六一生。

要彩虹1　PG2742

要有光 FIAT LUX　十六一生

作　　者	藍冬雷
責任編輯	喬齊安
圖文排版	陳彥妏
封面插畫	心　河
封面設計	藍冬雷、王嵩賀

出版策劃	要有光
發 行 人	宋政坤
法律顧問	毛國樑　律師
印製發行	秀威資訊科技股份有限公司 114台北市內湖區瑞光路76巷65號1樓 電話：+886-2-2796-3638　傳真：+886-2-2796-1377 http://www.showwe.com.tw
劃撥帳號	19563868　戶名：秀威資訊科技股份有限公司 讀者服務信箱：service@showwe.com.tw
展售門市	國家書店（松江門市） 104台北市中山區松江路209號1樓 電話：+886-2-2518-0207　傳真：+886-2-2518-0778
網路訂購	秀威網路書店：https://store.showwe.tw 國家網路書店：https://www.govbooks.com.tw
總 經 銷	聯合發行股份有限公司 231新北市新店區寶橋路235巷6弄6號4F 電話：+886-2-2917-8022　傳真：+886-2-2915-6275

出版日期	2022年5月　BOD一版
定　　價	350元

讀者回函卡

Printed in Taiwan

國家圖書館出版品預行編目

十六一生/藍冬雷著. -- 一版. -- 臺北市：
要有光, 2022.05
面；　公分. -- (要彩虹；1)
BOD版
ISBN 978-626-7058-26-8(平裝)

863.57　　111005251